Y PIBGORN HUD

Y Pibgorn Hud

"Pam fod Duw wedi fy achub?
A hynny fwy nag unwaith?"

Gareth Evans

Gwasg Carreg Gwalch

Argraffiad cyntaf: 2020

© testun: Gareth Evans 2020

© cyhoeddiad: Gwasg Carreg Gwalch

Cedwir pob hawl.
Ni chaniateir atgynhyrchu unrhyw ran o'r cyhoeddiad hwn,
na'i gadw mewn cyfundrefn adferadwy, na'i drosglwyddo
mewn unrhyw ddull na thrwy unrhyw gyfrwng, electronig, electrostatig,
tâp magnetig, mecanyddol, ffotogopïo, recordio, nac fel arall,
heb ganiatâd ymlaen llaw gan y cyhoeddwyr, Gwasg Carreg Gwalch,
12 Iard yr Orsaf, Llanrwst, Dyffryn Conwy, Cymru LL26 0EH.

Rhif Llyfr Safonol Rhyngwladol:
978-1-84527-741-3

CYNGOR LLYFRAU CYMRU

Cyhoeddwyd gyda chymorth Cyngor Llyfrau Cymru

Dylunio: Eleri Owen
Llun clawr: Ann Cakebread
Mapiau: Greg Caine

I Carys ac Alaw, dwy o ferched Gwent

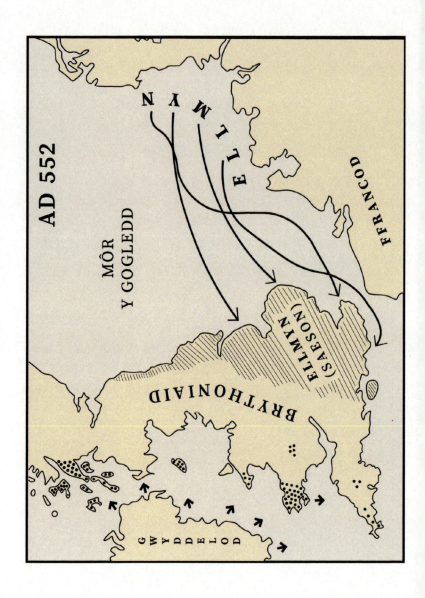

AD 552

MÔR
Y GOGLEDD

NAMYN

ELMYN

FFRANCOD

ELMYN
(SAESON)

BRYTHONIAID

GWYDDELOD

I

Camodd Ina trwy'r brwyn ar bwys yr afon, yn ofalus i beidio sarnu ei sandalau newydd. Roedd yn chwilio am y frwynen berffaith. Ddim yn rhy dew a ddim yn rhy denau. O gil ei llygaid, gwelodd fflach o liw. Trodd a gweld glas y dorlan yn gwibio dros yr afon, yn disgleirio yn yr haul, cyn diflannu o'r golwg. Roedd yn falch ei bod wedi gweld yr aderyn swil hwn heddiw. Fyddai ddim siawns arall am ... wel, doedd hi ddim yn gwybod am faint – doedd hi chwaith ddim eisiau meddwl am y peth ar hyn o bryd, a difetha gweddill y prynhawn.

Trodd Ina ei sylw yn ôl at y planhigion pigfain o'i chwmpas. Roedd yn anodd dewis, felly torrodd bedwar coesyn gyda'i chyllell fach finiog, ac un arall wedyn, rhag ofn. Cerddodd i lawr at lan yr afon, at y llecyn hwnnw dan gysgod dail y fedwen fawr – ei hoff le yn y byd i gyd.

Dododd y coesynnau brwyn ar y llawr yn un rhes, cyn cydio yn yr un hiraf. Dechreuodd ei blethu'n fedrus, yn union fel roedd ei chwaer fawr, Lluan, wedi dysgu iddi wneud. Cyw'r nyth oedd Ina. Roedd ganddi frawd hefyd, ond bu hwnnw farw pan oedd ond ychydig ddiwrnodau oed. Dyna pam fod wyth mlynedd rhyngddi a Lluan. Ac yna – yn annisgwyl – daeth Ina. Gwyrth. Anrheg gan Dduw. Dyna oedd ei mam yn arfer ei galw pan oedd hi'n fach.

Roedd Lluan yn athrawes amyneddgar iawn ac wedi dysgu llawer i Ina, cyn iddi ymadael. Roedd Ina'n gweld ei heisiau – nid bob dydd, fel y gwnâi ar y cychwyn, ond digon aml iddi deimlo hiraeth amdani o hyd. Roedd ei byd yn llai lliwgar hebddi, rhywsut, fel y wisg wlân oedd amdani, oedd unwaith mor llachar, ond bellach wedi pylu a cholli ei graen.

Wrth iddi weithio'r frwynen, gwelodd gip o'i hun yn nŵr yr afon: merch dal ddeuddeg oed mewn gwisg blaen, ei gwallt tywyll cyrliog yn disgyn dros ei hysgwyddau. Doedd dim posib gweld o'r adlewyrchiad fod y wisg yn rhy fach iddi, ac wedi bod felly ymhell cyn i'r coed flaguro eto ar ôl y gaeaf blin, gwlyb. Na chwaith bod ei gwallt trwchus lliw'r frân yn styfnig ac yn afreolus – mor styfnig ac afreolus â hithau, yn ôl y llawforwyn, Briallen. Ond iddi gallio – chwedl Briallen – mi fyddai Ina'n tyfu i fod yn ddynes ifanc hardd a gosgeiddig, a wnâi wraig deilwng iawn ar gyfer un o foneddigion y fro.

Doedd Ina ddim yn meddwl ei bod yn hardd. Yn un peth roedd ei llygaid – yn ei barn hi – yn rhy bell o'i gilydd, heb sôn am ei gwddf, oedd yn rhy hir. Y gwir oedd – eto, ym marn Ina – ei bod yn debycach na dim i'r bwgan brain yn y cae ŷd gyferbyn â'r *villa* oedd bellach yn gartref iddi – yn fain ac yn onglog i gyd. Yn sicr, fyddai hi ddim yn tyfu i fod mor brydferth â'i mam, Heledd, fel yr honnai Briallen fyth a beunydd. Doedd neb mor brydferth â'i mam. Neb. Heblaw Lluan, wrth gwrs. A beth bynnag, roedd ei cheidwad a pherchennog y *villa*, Gwrgant ap Ynyr – ewythr ei mam – wedi addo wrthi na fyddai'n rhaid iddi briodi neb yn erbyn ei hewyllys.

Cododd sŵn o'r coed uwchben yr afon i dorri ar draws y

sgwrs – un o'r sgyrsiau hir a dwys hynny fyddai hi'n ei chynnal â'i hun yn aml. Dyna'r sŵn eto. Sŵn rhywun neu rywbeth yn nesáu trwy'r brigau. Gwyddai nad sŵn y gwynt oedd yno. Diolch i Gwrgant, roedd Ina yn ei helfen yn y goedwig; medrai adrodd enwau'r holl goed a phlanhigion, ac adnabod a dilyn trywydd anifail cystal â'r heliwr mwyaf profiadol.

Craffodd i gyfeiriad y sŵn a cheisio dirnad pa anifail oedd yno. Un sylweddol, gwyddai gymaint â hynny. Carw, efallai. Roedd yr awel yn chwythu i ffwrdd ohoni, felly mae'n bosib nad oedd y creadur yn medru ei gwynto. Neu faedd gwyllt. Gwae hi os mai hwch a'i moch bach oedd yno. Diawliodd Ina nad oedd ei phastwn o fewn cyrraedd. Ond fyddai pastwn, hyd yn oed, yn fawr o werth yn erbyn arth. Er nad oedd neb wedi gweld arth yn yr ardal hon ers amser maith, doedd hi ddim y tu hwnt i bob rheswm i feddwl y byddai un wedi crwydro mor bell â hyn – wedi'r cwbl, roedd fforest Caerwent yn drwchus, ac yn ffinio â fforest fawr Gwent Goch ...

Dyna hi eto, wedi gadael i'w meddwl garlamu fel ebol blwydd! Gorfododd Ina ei hun i ganolbwyntio. Gwelodd rywbeth yn symud yn yr isdyfiant. Craffodd eto, yn fwy manwl y tro hwn. Gwelodd bâr o lygaid gwyrdd yn syllu 'nôl arni a sleifiodd anifail mawr llwyd i'r golwg. Blaidd.

Agorodd y blaidd ei geg gan ddangos rhes o ddannedd miniog cyn llamu at Ina gydag un naid a'i tharo gyda'i bawennau.

"Bleiddyn! Paid!" bloeddiodd Ina, yn fwy blin nag oedd wedi bwriadu. O gael ei geryddu, aeth y blaidd i'w gwrcwd yn syth a rholio ar ei gefn, gan ddangos ei fol a swnian. Am anifail mor ddychrynllyd yr olwg, roedd yn syndod o ddof, o leiaf yng nghwmni Ina. Roedd Gwrgant wedi'i roi yn anrheg i Ina'n fuan ar ôl iddi symud ato, pan oedd y bleiddgi'n genau bach tri mis oed. Doedd neb yn siŵr iawn ai blaidd o waed cyfan oedd e neu groesiad ci a blaidd. Nid bod ots gan Ina. Bleiddyn oedd Bleiddyn iddi hi. Ei ffrind pennaf.

"Baban bach pwy yw Bleiddyn?" holodd Ina'n chwareus, cyn mynd i'w chwrcwd a dechrau rhwbio ei fol, tan ei fod wedi rhoi'r gorau i'w gwyno. Ar ôl gadael iddo lyfu ei llaw, cododd Ina a'i orchymyn i orwedd yn llonydd a pheidio chwarae yn y dŵr a rhoi ofn i'r pysgod. Doedd dim rhaid iddi boeni. Aeth Bleiddyn i fan cysgodol i orwedd, ac o fewn dim roedd yn chwyrnu'n dawel.

Ailgydiodd Ina yn y plethu. Gweithiodd yn gyflym, heb adael i'r meddwl grwydro a chychwyn sgwrs arall â'i hun. Roedd rhywbeth hyfryd ynglŷn â'r fath ganolbwyntio, o ymgolli mor llwyr yn y foment. A doedd hi ddim yn llwyddo i roi taw ar y llais parhaus yn ei phen yn aml.

Gorffennodd blethu'r coesyn cyntaf mewn dim o dro, ac aeth ati i ddewis un arall. Cyn bo hir roedd hwn hefyd wedi'i drawsnewid. Nid darn o frwynen oedd yn llaw Ina rhagor, ond cwch bychan, gyda hwylbren a phob dim. Rhoddodd dro i dop y mast er mwyn medru gwahaniaethu'r cwch hwn oddi wrth y llall. Yna gosododd y ddau gwch ar wyneb y dŵr yn ofalus. Synhwyrodd Bleiddyn fod rhywbeth ar y gweill, oherwydd fe ddihunodd gan siglo ei hun yn effro.

"Barod?" gofynnodd Ina iddo gan wenu, cyn gollwng y cychod brwyn, cydio yn ei phastwn, a rhedeg nerth ei thraed at yr hen bont garreg mor gyflym ag oedd ei sandalau newydd yn caniatáu, a Bleiddyn yn dynn wrth ei sodlau.

Safodd yng nghanol y bont lle roedd y bwa ar ei uchaf, a syllu i lawr i'r afon, yn ofalus rhag pwyso drosto gormod gan nad oedd wal na ffens o fath. Roedd y ddau gwch bron â chyrraedd y bont yn barod. Pa un fyddai'n ennill y ras, tybed? Aeth y cychod o'r golwg. Trodd Ina'n ei hunfan i weld pa un fyddai'n ymddangos gyntaf yr ochr arall i'r bont.

Yr un heb y tro yn yr hwylbren – ei chwch hi!

"Ha! Fi sy wedi ennill! Hen dro, Lluan!"

Yn ei dychymyg, cwch ei chwaer oedd y llall, a hi oedd yn ennill fel arfer. Ond doedd dim golwg o gwch Lluan. Rhaid ei fod wedi mynd yn sownd ar ryw foncyff. Gwelodd y cwch buddugol yn nofio i ffwrdd. Ar ei ben ei hun. Cwch bychan, bregus yn cael ei lusgo gan y llif. Ciliodd y wên ar wyneb Ina. Beth ddaeth drosti yn chwarae'r gêm wirion yma, p'un bynnag?

Yna clywodd sŵn chwerthin iach yn agosáu, a gwelodd griw o blant tua'r un oed â hi'n cerdded at y bont. Roedden nhw'n byw yn y gaer ar y bryn. Medrai Ina weld muriau pridd y gaer ar ben moel y bryn yn glir drwy'r coed. Roedd hi a'i chwaer wedi chwarae gyda'r plant hyn droeon. Ond roedd hynny yn y gorffennol. Cyn i'r pla sgubo trwy'r wlad. Doedd dim byd yr un fath wedi hynny – yn sicr, ddim i Ina.

Peidiodd y chwerthin pan sylwodd y plant arni hi a Bleiddyn. Safodd pawb yn stond a gwgu arni. Roedd eu gelyniaeth tuag ati fel gwynt drwg, yn treiddio i fyny'r afon. Dechreuodd Bleiddyn sgyrnygu ei ddannedd. Gwasgodd Ina'r pastwn oedd yn ei llaw yn dynn. Roedd yn gwybod sut i'w ddefnyddio, eto diolch i Gwrgant, a doedd dim ofn arni wneud pe byddai rhaid.

Amneidiodd y bachgen hynaf ar y lleill – Peblig oedd ei enw, os cofiai Ina'n iawn – a dyma nhw'n mynd yn bellach i lawr yr afon i fan croesi arall lle roedd y dŵr yn fas. Edrychai rhai o'r plant llai 'nôl i'w chyfeiriad dros eu hysgwydd. Roedd yn anodd gweld ar bwy roedd arnyn nhw fwyaf o ofn, Bleiddyn neu hi.

Trodd yr awel yn finiog, a chydio yn Ina â'i bysedd oer, gan wneud iddi grynu yn ei gwisg gwlân denau.

"Tyrd," dwedodd Ina wrth Bleiddyn, cyn troi a gadael y bont y tu cefn iddi a cherdded i gyfeiriad y lle roedd yn ei alw'n gartref. Sylwodd Ina pa mor isel oedd yr haul. Roedd hi wedi colli golwg o'r amser, fel arfer. Gwell iddi frysio neu mi fyddai'n hwyr i swper.

Y swper olaf.

II

Roedd y *villa* i'w gweld o bell, ei muriau gwyn a'r to teils coch yn amlwg o'r ffordd fawr oedd yn arwain i hen ddinas Caerwent ac ymlaen dros afon Wysg i Gaerllion i un cyfeiriad, a thros afon Gwy i Gaerloyw y cyfeiriad arall.

Yn lle cerdded at y groesfan a dilyn yr heol gul i fyny at y *villa*, er mwyn arbed amser mentrodd Ina groesi'r cae ŷd oedd yn ffinio tir Gwrgant, er nad oedd i fod i wneud. Roedd y cae, fel gweddill y tir oedd yn amgylchynu ystad y *villa*, yn berchen i Brochfael ap Cadfarch, y cymydog cecrus. Roedd rhan ohoni'n ofni y byddai Brochfael yn ei gweld, a'r rhan arall yn gobeithio y byddai, er mwyn iddi fedru ei herio. Roedd ymddygiad plant y gaer wedi gadael blas cas yn ei cheg, a byddai ffrae danllyd yn siŵr o gael gwared ohono.

Sleifiai cysgodion hirfain haul y prynhawn dros y caeau a'r dolydd. Roedd gyda'r tir gorau yng Ngwent gyfan, yn ôl Gwrgant. Unwaith, ymestynnai ystad y *villa* ymhell i bob cyfeiriad. Ond, fesul hectar, aeth yn llai wrth i bethau newid yn y degawdau ar ôl i Brydain droi ei chefn ar Rufain. Neu i Rufain droi ei chefn ar Brydain. Doedd Ina ddim yn hollol siŵr.

Bellach roedd bron canrif a hanner ers hynny. Ac nid dim ond tir y *villa* oedd yn crebachu yn y cyfamser. Doedd

Gwrgant ddim yn blino rhefru a rhuo ynghylch y bobloedd estron o dros y môr oedd wedi glanio ac wrthi'n cipio tir brodorion Ynys Prydain, fesul milltir. O'r gorllewin, y Gwyddelod. Ac o'r dwyrain, Ellmyn o Germania – y Saeson felltith a laddodd tad Ina pan oedd hi'n ddwy flwydd oed. Doedd ganddi ddim cof amdano o gwbl, diolch i'r barbariaid hyn. Roedd y rhain ganwaith gwaeth na'r Gwyddelod. Doedd dim un Cristion yn ei plith, yn ôl Gwrgant.

Na, doedd dim trefn – nid fel y bu – a dagrau pethau oedd bod rhyw geiliog dandi fel Brochfael yn medru fforddio ymestyn ei dir, tra bod tir Gwrgant (oedd yn ŵyr i Pawl Hen, oedd yn ei dro'n fab i'r enwog Maximus Claudius Cunomoltus a adeiladodd y *villa*, 'neno'r gogoniant!) yn mynd yn llai ... Neu o leiaf dyna sut roedd Gwrgant wedi esbonio'r holl sefyllfa wrth Ina. Roedd hi'n ei garu'n ddiamod, ond roedd yr henwr yn dueddol o rygnu ymlaen am yr un hen bethau.

Wrth gerdded yn gyflym trwy'r cnwd ŷd, a Bleiddyn yn dynn wrth ei hochr, cofiodd Ina am y strach ryfedda a fu'r adeg hon llynedd pan ddihangodd rhai o wartheg Gwrgant i'r cae a chreu llanast ofnadwy. Aeth Brochfael yn benwan a mynnu hanner stoc o wartheg Gwrgant fel iawndal. Er bod Gwrgant wedi'i ddigolledi, gwrthododd roi'r union nifer roedd Brochfael yn hawlio. Wedi'r cwbl, roedd buchod yn bethau gwerthfawr tu hwnt. Byth ers hynny doedd y ddau heb dorri'r un gair â'i gilydd.

Dringodd Ina allan o'r cae dros y clawdd pridd roedd Brochfael wedi'i godi ar ôl y digwyddiad anffodus hwnnw – ond nid cyn iddi roi clamp o slaes i'r ŷd gyda'i phastwn, a chwalu sawl tywysen yn rhacs. Roedd hi'n dal yn grac gyda phlant y gaer, er na ddylai ddisgwyl gwell ar ôl cymaint o flynyddoedd o gael ei gwrthod. Rhoddodd slaes arall i'r gwenith, gan ddychmygu mai Peblig oedd yno. Slaes. Pe byddai'n ei weld eto, byddai'n rhoi cweir iddo. Slaes. Pa ots ei fod yn fachgen, ac yn fwy na hi. Slaes. Slaes. Slaes.

Yn y man, daeth Ina at ei choed, a sylweddoli gyda braw beth oedd hi'n ei wneud. Doedd neb wedi'i gweld. Ac efallai fod hynny'n beth da wedi'r cwbl, oherwydd roedd hi mewn digon o drwbl yn barod am ei bod yn hwyr.

Heb oedi mwy, anelodd Ina at brif adeilad y *villa*. Doedd y muriau ddim hanner mor wyn a llachar ag oedden nhw'n ymddangos o'r ffordd fawr, a doedd y to teils coch ddim mor drwsiadus, chwaith – roedd nifer wedi torri neu wedi disgyn yn llwyr. Mewn gwirionedd, roedd cyflwr mor druenus ar nifer o'r stafelloedd doedd dim posib eu defnyddio. Ac o'r herwydd, yng nghanol y *villa* – lle roedd y clos neu'r iard ganolog yn arfer bod – bellach roedd neuadd fawr o bren, cystal ag unrhyw neuadd arall rhwng afonydd Wysg a Gwy.

Wrth ochr y *villa* roedd darn bach o dir wedi'i amgylchynu gan ffens, ac yn y ffald safai hen geffyl blin yr olwg. Wrth i Ina agosáu, daeth yr anifail draw ati yn ling-di-long, i'w chyfarch. Cribodd Ina fwng llaes y gaseg gydag un llaw, a chosi ei gwddf gyda'r llall.

"Dyna ti, 'rhen ferch, dyna ti ..."

Roedd y gaseg dros ei thri deg oed erbyn hyn. A doedd ei natur ddim mymryn yn fwy annwyl nawr na phan oedd yn eboles. Pennata oedd ei henw – oedd yn golygu 'gydag adenydd' yn yr iaith Ladin. Doedd yr enw ddim yn addas iawn, oherwydd dyma'r ceffyl lleiaf tebygol i hedfan ar adain y gwynt a welsoch erioed. Ceffyl mam Ina oedd Pennata. Ond ceffyl Ina bellach, oedd yn beth da, oherwydd dim ond Ina allai ei farchogaeth. Roedd y ceffyl yn brathu a strancio pe byddai unrhyw un arall yn meiddio ceisio mynd ar ei gefn.

"Ina!" galwodd llais cyfarwydd. "Ble yn enw'r holl saint wyt ti wedi bod?!"

Briallen y llawforwyn oedd yno, yn llawn ffws a ffwdan, ei chorff crwn, byr yn bownsio dros y llwybr ar ei choesau bach pwt, a'i breichiau yn chwifio yn yr awyr.

"I'r baddondy – ar dy union!"

Brysiodd Briallen i gyfeiriad y baddondy ar ochr draw'r *villa*, gan hel Ina o'i blaen fel petai'n hel iâr i'w chwt. Bu Bleiddyn yn ddigon doeth i aros yn ei unfan, neu mi fyddai Briallen siŵr o fod wedi rhoi stŵr iddo fe hefyd.

Roedd y baddondy, fel gweddill y *villa*, wedi gweld dyddiau gwell. Ym mhen pellaf yr adeilad, roedd hanner y to wedi mynd a'i ben iddo wedi storm. Y tu mewn, roedd y plaster yn syrthio o'r waliau fel rhisgl hen goedcn. Ac er bod y llawr mosäig yr un mor llachar â phan y'i gosodwyd bron i ddau gan mlynedd ynghynt, roedd ambell grac wedi dechrau ffurfio. Prin ei fod yn haeddu'r enw 'baddondy' o gwbl bellach. Doedd dim cyflenwad dŵr, a doedd y gwres canolog ddim yn gweithio. Roedd rhaid cludo dŵr yno mewn piseri, a'i gynhesu mewn crochan dros y tân lle cynt bu boeler pwrpasol pwerus, a gwneud y tro â sefyll neu swatio mewn bwced mawr o bren yn lle gorweddian yn gysurus mewn bath go iawn.

Serch hynny, roedd y dŵr yn y bwced yn boenus o boeth ac o fewn dim roedd Ina'n chwys diferu. Arllwysodd Briallen olew persawrus o ffiol fechan a gorchuddio Ina ag e. Llenwodd arogl egsotig yr olew y stafell – gwynt lafant a blodau'r maes o Fôr y Canoldir. Yna dechreuodd Briallen drin croen Ina gyda chrafwr bychan metel er mwyn ei lanhau, yn ôl yr hen arfer Rufeinig, cyn tywallt dŵr oer drosti er mwyn selio'r croen.

Roedd un peth arall ar ôl i'w wneud – rhywbeth roedd Ina'n ei gasáu â chas perffaith – golchi ei gwallt.

✦   ✦   ✦

Er bod y wisg yn newydd, roedd y gwlân mor esmwyth a'r gwead mor fain nid oedd yn crafu o gwbl. Roedd yn ffitio Ina'n berffaith hefyd, yn wahanol i'r dillad roedd yn arfer eu gwisgo. Cododd Ina ei braich, a chael ei swyno gan y ffordd roedd y defnydd gwyrdd yn disgleirio fel emrallt.

"Arhosa'n llonydd, yn enw holl blant Dôn!" dwrdiodd Briallen, oedd yn ceisio cael rhywfaint o drefn ar wallt Ina ar ôl ei olchi.

"Wnes i ddim gofyn i ti wneud fy ngwallt."

"Llai o dy dafod, 'ngeneth i, neu mi fydda i'n defnyddio'r brwsh yma at berwyl llawer mwy poenus."

Doedd Briallen erioed wedi rhoi cymaint â bonclust bach i Ina, heb sôn am chwip din go iawn. Ond doedd hyn ddim yn ei hatal rhag bygwth gwneud, yn gyson. Brathodd Ina ei thafod, nid am ei bod ofn, ond am nad oedd eisiau i'r artaith o drin ei gwallt barhau am fwy nag oedd rhaid.

Syrpréis oedd y wisg newydd hon i fod, ond roedd Briallen wedi methu cadw'r gyfrinach, ac roedd Ina wedi clywed sôn amdani wythnosau ynghynt, yn fuan wedi i bopeth gael ei drefnu.

Cafodd Ina fraw y bore braf o wanwyn hwnnw, ychydig wedi'r Pasg, pan ddwedodd Gwrgant wrthi fod yr amser wedi dod, a hithau bellach wedi troi'n ddeuddeg oed, iddi ei adael. Roedd yn bryd iddi gymryd ei lle fel plentyn maeth yn llys Caradog, brenin Caersallog. Bu Ina'n ymwybodol o'r cynllun ers sbel cyn hynny – a doedd Briallen byth yn blino dweud ei bod yn hen bryd i Ina ddysgu bod yn foneddiges, ar ôl cael ei magu cyhyd fel bachgen gan Gwrgant – ond daeth y newyddion fel sioc yr un fath. Gwyddai ei fod yn rhywbeth arferol i blant bonedd yr ynysoedd hyn gael eu hanfon at lysoedd eraill am gyfnod pan oeddent yn ifanc – weithiau am flynyddoedd – ond roedd, serch hynny, yn anarferol i rywun o'i hoed a'i statws hi. Ac yn fwy anarferol fyth am mai merch oedd hi. Dim ond bechgyn fyddai'n cael y fraint, fel arfer.

I Gwrgant roedd y diolch – am ei wrhydri a'i ddewrder flynyddoedd maith yn ôl ym mrwydr enwog Mynydd Baddon, lle unodd lluoedd Prydain yn erbyn y Saeson a'u trechu, gan roi stop ar eu hymdrechion i ymestyn eu tiroedd tua'r gorllewin. Yn y frwydr honno, achubodd Gwrgant fywyd tad y brenin Caradog, ac roedd llys Caersallog yn ei ddyled byth ers hynny.

"Gad imi dy weld, 'ngeneth i," dwedodd Briallen, oedd yn dal i ffwdanu.

Trodd Ina i'w hwynebu. Syllodd Briallen arni heb ddweud dim am eiliad. Daeth deigryn i'w llygad.

"Mi wyt ti'n edrych yn bictiwr, wyt," dwedodd, gan godi'r drych fel bod Ina'n medru gweld y wisg.

Syllodd Ina arni hi ei hunan, a dal ei hanadl. Am eiliad, nid ei hwyneb hi oedd yn syllu yn ôl ati, ond wyneb Lluan. Edrychodd i ffwrdd yn sydyn, wedi drysu.

"Edrych yn iawn, ferch! Beth sy'n bod arnat ti?"

Atebodd Ina ddim.

"Tyrd," anogodd Briallen, yn fwy pwyllog y tro hwn am iddi sylwi bod Ina wedi gwelwi.

Syllodd Ina i gyfeiriad y drych unwaith eto. Roedd Lluan wedi diflannu. Ei wyneb hithau, Ina, oedd i'w gweld: ei llygaid, oedd yn rhy bell o'i gilydd, a'i gwddf oedd yn rhy hir. A'r gwallt fel y gigfran, ychydig yn llai gwyllt na'r arfer, diolch i ymdrechion Briallen.

"Gwn i mi ddweud hyn droeon – ond Duw a fo'n dyst imi – rwyt mor brydferth bob tamaid â dy chwaer. Ac mi fyddi mor brydferth â dy fam hefyd, rhyw ddydd, heddwch i'w llwch," dwedodd Briallen yn dawel, gan wneud arwydd y groes.

Ymgroesodd Ina ei hun hefyd yn gyflym. Roedd pum mlynedd ers iddi golli ei mam. A Lluan. Yr un pryd. Y pla a'u cipiodd, y pla melltigedig hwnnw – y Fad Felen – a fynnodd fywydau cymaint. Pa ryfedd nad oedd y clefyd wedi arbed bywyd y ddwy pan oedd wedi cipio hyd yn oed y brenin Maelgwn Gwynedd ei hun, teyrn mwyaf Prydain?

Pum mlynedd heb deimlo breichiau ei mam yn lapio'n dynn amdani. Pum mlynedd heb glywed chwerthiniad heintus Lluan, na gweld ei gwên – gwên oedd yn goleuo pawb a phopeth o'i chwmpas. Pam oedd rhaid i Ina edrych i ffwrdd o'r drych mor gyflym eiliad yn ôl? Petai wedi aros, efallai y byddai wyneb Lluan yno o hyd, yn gwenu'n braf arni.

Teimlai Ina bang o euogrwydd ei bod wedi gwirioni gymaint ar y wisg. Ond gwyddai hefyd byddai ei mam – a Lluan – wedi'i chanmol yn ei ffrog newydd, yn union fel y gwnaeth Briallen. Yn sicr, fydden nhw ddim eisiau iddi fod yn drist.

Cododd Ina ei phen a chraffu ar ei hadlewyrchiad eto, gan ganolbwyntio ar y wisg y tro hwn, yn hytrach na'i hwyneb. Roedd y ffrog yn ysblennydd, a doedd Ina hyd yn oed ddim yn medru gwadu ei bod yn ei gweddu i'r dim. Fyddai hi'n cymryd ei lle'n iawn yn llys Caradog.

Ond byddai Ina wedi cyfnewid y wisg yn llawen am ei hen ddillad, er bod rheiny yn rhy fach iddi, pe bai hynny'n golygu na fyddai'n rhaid iddi adael.

III

Safai Ina yng nghanol y neuadd. Teimlai'n chwithig am fod pawb yn edrych arni, a hithau yn ei dillad gwyrddloyw, drud. Syllodd ar y llawr, gan dynnu ar lewys ei gwisg yn nerfus. Roedd canhwyllau'n goleuo'r stafell fawr – er nad oedd yr haul wedi machlud eto – a'r crwyn anifeiliaid ar y muriau pren fel pe baent yn bethau byw yr adeg hon o'r dydd rhwng tywyll a golau. Roedd pob dim yn barod. Y bwrdd hir wedi'i osod. Y llestri gorau yn eu lle. Ond ble roedd Gwrgant?

"Fydd Gwrgant ddim yn hir," sibrydodd Briallen yn ei chlust, fel pe bai'n medru darllen ei meddwl.

Wrth iddi sefyll yno a disgwyl, daeth yn fwy ymwybodol fyth fod llygaid pawb arni, a'u bod yn sibrwd ymysg ei gilydd. Yn sibrwd amdani hi. Chwyddodd y mwmial a'r sisial, nes ei fod yn llenwi ei phen fel sŵn pryfed yn gorchuddio darn o gig.

Gwyddai Ina'n iawn beth fyddai cynnwys pob sgwrs: ei bod hi'n ffodus i gael lle yn llys Caradog frenin, a da hynny, gan fod Gwrgant wedi'i difetha'n llwyr. Wrth gwrs, roedd gan bobl hefyd drueni drosti oherwydd ei cholled. Ond bu Ina'n destun siarad byth ers i Gwrgant gynnig cartref iddi. Hi oedd yr unig un o'i thylwyth cyfan i oroesi'r pla. Ac roedd y bobl leol, oedd hefyd wedi colli anwyliaid, yn tyngu ei bod hi wedi'i dethol gan Dduw – er bod llond llaw o'r rhai mwyaf ofergoelus yn honni, yn ddistaw bach, nad yr Arglwydd Iôr oedd wedi'i hachub, ond y diafol ei hun ...

Seiniodd bibgorn y tu allan i'r neuadd. Er na fedrai Ina weld pwy oedd wrthi, gwyddai mai Gwrgant oedd yn canu'r offeryn. Roedd yn feistr arno. Daeth sŵn y pibgorn yn nes, ac yna cerddodd Gwrgant i mewn i'r neuadd, a Selyf y caethwas y tu ôl iddo'n cario bwndel mawr o bethau wedi'u gorchuddio gan sach. Camodd Gwrgant yn urddasol i ganol y stafell tuag at Ina, yn ffigwr trawiadol yn ei glogyn lliw porffor a'i goler aur, ac yn syndod o heini a chydnerth, er ei fod ymhell dros ei saith deg. Dilynai Selyf ei arglwydd mor urddasol ag y gallai o dan bwysau'r bwndel.

Llenwodd y nodau'r neuadd. Doedd dim posib i Ina beidio adnabod y dôn. Dyma'r hwiangerdd y bu Gwrgant yn ei chanu'n selog ar ôl iddi ddod i fyw ato bum mlynedd yn ôl, a hithau'n saith oed. Er mai hen filwr di-lol oedd Gwrgant yn y bôn, ac yn medru bod yn reit swta weithiau – hyd yn oed gyda hi – aeth yr un noson heibio bryd hynny heb iddo ganu'r dôn iddi ar yr offeryn. Oherwydd dyma'r hwiangerdd byddai Lluan yn arfer ei chanu iddi wrth erchwyn ei gwely yn ddi-ffael, wedi iddi gael sws nos da gan ei mam.

Y pibgorn hud – dyna roedd Gwrgant wedi'i alw, ac roedd Ina'n ei gredu pan ddywedai fod pwerau arallfydol yn perthyn i'r offeryn. Roedd sain y pibgorn yn gwbl wahanol i lais mwyn Lluan, yn fain ac yn dreiddgar, ond dyma'r unig beth yr adeg honno allai gysuro Ina. Yn y blynyddoedd wedi hynny, ceisiodd Gwrgant sawl gwaith i'w pherswadio i ailgydio yn yr offeryn, am ei bod hithau hefyd yn arfer ei ganu gyda'i mam. Ond ar ôl y pla, a cholli ei theulu, roedd Ina wedi tyngu llw i'w hun na fyddai byth yn cyffwrdd â'r offeryn eto.

Tad Ina oedd bia'r pibgorn arbennig hwnnw. Dim ond ar ôl iddo gael ei ladd y dechreuodd ei mam ei ganu. Doedd hi ddim yn beth cyffredin i wragedd ganu'r fath offeryn. Ond, am unwaith, doedd mam Ina ddim yn poeni ynghylch beth oedd yn arferol neu beidio. Dyna ei ffordd hi o geisio cadw ei gŵr yn fyw. O leiaf dyna sut roedd Briallen wedi esbonio'r peth wrth Ina.

Gwrandawodd pawb yn astud ar nodau olaf y dôn, cyn i Gwrgant ostwng y pibgorn a rhoi arwydd i Selyf i ddodi'r bwndel ar y llawr. Roedd y rhyddhad ar wyneb Selyf yn amlwg.

Trodd Gwrgant at Ina a'i chyfarch yn ffurfiol.

"Ina ferch Nudd. Daethom ynghyd heno i'th anrhydeddu ac i ddymuno bendith Duw arnat ar dy daith, ac ar gyfer dy gyfnod ym mynwes llys y brenin Caradog, arglwydd Caersallog."

Teimlodd Ina lwmp yn codi yn ei gwddf. Allai hi ddim edrych i lygaid Gwrgant. Amneidiodd yntau ar Selyf, a phlygodd hwnnw gan estyn rhywbeth iddo.

"Wele glogyn o'r gwlân gorau i'th gadw'n gynnes."

Cymerodd Ina'r clogyn mewn syndod. Roedd y defnydd patrymog o'r ansawdd gorau. A'r froetsh! Dyma'r union bin tlws y byddai ei mam yn ei ddefnyddio i gau ei chlogyn hithau. Gallai ei gofio'n glir, a'r enamel lliw coch a'r patrymau prydferth wedi'u serio yn ei meddwl. Ac yna atgof o nunlle: y froetsh yn disgleirio, clogyn ei mam yn wlyb o'r glaw, a'i arogl trymaidd. Daeth y pwl mwyaf ofnadwy o hiraeth drosti.

Efallai fod Gwrgant wedi sylwi, achos fe amneidiodd yn gyflym ar Selyf i roi rhywbeth arall iddo.

"Wele gwdyn o'r lledr gorau i'th gynnal."

Estynnodd Gwrgant gwdyn mawr lledr iddi, cyn sibrwd yn ei chlust a rhoi winc fach iddi. "Gelli roi'r pac dros dy gefn, neu ei glymu ar gyfrwy'r ceffyl, weli."

Edrychodd Ina ar y pac teithio. Roedd hwn, fel y clogyn, o ansawdd arbennig. Penderfynodd Ina beidio agor y cwdyn i edrych beth oedd ei union gynnwys, rhag ofn y byddai Gwrgant yn meddwl ei bod yn farus. Amneidiodd yr henwr ar Selyf eto. Roedden nhw'n amlwg wedi bod yn ymarfer y seremoni fach hon.

"Ac yn olaf ..." cyhoeddodd Gwrgant.

Oedd rhagor? Fedrai Ina ddim dychmygu beth arall allai Gwrgant ei roi iddi. Roedd wedi cael gymaint yn barod!

"Wele gleddyf o'r haearn gorau, yn rhodd i'r brenin Caradog, ac yn symbol o'r cyfamod rhyngom. Bydded iddo dy amddiffyn, fel y byddi'n dychwelyd yn ddiogel ac yn iach pan ddaw'r amser."

Estynnodd Gwrgant wregys ati a chleddyf ynddo. Cymerodd Ina'r cleddyf yn syfrdan. Aeth si drwy'r neuadd. Y fath rodd! Roedd Ina ar dân eisiau tynnu'r cleddyf yn rhydd o'i wain a'i edmygu. Ond doedd hyn ddim yn beth gweddus i ferch wneud, hyd yn oed merch oedd wedi cael cymaint o benrhyddid â hi. Yn fwy na hynny, doedd ganddi ddim hawl, yn sicr nid yng Nghaersallog, am na châi ferched gario arfau gan fod hyn yn erbyn moesau'r llys. Rhoddodd Ina'r gwregys a'r cleddyf yn ddiogel yn y cwdyn teithio lledr.

Clapiodd Gwrgant ei ddwylo ac aeth pawb i eistedd wrth y bwrdd.

"Diolch am y rhoddion," dwedodd Ina wrtho'n ddistaw.

"I ti mae'r diolch am lonni bywyd llwm hen ddyn fel minnau," atebodd Gwrgant, yr un mor ddistaw rhag i neb arall glywed.

Eisteddodd Ina wrth y bwrdd, ar ochr dde Gwrgant. Daeth y gweision â'r bwyd. Am wledd! Llond dysgl fawr o wystrys, dau eog cyfan, cigoedd o bob math – carw a baedd gwyllt o'r fforest, a chig buwch – wedi'i lladd yn arbennig ar gyfer yr achlysur – o'r caeau. Mynydd o lysiau wedi'u stwnsho, a sawl torth o fara haidd a cheirch. Roedd hyd yn oed fflasgiau o win gorau Bwrdios o deyrnas y Ffrancod yn ogystal â'r medd lleol. Doedd Ina erioed wedi gweld cymaint o fwyd o'r blaen, ac o olwg syn y lleill, doedd neb arall wedi chwaith. Dwedodd Gwrgant weddi fer, ac yna dechreuodd pawb sglaffio a slochian fel be baent heb gael dim i'w fwyta na'i yfed ers wythnosau.

Yn hwyrach, wedi i bawb gael llond ei boliau, cynigiodd Gwrgant lwncdestun i Ina – Iechyd! – ac yfodd pawb fwy eto. Dechreuodd Ina ymlacio hefyd, ond yn rhy gynnar oherwydd roedd un cyhoeddiad arall gan Gwrgant i'w wneud. Trawodd y bwrdd gyda'i ddwrn. Fflachiodd y fodrwy ar ei fys – modrwy aur drwchus, a darn o garreg plasma gwyrdd wedi'i mewnosod yn dwt ynddi. Ac ar y plasma, dau ffigwr wedi'u cerfio'n gelfydd – plant i'r duw Groegaidd, Zeus – gefeilliaid oedd, yn ôl yr hen gred, yn amddiffyn milwyr a morwyr.

"F'annwyl Ina …"

Ochneidiodd Ina'n dawel. Nid am ei bod yn anniolchgar, ond am ei bod wir yn casáu cael cymaint o sylw.

"… mae un gorchwyl llawen arall i'w gyflawni …"

Ofnai Ina am eiliad fod Gwrgant wedi trefnu i'r bardd

lleol ganu cerdd mawl iddi. Am ddiflas! Byddai rhaid iddi
wenu ac esgus hoffi'r darn – er gwaetha'r ffaith nad oedd fel
arfer yn deall hanner y geiriau roedd y bardd yn eu defnyddio,
ac roedd ei lais crynedig yn crafu ar ei nerfau fel cyllell. A
ph'un bynnag, roedd yn drewi.

Ond, diolch byth, doedd dim golwg o'r bardd. Yn lle
hynny, camodd Selyf y caethwas tuag ati, a mynd ar ei liniau.
Syllodd Ina arno'n gegrwth.

"Rhoddaf i ti'r caethwas hwn, at dy wasanaeth yn dy
gartref newydd," cyhoeddodd Gwrgant, gan wenu.

Doedd Ina ddim yn medru credu ei chlustiau. Selyf? Yn
gaethwas iddi hi? Ar hyn, aeth Selyf ar ei fol, ac ymgreinio o'i
blaen.

"Er nad oes rhyw lawer yn ei ben, mae ei galon gyfwerth
ag un rhyfelwr. Mi fydd yn was teyrngar i ti. Pan fyddi'n hŷn,
ti a'i cei gennyf, yn eiddo. Ac os yw'n dy blesio, gelli ei
ryddhau, os mynni," ychwanegodd Gwrgant, gan siarad am
Selyf fel nad oedd yno.

Doedd fawr o ots gan Ina am hynny – wedi'r cwbl,
caethwas oedd Selyf, heb fawr ddim hawliau; roedd Selyf a'i
debyg reit ar waelod y domen. Ond teimlai Ina braidd yn
annifyr, serch hynny, am ei bod yn gwybod pa mor hoff oedd
Briallen ohono. Mi fyddai hithau'n gweld ei eisiau, mae'n
siŵr. Edrychodd Ina draw arni ond roedd hi'n syllu ar y
bwrdd. Yna cofiodd fod Selyf yn dal ar ei fol ar y llawr ar bwys
ei thraed.

"Ar dy draed, Selyf," dwedodd Ina yn swta.

Cododd y caethwas a mynd yn ôl i sefyll wrth waelod y
bwrdd. Beth oedd yn mynd trwy ei feddwl e, tybed? Pa ots

mewn gwirionedd, meddyliodd Ina. Doedd ganddo ddim dewis ond ufuddhau. Yn union fel hi. Doedd hi chwaith ddim yn gwbl rydd, ddim o bell ffordd.

IV

Roedd y canhwyllau bron â diffodd ond doedd dim arwydd fod Gwrgant ar fin distewi. Roedd yn ei elfen – ac wedi mynd i hwyl, fel roedd yn dueddol o wneud ar ôl cael gormod o fedd – yn adrodd ei hanes ym mrwydr Mynydd Baddon. Er bod y frwydr ryw hanner canrif yn ôl bellach, roedd mor fyw yng nghof Gwrgant â phe bai wedi digwydd ddoe. Tasgai ei lygaid wrth sôn fel roedd dynion Gwent wedi ymladd gleddyf wrth gleddyf wrth ochr rhyfelwyr o bob rhan o dde Prydain.

"... Brython wrth ochr Brython yn erbyn y Sais, Cristion wrth ochr Cristion yn erbyn y pagan. Aeth yr awyr yn ddu. A wyddoch chi beth ddigwyddodd nesa ...?"

Ddwedodd neb air. Roedd pawb yn gwybod yr ateb ar ôl clywed yr hanes dro ar ôl tro, ond yn fwy na bodlon esgus fel arall er mwyn plesio Gwrgant.

"Daeth mellten a tharo'r ddaear reit o flaen y Saeson," atebodd llais dwfn o ddrws y neuadd.

Trodd pawb i weld pwy oedd yno. Allai Ina – na neb arall – ddim credu pwy oedd yn sefyll yno. Brochfael. Y cymydog cwerylgar. Efallai fod rhywun wedi'i gweld hi'n gynharach yn y cae ŷd, meddyliodd Ina, a bod Brochfael wedi dod draw er mwyn codi stŵr. Teimlodd Ina wres y gwaed yn llifo i'w bochau wrth iddi dechrau gwrido. Camodd Brochfael dros

drothwy'r neuadd, gan ddiosg gwregys ei gleddyf a'i roi i
Selyf, cyn troi at Gwrgant a'i gyfarch yn ffurfiol.

"Henffych, Gwrgant ap Ynyr ap Pawl Hen, yn enw Duw y
Goruchaf."

"Hawddamor, Brochfael ap Cadfarch ap Macsen Hirgoes,
yn enw'r Hollalluog," atebodd Gwrgant. "Tyrd i rannu ein
gwledd," ychwanegodd, mor gwrtais ag y gallai. Nid oedd
eisiau Brochfael ar gyfyl y lle ond roedd estyn croeso i rywun
yn beth hynod o bwysig.

"Maddeua imi am darfu, ond yma oherwydd Ina ydwyf."

Ceisiodd Ina edrych mor ddidaro ac y gallai, ond roedd ei
chalon yn curo'n galed.

"I ddymuno'n dda iddi, dyna'r oll, ac i roi anrheg fechan
iddi," ychwanegodd.

Yn llaw Brochfael roedd ffiol.

"Persawr, yr holl ffordd o'r Aifft," broliodd.

Roedd Ina mor syfrdan bu rhaid i Gwrgant glirio'i wddf er
mwyn ei phrocio i ymateb.

"Diolch," dwedodd Ina, gan gymryd yr anrheg. Gwenodd
Brochfael arni. Doedd e ddim yn arfer bod mor glên â hyn.
Efallai ei bod hi wedi gwneud cam ag e. Ond edrych yn
amheus arno a wnâi Gwrgant, cyn newid y sgwrs yn swta.

"Pa beth y gwnei o'r suon?"

"Pa suon?"

"Y suon ynglŷn â Rhun, frenin Gwynedd. Ei fod yn
ysbeilio'i ffordd trwy'r canolbarth, a'i fod am droi ei geffyl a'i
filwyr at Went."

"Cleber hen wragedd," atebodd Brochfael. "Gwn fod ein
tiroedd yn rhai breision, ond pa angen teithio wythnos gyfan i

ddwyn ein gwartheg a ffrwyth ein llafur pan mae Môn a'i chaeau ŷd dirifedi yn rhan o'i deyrnas?"

"Am nad oes terfyn ar drachwant brenin fel Rhun, mwy nad oedd terfyn ar drachwant ei dad, Maelgwn."

"Bid hynny fel y bo, nid oes lle i bryderu," mynnodd Brochfael. Trodd at Ina eto. "Fory felly? Am Gaersallog?"

"Ie," atebodd Gwrgant drosti. "Mae pob dim yn ei le."

"A da hynny," dwedodd Brochfael, gan gymryd ei wregys a'i gleddyf 'nôl oddi ar Selyf. "Bydd wych, Gwrgant ap Ynyr!"

"Yn iach, Brochfael ap Cadfarch!" atebodd Gwrgant, ond roedd Brochfael eisoes wedi troi ei gefn arno. Yng ngolau'r gannwyll uwch ei ben, sylwodd Ina gymaint o ôl traul oedd ar glogyn porffor Gwrgant – roedd wedi'i wisgo hyd at yr edau, a'r lliw wedi pylu – a'i fod yn rhy fawr iddo. Roedd yn ffitio'n berffaith unwaith, cystal â'i gwisg hi. Gwrgant oedd wedi mynd yn llai.

Aeth Brochfael allan trwy'r drws, gan ei gau'n glep. Yr eiliad nesa, diffoddodd y gannwyll uwchben Gwrgant. Ac un o'r canhwyllau eraill hefyd, yn syth ar ei hôl.

✦ ✦ ✦

Roedd y dyffryn mor dlws yng ngolau'r lloer, a'r ffurfafen yn llawn sêr. Safai Ina ar feranda'r *villa* yn mwynhau'r tawelwch, yn glyd yn ei chlogyn newydd. Dim ond sŵn dannedd cryfion yn cnoi asgwrn oedd i'w glywed. Rhoddodd ddarn o goes carw i Bleiddyn yn gynharach, ac roedd hwnnw yn y tywyllwch rhywle yn cnoi arno'n fodlon. Roedd pawb arall wedi mynd i'w gwlâu – pawb heblaw Gwrgant, oedd yn sefyll wrth ymyl y feranda, yn syllu arni'n fud. Synhwyrodd Ina fod rhywun yno. Trodd i'w wynebu.

"Mi roddaist fwyd i'r bwystfil croesryw acw, felly," dwedodd Gwrgant, yn cyfeirio at Bleiddyn. Tynnu ei choes oedd Gwrgant. Roedd bron yr un mor hoff o Bleiddyn ag oedd Ina.

"Mae Bleiddyn cystal blaidd bob tamaid â bleiddiaid fforest Caerwent, a chystal ci ag un o helgwn llys y brenin," atebodd Ina mewn fflach.

Roedd Ina wedi crybwyll y brenin ar bwrpas, er mwyn pryfocio Gwrgant. Gwyddai Ina'n iawn fod yn gas ganddo orfod cyflwyno taliad blynyddol o gig, grawn a mêl i'r brenin lleol, oedd yn ddi-dda a di-werth yn ei farn e. Credai Gwrgant fod llawer mwy o drefn ar bethau flynyddoedd yn ôl pan nad oedd brenhinoedd o gwbl.

Yn hytrach na digio, chwarddodd Gwrgant. Doedd fawr neb yn mentro ei ateb 'nôl fel arfer. Ina oedd un o'r ychydig rai.

"*Cum mentior et mentiri me dico, mentior an verum dico?*" gofynnodd iddi yn yr iaith Ladin: os ydw i yn dweud celwydd ac yn dweud fy mod yn dweud celwydd, ydw i'n dweud y gwir?

"*Annwyl athro,*" atebodd Ina, hefyd yn Lladin. "*Nid oes posib ateb y pos hwn.*"

Gwenodd Gwrgant yn fodlon. Roedd Ina'n ddisgybl da, ac wedi meistroli'r iaith cystal os nad gwell nag y medrai obeithio. Mynnodd ei bod yn cael addysg, er mai merch oedd hi. Daeth Lladin yn fath o iaith breifat rhwng y ddau – yn rhywbeth chwareus, i'w fwynhau, yn iaith gyfrinachol, heblaw fod rhywun addysgedig yn digwydd galw heibio, fel y ddau fynach hyddysg, Pasgen ac Uinseann. Bu'r ddau'n athrawon o fath ar Ina, er nad oedd un o'r ddau'n medru cadw llawer o drefn arni.

Yn ôl Gwrgant, roedd pawb werth eu halen yn medru Lladin. Roedd rhai, yn ôl y sôn, yn dal i'w siarad bob dydd dros yr Hafren. Dyma oedd iaith dysg. A'r iaith i'w defnyddio os oeddech yn cwrdd â rhywun o wlad neu dras wahanol – pawb gwaraidd, hynny yw. Roedd yn amheus gan Gwrgant a oedd llawer o'r Saeson yn medru Lladin. Pa ryfedd, a hwythau'n parablu rhyw gymysgedd carbwl o wahanol ieithoedd Almaenig, a ddim yn medru ysgrifennu, chwaith – nid mewn gwyddor gall, p'un bynnag.

Daeth Gwrgant i sefyll wrth ymyl Ina. Safodd y ddau ochr wrth ochr am hydoedd, yn dweud dim. Weithiau, doedd dim angen geiriau. Weithiau, roedd yn braf medru rhannu'r tawelwch gyda rhywun annwyl.

"Amser clwydo, 'mechan i," dwedodd Gwrgant o'r diwedd. "Mae taith hir o'n blaenau."

Trodd Gwrgant i fynd i mewn, a throdd Ina i'w ddilyn, ond nid cyn syllu i fyny i'r ffurfafen eto. Oedd y sêr i'w gweld mor glir o Gaersallog, tybed?

V

Deffrodd Ina'n sydyn a sylweddoli bod lleisiau i'w clywed y tu allan. Lleisiau pobl ag ofn. Roedd Bleiddyn ar ddihun yn barod, ei glustiau wedi codi, yn sniffian yr awyr yn nerfus.

Clywodd rywun wrth y drws. Rhuthrodd Briallen i mewn fel corwynt.

"Cod! Mae Rhun ap Maelgwn a'i filwyr yn rheibio'r fro!"

Rhwygodd Briallen y garthen oddi arni. "Ar dy draed. Gwisga!"

Rhwbiodd Ina ei hwyneb i geisio deffro.

"Nawr, Ina! Does dim eiliad i'w cholli!"

Cododd Ina a dechrau rhoi ei dillad amdani'n ffwndrus. Dechreuodd Bleiddyn droi yn ei unfan.

"Cymer dy bethau – ac ar dy geffyl i'r coed. Daw Selyf i dy gwrdd wrth yr ogof – mi wyddost pa un."

"A Gwrgant?"

"Rhaid i rywun warchod y gwartheg a'r holl eiddo. Paid poeni. Mae digon o daeogion yn barod i sefyll gydag e."

Diflannodd Briallen drwy'r drws. Daeth Bleiddyn at Ina a llyfu ei llaw, eisiau cysur. Mwythodd Ina ei ben yn frysiog, cyn gorffen gwisgo'n gyflym. Fel dwedodd Briallen, doedd dim eiliad i'w cholli.

✦ ✦ ✦

Bu Ina'n aros yn yr ogof am hydoedd a doedd dal dim sôn am Selyf. Roedd yn siŵr y byddai yma cyn hir, a Gwrgant hefyd. Doedd bosib y byddai'r brenin Rhun yn ddigon ffôl i ymosod ar y *villa* a herio un o arwyr brwydr Mynydd Baddon, a chymaint o ystadau eraill cyfagos i'w cipio. Ar y ffordd i'r ogof roedd Ina wedi pasio nifer o'r trigolion lleol oedd wrthi'n chwilio am rywle i guddio yn y coed dros dro, ac yn gweddïo byddai eu hanifeiliaid a'u heiddo'n dal yno ar ôl i'r gwŷr o'r gogledd gasglu digon o ysbail a chychwyn ar y daith hir 'nôl i Wynedd.

Penderfynodd Ina gymryd cip mwy manwl ar beth oedd yn y cwdyn teithio gafodd yn anrheg gan Gwrgant. Yn ogystal â'r cleddyf, roedd rhagor o ddillad a phethau defnyddiol fel darnau o fflint ar gyfer gwneud tân, a thaclau hela. Ar waelod y cwdyn roedd set o'r gêm fwrdd *Ludus latrunculorum* – neu *latrones* fel roedd pawb yn ei galw – gêm y bu Gwrgant a hithau'n ei chwarae'n ddi-baid am gyfnod.

Ond y peth mwyaf gwerthfawr oedd map memrwn y bu Ina'n pori drosto am oriau di-ri gyda Gwrgant – map o Britannia Prima, talaith Rufeinig gorllewin Prydain. Nid yr union fap, wrth reswm – roedd hwnnw'n llawer rhy werthfawr – ond copi ohono, copi cain, llawn cystal. Roedd y gwreiddiol yn un o hoff bethau Gwrgant, ac yn berchen i'w hen daid, sef Cynfawl Hael, yr enwog Maximus Claudius Cunomoltus. Byddai Gwrgant bob tro'n cyfeirio ato gan ddefnyddio ei enw Lladin. A'i enw llawn, hefyd. Wnâi *Cunomoltus* ar ei ben ei hun mo'r tro.

Er nad oedd Britannia Prima yn bodoli bellach heblaw ar fap, roedd Gwrgant yn ffyrnig o bleidiol i'r rhan honno o

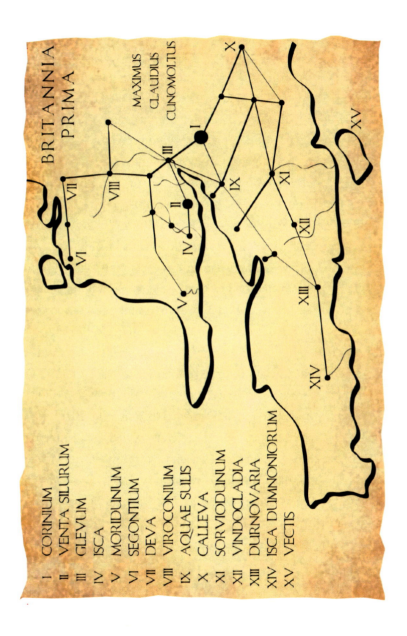

BRITANNIA
PRIMA

MAXIMUS
CLAUDIUS
CUNOMOLTUS

X
I
III
VII
VIII
VI
II
IV
V
IX
XI
XII
XIII
XIV
XV

I CORINIUM
II VENTA SILURUM
III GLEVUM
IV ISCA
V MORIDUNUM
VI SEGONTIUM
VII DEVA
VIII VIROCONIUM
IX AQUAE SULIS
X CALLEVA
XI SORVIODUNUM
XII VINDOCLADIA
XIII DURNOVARIA
XIV ISCA DUMNONIORUM
XV VECTIS

Brydain. Ar wahân i Wynedd. Ddaeth dim da fyth o Wynedd, yn ei farn e. A chafodd y brenin Maelgwn ei haeddiant drwy farw yn y pla am iddo addo bod yn offeiriad a gwasanaethu Duw, cyn torri ei air. Doedd Ina ddim yn deall pam mai cosb Duw oedd marwolaeth Maelgwn, tra bod Lluan a'i mam, Heledd, wedi marw am fod Duw yn eu caru gymaint, ac arno eu heisiau yn y nefoedd. A phan ofynnodd Ina hyn i Gwrgant rhywdro, newidiodd hwnnw drywydd y sgwrs.

Gadawodd Ina i'w bys grwydro ar y map, yn ofalus i gadw o fewn ei ffiniau. Er bod rhannau sylweddol o ddwyrain hanner deheuol Ynys Prydain bellach yn nwylo'r Sais, roedd y rhan hwnnw a fu unwaith yn Britannia Prima yn eiddo i'r Brython o hyd, fwy na heb, heblaw am y rhannau hynny o Ddyfed a Chernyw lle roedd y Gwyddelod yn byw. Ond anaml roedd Gwrgant yn cydnabod hyn, am i frenhinoedd Gwynedd – o bawb – lwyddo i drechu'r Gwyddelod rheiny oedd yn eu teyrnas nhw.

Roedd Ina'n gwybod enwau holl drefi a dinasoedd Britannia Prima, yn Lladin wrth gwrs, am iddi ddysgu darllen gyda help y map. Roedd yr enwau wedi'u serio ar ei chof: *Segontium* yng Ngwynedd, *Moridunum* yn Nyfed, *Isca Silurum* a *Venta Silurum* yng Ngwent, *Glevum* i fyny afon Hafren, *Aquae Sulis* a'i baddondai enwog dros yr aber ...

"A dyma ni wedi cyrraedd *Corinium*," dwedodd Ina'n uchel, a thynnu ei bys oddi ar y map, wrth i Bleiddyn ddod i fusnesu. *Corinium*, neu Caergeri yn iaith y Brython, oedd prifddinas y dalaith.

Roedd Ina ar fin dilyn y daith byddai hi a Gwrgant yn cychwyn arni heddiw gyda'i bys, pan sylwodd bod Pennata, y ceffyl, yn dechrau anesmwytho yng ngheg damp yr ogof. Trawodd Ina ei phen allan i weld a oedd Selyf ar ei ffordd. Gwelodd rywun yn brasgamu trwy'r coed tuag ati. Briallen.

Am rywun mor grwn, roedd yn medru symud yn syndod o gyflym. Roedd ganddi sach ar ei chefn a golwg ddifrifol iawn ar ei hwyneb. Camodd Ina allan o'r ogof a Bleiddyn wrth ei sodlau, gan arwain Pennata i olau dydd a chlymu llinyn ffrwyn y gaseg yn sownd wrth gangen gyfleus.

"Ble mae Selyf?"

Oedodd Briallen cyn ateb. Sylwodd Ina gyda braw bod dagrau yn ei llygaid.

"Briallen ...?"

"Mae Selyf druan ... yn y nefoedd, gyda'r angylion."

"Mae Selyf wedi'i ladd?" holodd Ina'n syn.

Amneidiodd Briallen ei phen. Gwyddai Ina gymaint o feddwl oedd ganddi o'r caethwas. Estynnodd ei llaw ati i'w chysuro.

"Mae'n ddrwg gen i ..."

Gwthiodd Briallen ei llaw i ffwrdd. Cydiodd yr ofn mwyaf ofnadwy yn Ina wrth weld pa mor welw oedd Briallen. Cymerodd y llawforwyn anadl ddofn.

"Mae Gwrgant hefyd wedi'i ladd."

"Na. Rwyt ti wedi gwneud camgymeriad," dwedodd Ina'n bendant, mewn llais pell i ffwrdd nad oedd hi'n ei adnabod.

"Gwranda, Ina fach ..."

"Na. Gwranda di! Fydd Gwrgant yma cyn bo hir. Well i ni baratoi ..."

Cydiodd Ina yn ffrwynau'r ceffyl. Gafaelodd Briallen yn ei braich, a'i hatal.

"Ina, 'nghariad i. Mi welais i'r corff â'm llygaid fy hun. Mae e wedi ein gadael, ac yn nheyrnas Duw."

Rhythodd Ina arni'n hurt. Gwelodd ei dagrau, a sylweddoli bod Briallen yn dweud y gwir. Sigodd ei choesau, yn union fel petai rhywun wedi'i thrywanu. Byddai wedi syrthio'n swp i'r llawr pe na bai Briallen wedi'i dal.

Roedd pen Ina'n troi a'r golled yn ormod i'w ddioddef. Gwrgant annwyl. Yr un a wnaeth cymaint drosti yn farw, heb iddi gael siawns i ffarwelio ag e.

Ond er cymaint roedd hi eisiau crio, fedrai ddim. Roedd rhywbeth y tu hwnt i'w rheolaeth yn gafael yn y galar a'i dagu mor galed â dwrn mewn maneg haearn. Yn union fel y digwyddodd pan bu farw Lluan a'i mam. Doedd hi heb lwyddo i golli deigryn byth ers hynny.

"Beth wna i hebddo?" gofynnodd Ina'n gryg, cymaint i'w hun ag i Briallen.

"Gadael am Gaersallog. Ar fyrder."

"Ar ben fy hun? Amhosib!"

Synhwyrodd Bleiddyn fod rhywbeth o'i le a chlosio at Ina. Ond yn lle ei chysuro, rhoddodd Briallen ysgytwad iddi.

"Dyna oedd dymuniad Gwrgant! Wyt ti am ei sarhau, a'i gorff ddim eto'n oer?"

"Wrth gwrs nac ydw i. Ond siawns y byddai'n well gofyn i Brochfael am loches yn lle cychwyn ar daith mor beryglus. Efallai ei fod yn ddyn annifyr, blin ond ..."

"Na, Ina!" torrodd Briallen ar ei thraws. "Anghofia am Brochfael!"

"Dydi e ddim yn ddrwg i gyd. Rhoddodd e anrheg i fi, wedi'r cwbl."

"Ydi'r ffiol gen ti?"

"Ydi. Pam wyt ti eisiau gwybod?"

"Tyrd â hi i mi."

Aeth Ina i'r cwdyn a'i rhoi iddi. Taflodd Briallen y ffiol yn erbyn y goeden agosaf, a chwalodd yn deilchion.

"Briallen!"

"Nid dynion y brenin Rhun laddodd Gwrgant, ond Brochfael," dwedodd y forwyn yn dawel. "Mi fetiwn holl aur Gwynedd nad persawr oedd yn y ffiol – ond gwenwyn."

Arswydodd Ina drwyddi. "Pam fyddai Brochfael am fy lladd?"

"Rhag i ti ddial arno rhyw ddydd."

Aeth Briallen ymlaen i esbonio bod Gwrgant wedi rhagweld y byddai Brochfael yn ymosod arno, ac mai dyna pam roedd mor awyddus i anfon Ina i ffwrdd. Roedd y si ar led yn barod y byddai Brochfael yn hawlio ystad Gwrgant doed a ddelo, am nad oedd Gwrgant wedi llawn dalu'r iawndal. Mae'n debyg bod Brochfael wedi dod i ddealltwriaeth gyda'r brenin Rhun, ac wedi addo hanner gwartheg Gwrgant iddo er mwyn sicrhau ei gefnogaeth.

Dim ond lled-wrando roedd Ina. Cyn gynted ag y dwedodd Briallen y gair 'dial', teimlodd Ina rywbeth dychrynllyd yn chwyddo y tu mewn iddi. Cynddaredd pur.

Heb sylweddoli'n iawn beth oedd hi'n ei wneud, aeth Ina i'r cwdyn cyfrwy ac estyn am wregys y cleddyf. Tynnodd y cleddyf o'i wain, a'i chwifio'n fygythiol yn yr awyr.

"Os yw e am fy lladd, caiff drio heddiw!"

"Callia! A rho'r cleddyf i gadw, ar unwaith!"

gorchmynnodd Briallen. "Daw dim da o ferch yn codi cleddyf. Mae'n groes i ewyllys Duw."

Anwybyddodd Ina hi, a throi am ei cheffyl, ond roedd Briallen yn gynt.

"Symuda," poerodd Ina, o'i chof yn llwyr.

"Na wnaf."

Roedd Bleiddyn wedi cynhyrfu hefyd erbyn hyn, ac yn cyfarth yn ofidus, yn methu'n lân â deall beth oedd yn digwydd.

Camodd Ina tuag at y llawforwyn. Gwingodd honno, gan ollwng sgrech. Roedd hyn yn ddigon i beri i Ina sylweddoli beth roedd yn ei wneud. Syllodd Ina'n hurt ar y cleddyf yn ei llaw. Ciliodd y gynddaredd mor sydyn ag y daeth. Gollyngodd y cleddyf. Roedd wedi codi gymaint o ofn arni ei hun ag oedd ar Briallen.

"Fyddwn i ddim wedi ... do'n i ddim eisiau ..." dwedodd Ina, yn methu'n lân â dod o hyd i'r geiriau cywir.

"Gwn hynny'n iawn, 'nghariad i," dwedodd Briallen a'i llais yn crynu. Plygodd i estyn am y cleddyf. "Rhoddaf hwn i gadw'n ddiogel."

Cododd Briallen y cleddyf yn ofalus gerfydd ei garn, ei roi 'nôl yn ei wain, a rhoi'r gwregys yn y cwdyn cyfrwy. Safai Ina yno'n hollol stond yr holl amser.

"Ond beth am ein brenin ni?" holodd Ina, wedi iddi ddod o hyd i'w llais eto. "Siawns na allith e wneud rhywbeth?"

"Fedrith ein brenin bychan pitw ni wneud dim i herio ewyllys teyrn Gwynedd. Wrth gwrs, byddai rhaid i Brochfael dalu iawndal petai'n dy ladd – does neb uwch y gyfraith. Ond os mai tair buwch yw pris bywyd milwr, faint llai rwyt ti'n meddwl yw gwerth merch amddifad?"

Sigodd calon Ina. Gwyddai fod Briallen yn dweud y gwir. Fel merch, doedd ganddi ddim yr un hawliau â dyn bonheddig fel Brochfael. Ac fel merch amddifad, heb deulu o'r fath yn y byd, hyd yn oed llai.

"Paid digalonni," dwedodd Briallen.

Sut yn y byd na fedra i ddigalonni? meddyliodd Ina. Doedd ganddi ddim ar ôl, heblaw'r hyn oedd yn y cwdyn teithio.

"Efallai rhywdro, ymhen blynyddoedd, y medri ddychwelyd a hawlio cyfiawnder," awgrymodd Briallen. "Gyda'r holl ansicrwydd sydd ohoni, efallai bydd Rhun ap Maelgwn a Brochfael yn y bedd fel ei gilydd erbyn hynny. A byddaf yn gweddïo beunydd imi gael gweld y dydd hwnnw pan gei droedio tir Gwent yn ddiogel eto."

Crynodd Ina drwyddi. Er bod Gwrgant wedi'i hyfforddi'n dda, doedd dim byd wedi'i pharatoi at yr arswyd oedd bellach wedi cydio ynddi. Roedd hi'n teimlo'n sâl gan ofn.

"Yn y cyfamser, gwna dy orau yng Nghaersallog, a cheisia ennill ffafr y brenin Caradog."

"Pwy fydd yn fy nghredu? Does gen i ddim prawf."

Aeth Briallen i'w sach, tynnu rhywbeth allan, a'i roi i Ina. "Dyma dy brawf."

Syllodd Ina ar y fodrwy yn ei llaw. Modrwy Gwrgant. Ofynnodd Ina ddim sut roedd Briallen wedi llwyddo cael y fodrwy o'i fys. Roedd arni ofn gwybod. Bu'r fodrwy yn nheulu Gwrgant ers cenedlaethau, ac er mai Cristion pybyr oedd Gwrgant, taerai i'r fodrwy ei achub ym mrwydr fawr Mynydd Baddon. Ond doedd y fodrwy heb ei achub heddiw, meddyliodd Ina'n chwerw.

Yna rhoddodd Briallen gwdyn bach iddi'n llawn o arian.

"Dangosodd Gwrgant imi ble roedd y cwdyn sbel 'nôl, ac imi dy roi i ti pe bai hi'n argyfwng."

Roedd Gwrgant wedi meddwl am bob dim. Roedd hyn mor nodweddiadol ohono, a'r ffaith nad oedd wedi yngan gair o'r hyn oedd yn ei boeni wrth Ina rhag iddi bryderu. Llifodd ton o hiraeth drosti.

Aeth Briallen i'r sach eto. "Dyma'r unig beth arall y medrwn ei adfer."

Estynnodd Briallen rywbeth ati. Y pibgorn.

"Gwn nad wyt bellach yn ei ganu, ond mi wn hefyd y byddai Gwrgant am i ti ei gael."

"Diolch," dwedodd Ina'n syn, gan gymryd y pibgorn.

"Ina annwyl ... " dwedodd Briallen, y dagrau'n cronni yn ei llygaid eto. "Os medri drechu'r pla, mi fedri oroesi hyn."

Gafaelodd Briallen ynddi'n dynn a'i chofleidio.

"Nawr, dos am y cwch fferi. Duw bo gyda thi, fy nhrysor, a holl blant Dôn."

Trodd Ina, amneidio ar Bleiddyn i'w dilyn a datod awenau'r ceffyl cyn dringo ar ei gefn. Rhoddodd arwydd i Pennata gychwyn cerdded, cyn ei chodi i drotian. Edrychodd Ina'n syth yn ei blaen. Fiw iddi edrych 'nôl a gweld Briallen yn torri ei chalon. Fiw iddi.

VI

"Fedri di fy nhalu?" gofynnodd y cychwr i Ina'n swta, gan edrych arni'n amheus.

"Medraf," atebodd, a chynnig darn arian iddo. Gwerth y metel yn y darn oedd unig werth yr arian bellach. Roedd y cyfnod pan oedd gan bob dim ei bris mewn arian, a phob darn arian yn werth y swm oedd wedi'i stampio arno, wedi hen ddirwyn i ben, fel roedd Gwrgant wedi esbonio i Ina droeon pan oedd yn dechrau rhefru am y dyddiau a fu.

Cymerodd y cychwyr y darn a'i droelli, cyn ei roi rhwng ei ddannedd a'i gnoi. Ebychodd, a'i roi gadw. Ond yn lle gwahodd Ina ar y cwch, estynnodd gledr ei law ati.

"Un arall – am y bwystfil, a dau ddarn am yr hen geffyl acw."

Ochneidiodd Ina. Gwelai o'r wep ar wyneb hagr y cychwr, a hwnnw'n rhychog a lliw lledr o'r tywydd, nad oedd pwrpas dadlau. Rhoddodd dri darn arall iddo. Yr un ddefod eto. Eu troelli a'u cnoi cyn eu rhoi i gadw. Yna aeth ati i ddatod y cwch o'r rhaff.

"Tyrd. Paid â loetran. Mae'r llanw'n troi."

Cydiodd Ina yn ffrwynau Pennata a'i harwain at lanfa'r Graig Ddu – craig isel wastad, enfawr oedd yn ymestyn i'r dŵr fel llaw heb fysedd, heblaw am fawd. Roedd y cwch, oedd tua deg metr o hyd, wedi'i glymu yn y sianel gul rhwng y 'fawd' a gweddill y graig.

Gan barhau i ddal ei gafael yn ffrwynau'r gaseg, a Bleiddyn yn dilyn yn ufudd, camodd Ina ar y cwch. Doedd hyn ddim yn anodd am fod ochrau'r cwch mor isel, a'i lawr yn fflat a chymharol lydan. Roedd hwylbren yn y blaen, a rhwyf lywio fawr yn y cefn. Dyma'r tro cyntaf erioed iddi fod ar gwch. Roedd yn deimlad mor rhyfedd, yn solet ond yn symud. Dechreuodd y cwch siglo o un ochr i'r llall a dechreuodd stumog Ina gwyno.

"Ydi'r cwch yn ddiogel?"

"Mor ddiogel ag unrhyw gwch arall."

Doedd hwn ddim wir yn ateb i dawelu'r meddwl, yn enwedig am nad oedd Ina'n medru nofio.

"Yn ddigon cryf i gario ceffyl?"

"Gad dy nonsens, yr eneth wirion. Medraf gario pum tunnell yn rhwydd, felly dwi'n siŵr y dof i ben â chludo dy hen gaseg esgyrnog."

Rhag gwylltio'r cychwr mwy fyth, trodd Ina at Pennata a'i hannog i'w dilyn, gan geisio cuddio ei nerfusrwydd hithau.

"Tyrd, gaseg dda."

Safodd Pennata yn ei hunfan. Doedd dim symud arni. Gwthiodd Bleiddyn heibio a neidio ar y cwch heb oedi, fel petai am ddangos esiampl. Gosododd Pennata un goes flaen i mewn i'r cwch, ac yna'r llall, yn ansicr. Gweryrodd.

"Y ddwy goes ôl nawr. Tyrd," sibrydodd Ina yn ei chlust. Gweryrodd Pennata eto, cyn rhoi naid fach. O'r diwedd, roedd yn y cwch, o'i thrwyn i'w chynffon. Ond prin roedd carnau'r gaseg wedi cyffwrdd y llawr pan dechreuodd gnoi ar haearn y ffrwyn yn ei cheg, taflu ei phen i'r awyr a gweryru'n ddi-baid.

"Tawela'r creadur 'cw!" harthiodd y cychwr.

Er i Ina geisio, doedd dim byd yn tycio. Os rhywbeth, roedd hi'n gwneud pethau'n waeth, a'r gaseg erbyn hyn yn strancio cymaint roedd peryg i'r cwch ddymchwel. Collodd Ina ei gafael a syrthio ar lawr y cwch. Ciciodd Pennata ei choesau ôl a neidio dros ochr y cwch i'r dŵr – sblash! – gan socian y cychwr. Rhuodd hwnnw fel arth, gafael yn y rhwyf a'i chwifio'n fygythiol i gyfeiriad Ina.

"Dos ... cyn imi dy daflu dithau i'r dŵr!"

Efallai y byddai'r cychwr wedi'i tharo hefyd pe na bai Bleiddyn wedi sgyrnygu ei ddannedd ato. Straffaglodd Ina i'w thraed a neidio yn ôl ar y lanfa, a Bleiddyn wrth ei sodlau. Trodd at y cychwr ac ymestyn ei llaw.

"Yr arian."

"Beth amdano?"

"Mae arnaf ei eisiau yn ôl."

"Dim peryg. Dyna'r tâl am wastraffu fy amser prin."

Gosododd y cychwr ei rwyf ar y graig, gwthio'r cwch o'r lanfa a chychwyn am ochr draw'r aber tra bo'r llanw o'i blaid.

"Melltith yr holl angylion arnat!" gwaeddodd Ina, unwaith roedd y cwch yn ddigon pell i ffwrdd. Doedd hi ddim yn siŵr a oedd y cychwr wedi'i chlywed. Trodd a gweld Pennata yn pori'n fodlon ar glwmp o wymon yn mwd llwyd yr aber.

"Gobeithio fod y gwymon yn flasus," dwedodd Ina'n bigog.

Chymerodd y ceffyl ddim sylw ohoni. Sigodd coesau Ina oddi tani. Rhaid iddi eistedd am funud fach. Chwiliodd am fan sych. Gwelodd ddarn o bren a'i godi. Gwnâi'r tro fel

pastwn. Efallai y byddai rhaid iddi amddiffyn ei hun. Roedd
cleddyf yn y cwdyn teithio, ond well i hwnnw aros yn ei wain.
Rhy beryglus. P'un bynnag, roedd pastwn bron cystal â
chleddyf, o'i ddefnyddio'n iawn. Ac roedd gan Ina lond sach o
symudiadau i'w hamddiffyn ei hun ar ôl blynyddoedd o
ymarfer.

Eisteddodd Ina ar garreg fawr. Daeth Bleiddyn ati a
gorwedd wrth ei hymyl. Edrychodd Ina dros y dŵr. Roedd
bryniau tiroedd Caerfaddon bron o fewn cyffwrdd, ond eto
mor bell. I lawr yr aber, i gyfeiriad caer Dinas Powys, roedd
bryniau teyrnas Dyfnonia gyferbyn i'w gweld yn hynod o glir –
mor glir, roeddent fel pe baent yn ei gwatwar.

Roedd Dyfnonia yn bwerus, ac yn un o'r ychydig wledydd
ar yr ynys oedd yn ddigon cryf i etifeddu mantell Gwynedd fel
prif deyrnas y Brythoniaid, gan fod Maelgwn bellach wedi marw.

Tynnodd Ina'r map o'r cwdyn lledr a'i astudio, a suddodd
ei chalon yn is fyth. Ochneidiodd. Cododd Bleiddyn ei ben a
rhoi ei ên ar ei phen-glin, gan syllu arni gyda'i lygaid mawr.

"Bleiddyn annwyl, mae arna i ofn fod taith hir iawn o'n
blaenau."

Dyna, yn wir, oedd dagrau pethau. Diolch i'r gaseg a'i
strancio, byddai'n rhaid mynd yr holl ffordd i fyny afon
Hafren tua Chaerloyw cyn medru cychwyn ar ei thaith go
iawn i lawr ochr draw'r aber am Gaersallog. Roedd taith
tridiau wedi dyblu i un o gwta wythnos.

Ond yn gyntaf, byddai rhaid, rywsut, osgoi dynion
Brochfael oedd yn siŵr o fod yn chwilio amdani, heb sôn am
filwyr Rhun ap Maelgwn oedd yn brysur yn rheibio'r holl
ardal.

VII

Digon llwm oedd y llwybr ar hyd yr arfordir o'r Graig Ddu – a digon anwastad hefyd – ond doedd fiw i Ina ailymuno â'r heol fawr eto am fod tiroedd Brochfael yn ffinio â'r ffordd, ac yn ymestyn i'r dwyrain hyd at y rhyd dros Nant-oer, ychydig cyn Pwll Meurig a glannau afon Gwy. Byddai rhaid croesi'r afon fawr honno, rhywsut, cyn medru dilyn y ffordd fawr i fyny'r aber.

"Os gyrhaedda i afon Gwy o gwbl," dwedodd Ina wrthi ei hun.

Tynnodd ar ffrwynau'r ceffyl a stopio. Roedd y llwybr o'i blaen yn troi i ffwrdd o'r môr am fod aber bychan yn syth ymlaen. Dyma lle roedd Nant-oer yn cyrraedd Aber Hafren, ac roedd y nant gymaint ag afon yma. Yn ei dychymyg, medrai Ina weld dynion Brochfael yn llechu yn y brwyn ar lan y nant, neu yn llwyni'r tir prysg y tu hwnt.

Craffodd Ina i'r pellter, a dilyn y llwybr â'i llygaid, heibio i'r tro yng ngheg y nant i'r man croesi rhyw gan metr i ffwrdd … ond fedrai hi ddim gweld dim byd amheus, dim ond lliw coch llachar pigau'r piod y môr oedd yn chwilio am fwyd ar y glannau llwyd. Doedd Bleiddyn yn amlwg ddim wedi ffroeni peryg chwaith am ei fod yn dal i gerdded yn hollol hamddenol ar hyd y llwybr. Penderfynodd Ina ei fod yn ddiogel ac aeth yn ei blaen.

Ond wrth iddi groesi'r nant, dechreuodd Bleiddyn aflonyddu. Craffodd Ina o'i chwmpas eto, a gweld dau ffigwr yn llechian yn y llwyni ymhellach i fyny'r llwybr. Roedd ei greddf yn gywir, felly! Teimlodd ei llwnc yn sychu.

Heb rybudd, dyma Bleiddyn yn rhedeg tuag atynt fel corwynt. Roedd Gwrgant wedi pregethu digon wrthi na ddylai hi fyth ymosod os oedd dewis arall ganddi, ond allai hi ddim gadael Bleiddyn ar ei ben ei hun. Gyrrodd y ceffyl ar ei ôl, gan dynnu'r pastwn o'r cyfrwy'n barod. Roedd Gwrgant hefyd wedi dweud wrthi pa mor anodd oedd ymosod ar rywun go iawn – yn enwedig y tro cyntaf. Teimlai Ina'n swp sâl. Un peth oedd chwarae rhyfel yn ei phen. Peth arall oedd ei wneud go iawn.

Gwelodd Ina'r bleiddgi yn neidio i mewn i'r llwyni. Clywodd floedd a chyfarth swnllyd. Ond roedd y cyfarth yn debycach i gyfarchiad na'r sŵn bygythiol roedd Ina'n ei ddisgwyl. A phan gyrhaeddodd y llwyni, sylweddolodd Ina pam. Pwy oedd yno'n cuddio ond ffrindiau Gwrgant, y mynachod Pasgen ac Uinseann. Ochneidiodd Ina mewn rhyddhad a rhoi'r pastwn i gadw.

"Gras i Dduw! Rwyt ddiogel!" bloeddiodd Pasgen yn hapus. "Ni fûm erioed mor llawen i weld yr hen gaseg drwg ei thymer yma yn fy myw!"

"Minnau llawen gweld Blaidd hefyd," dwedodd Uinseann yn ei Frythoneg ansicr, er nad oedd yn edrych yn wirioneddol hapus o gael Bleiddyn yn neidio arno a llyfu ei wyneb yn ddi-baid. "Blaidd da!" dwedodd wrth y bleiddgi yn nerfus, cyn ailadrodd yr un peth yn Lladin, *"Lupus bonum! Lupus bonum!"*

"Bleiddyn, gad lonydd i Uinseann druan," gorchmynnodd Ina. Gwyddel oedd Uinseann, a'i enw'n swnio rhywbeth yn debyg i 'In-shỳn'. Er ei fod yn glamp o ddyn ysgwyddog, roedd arno ofn y ci.

"Diolch, fy mhlentyn annwyl," dwedodd Uinseann yn Lladin, gan sychu ei dalcen chwyslyd â'i law.

Cydiodd Pasgen yn y groes bren roedd wedi'i chuddio yn y llwyni, a phenlinio o'i blaen. Aeth Uinseann ac Ina i'w gliniau hefyd. Adroddodd Pasgen weddi, a gofyn i Dduw groesawu Gwrgant i'w deyrnas yn y nef. Ar ôl y weddi, parhaodd y tri i benlinio am ychydig, eu llygaid ar gau, yn hel atgofion yn dawel. Aeth Bleiddyn ar ei eistedd, heb wneud smic chwaith, fel petai am goffáu Gwrgant hefyd.

Pasgen oedd y cyntaf i godi, er nad oedd ei gymalau mor ystwyth ag y buont.

"Roeddem yn gobeithio y byddet yn dod y ffordd hon," dwedodd Pasgen, hefyd yn Lladin. Dyma'r iaith byddent yn siarad â'i gilydd gan amlaf am nad oedd Uinseann yn siarad Brythoneg yn hollol rugl.

"Nid gobeithio, Pasgen. Gweddïo. Buom yn gweddïo y byddet yn dod y ffordd yma. A bu'r Forwyn yn ei Doethineb yn ddigon trugarog i wrando ar ein ple."

"Bid hynny fel y bo ..." dwedodd Pasgen, braidd yn swta, gan ymsythu i'w lawn daldra, oedd tua'r un faint â thaldra Ina. *"Rwyt yn fyw ac iach, Ina, er gwaethaf Brochfael a'i gynllun dieflig."*

Roedd y ddau bob amser yn cywiro'i gilydd, ac roedd Gwrgant yn arfer cellwair eu bod yn debyg i hen bâr priod. Roedd wrth ei fodd yn tynnu coes y ddau. Doedd dim llawer o hwyl yn perthyn i Pasgen, oedd braidd yn sych-dduwiol, er bod ganddo galon fawr. Tipyn o dderyn oedd Uinseann y Gwyddel, fodd bynnag. Roedd Gwrgant wastad yn arfer ei bryfocio mai Cristnogion ail-law oedd y Gwyddelod – rheiny oedd wedi gweld y goleuni, hynny yw, gan fod nifer ohonynt yn baganiaid o hyd – am mai Brython a gyflwynodd neges Crist iddynt, yr enwog Padrig Sant. Chwarddai Uinseann bob tro, heb ddigio dim. Gwenodd Ina wrth gofio, ond sobrodd wrth iddi sylweddoli na fyddai byth yn clywed y ddau'n morio chwerthin gyda'i gilydd eto.

"*Mae gennym ninnau gynllun hefyd!*" dwedodd y Gwyddel, yn llawn cynnwrf.

"*Oes. Yn ffodus iawn, rydym ar ein ffordd ...*" dechreuodd Pasgen esbonio, cyn i Uinseann dorri ar ei draws.

"*I Gaergeri. Ar gais Cynddylan frenin. O'r diwedd! Rydym ar bererindod dros Grist!*"

Gwyddai Ina o'i glywed droeon mai prif ddymuniad Uinseann oedd cael gadael y mynachdy ger Caerwent a lledaenu gair Duw – *peregrinari pro Christo*, fel roedd y Gwyddel yn ei alw yn Lladin.

"*Fel y gwyddost, mae Caergeri tua hanner ffordd rhwng yma a Chaersallog ...*" aeth Pasgen yn ei flaen.

"*Ond wrth gwrs, yn gyntaf mae rhaid i ni fynd â thi heibio dynion Brochfael, sydd yn gwarchod man croesi afon Gwy ...*" ymyrrodd Uinesann eto.

"*Mawr fyddai fy niolch pe baet yn caniatáu imi orffen yr hyn rwyf yn dymuno ei ddweud!*"

"*Pe byddet yn ei fynegi mewn modd call, mi fyddwn yn fwy na bodlon gwneud!*"

Roedd y cecru'n dechrau mynd ar nerfau Ina, yn enwedig am fod y sefyllfa yn un mor ddifrifol.

"Falle allech chi beidio ag anghytuno yn ddigon hir i ddweud wrtha i yn union beth yw'r cynllun?" cynigiodd Ina.

Edrychodd y ddau fynach arni'n llawn embaras. Ac yna – heb i Uinseann dorri ar ei draws unwaith – esboniodd Pasgen yr hyn oedd ganddynt mewn golwg. Gwrandawodd Ina'n astud.

✦   ✦   ✦

Ar ôl cerdded am dros dair awr – doedd dim posib i'r tri farchogaeth ar gefn y ceffyl – roedd y bont Rufeinig dros afon Gwy i'w gweld yn y pellter. Pasgen oedd yn arwain y ffordd, a chododd ei law.

"Arhoswn yma, rhag i ddynion Brochfael sylwi arnom ni," dwedodd. *"Mae hwn yn lle da i ni ymbaratoi ar gyfer croesi'r bont,"* ychwanegodd yn Lladin.

Roedd y cynllun yn un beiddgar: twyllo dynion Brochfael trwy wisgo Ina fel mynach.

"Cytuno," dwedodd Uinseann. *"Rho'r wisg i Ina."*

"Pa wisg?"

"Y wisg sbâr."

"Does gen i ddim gwisg sbâr."

"Na minnau chwaith!"

Efallai yn wir bod y cynllun yn un mentrus, ond doedd e ddim yn un hynod o ymarferol.

"Beth am groesi yn bellach i fyny'r afon?" cynigiodd Ina.

"Mae'r rhyd agosaf chwe milltir i ffwrdd," atebodd Pasgen.

"*A chlywais sôn fod milwyr y brenin Rhun yn mynnu tâl gan bawb sy'n ceisio ei defnyddio.*"

"*Rhy beryglus,*" dwedodd Uinseann yn bendant.

"*Bydd rhaid croesi'r bont, felly,*" dwedodd Pasgen. "*Uinseann, rho dy wisg di i Ina. Bydd rhaid i ti nofio ar draws yr afon a chwrdd â ni yr ochr draw.*"

Edrychodd Uinseann arno'n gegrwth.

"*Fy ngwisg innau? Ond mi rydw i'n llawer talach nag Ina. Byddai dy wisg di yn gweddu'n well.*"

"*Gwir,*" mentrodd Ina. "*Dydyn ni ddim eisiau tynnu hyd yn oed fwy o sylw at ein hunain.*"

Ar ôl trafod ymhellach, ildiodd Pasgen a chytuno hefyd i gymryd Bleiddyn gydag e, rhag ofn i'r bleiddgi godi amheuon. Roedd y rhyddhad yn amlwg ar wyneb Uinseann.

Tynnodd Pasgen ei wisg mynach a'i rhoi i Ina. Roedd yn edrych yn chwithig iawn yn ei wisg isaf dyllog oedd yn dod hyd at ei bengliniau. Yna rhoddodd y groes i Uinseann.

"Duw bo gyda chi," dwedodd yn gyflym cyn prysuro i ffwrdd, a Bleiddyn yn ei ddilyn yn ffyddlon.

"*Dominus tecum!*" galwodd Uinseann ar ei ôl. Duw bo gyda thi.

Rhoddodd Ina'r wisg mynach dros ei gwisg hithau. Roedd fymryn yn rhy fawr ond yn cuddio ei dillad hithau'n berffaith, a'r cwfl – y darn oedd yn gorchuddio'r pen – yn cuddio ei hwyneb yn llwyr o'i dynnu drosti.

"*Ardderchog! Fydd dim posib i filwyr Brochfael dy adnabod nawr,*" dwedodd Uinseann.

Ond roedd Ina'n medru gweld yn iawn nad oedd mor hyderus ag yr oedd yn ymddangos.

+ + +

"Arhoswch!" bloeddiodd y milwr wrth i Ina ac Uinseann
agosáu at y bont, gan godi ei waywffon. Roedd Ina'n eistedd
ar gefn Pennata – yn barod i garlamu trwy'r criw o ddynion pe
byddai rhaid – ac Uinseann yn ei harwain.

"Dydd da, yn enw Duw y Goruchaf," dwedodd Uinseann,
yn ei acen Wyddelig.

Syllodd y milwr ar Uinseann yn ddrwgdybus.

"Nid Brython wyt ti."

"Gwyddel, ond Cristion, fel ti. Uinseann, un o *discipuli*
Cadog Ddoeth," atebodd Uinseann, gan anghofio beth oedd y
gair Brythoneg am 'ddisgyblion'.

Roedd hanes Cadog – a'i abaty yn Llancarfan – yn
gyfarwydd iawn i bawb, hyd yn oed i un o ddynion Brochfael.

"A phwy yw'r brawd ar ben y ceffyl?"

Syllodd Ina ar y llawr, yn ofalus i beidio dangos ei hwyneb.
Roeddent wedi cytuno y byddai Uinseann yn siarad ar ei
rhan.

"I ..." dechreuodd Uinseann.

Am eiliad roedd Ina'n ofni y byddai'r Gwyddel yn difetha
pob dim drwy ddweud ei henw hi, ond doedd dim rhaid iddi
boeni. Er ei fod ychydig yn ddiniwed weithiau, doedd
Uinseann ddim yn dwp.

"Ibar mac Lugna. Gwyddel. *Discipulus* Cadog hefyd."

"*Dominus tecum!*" dwedodd Ina mewn llais dwfn, gan godi
ei llaw a bendithio'r milwr. Yn reddfol, gwnaeth y milwr
arwydd y groes yn ôl, a chamu o'r neilltu.

"Dominus tecum," ategodd Uinseann, a'r rhyddhad i'w glywed yn glir yn ei lais, cyn dilyn Ina dros y bont.

Roedd calon Ina'n curo'n galed. I wneud pethau hyd yn oed yn waeth, dechreuodd Pennata strancio eto am fod arni ofn y dŵr oddi tani. Llwyddodd Ina i'w thawelu ond daeth chwa o wynt a chydio yng nghwfl ei gwisg, a bu bron iddi simsanu a syrthio. Dychrynodd Pennata, a bygwth ei thaflu.

Cododd Uinseann y groes yn ei law a gostegodd y gwynt. Syllodd Ina arno'n syn. Rhoddodd Uinseann wên fach ddireidus iddi, cystal â dweud ei fod yntau a Duw ar delerau da iawn.

Cydiodd Ina yn yr awenau eto.

"Dominus tecum," dwedodd Ina wrtho'n dawel, o'r galon.

Ymhen chwinciad, roeddent dros y bont ac yn ddiogel yr ochr arall.

VIII

"Ydyn ni bron yno?" holodd Ina, mor ddidaro ag y medrai. Doedd hi ddim yn un i gwyno, ond roedd ei thraed yn grwgnach a lledr ei sandalau newydd yn brathu.

"A weli'r twmpathau acw yn y pellter, i'r chwith?" dwedodd Pasgen. "Mae Caergeri y tu hwnt iddynt – llai na milltir i ffwrdd, os nad yw'r cof wedi pylu'n llwyr."

Roedd y rhyddhad yn amlwg ar wyneb Ina, er iddi geisio ei guddio. Ond sylwodd Uinseann, oedd ar gefn Pennata. Ers croesi afon Gwy, roedden nhw wedi cymryd eu tro yn marchogaeth y ceffyl.

"Cei dro ar Pennata, os mynni."

Ysgydwodd Ina ei phen. Roedd Uinseann wedi blino hefyd, mae'n siŵr, a doedd hi ddim eisiau cymryd mantais ar ei haelioni. Wedi'r cwbl, heb help y mynachod doedd wybod beth fyddai wedi digwydd iddi.

Gwenodd Ina i'w hun yn dawel bach wrth gofio'r olwg druenus oedd ar Pasgen pan ailymunodd â nhw wedi iddi hi ac Uinseann groesi'r bont a thwyllo dynion Brochfael. Crynai'r mynach o'i gorun i'w sawdl ar ôl gorfod nofio dros yr afon, ei wisg denau'n socian a'i bengliniau'n dechrau troi'n las. Roedd Bleiddyn, ar y llaw arall, yn amlwg wedi mwynhau'r her o groesi'r Gwy, ac yr un mor falch o weld Ina ag oedd hi o weld y ci. Gwyddai Ina fod Uinseann lawn mor falch o weld Pasgen hefyd, er na fyddai byth yn cyfaddef hynny, wrth gwrs.

Digon hwyliog oedd rhan gynta'r daith trwy fforest fawr Gwent Goch tuag at ddinas Caerloyw, unwaith i Pasgen ddadmer a dod ato'i hun. Ond roedd y llwybrau'n serth a'r coed yn drwchus, a buan iawn tawelodd y sgwrsio a'r miri. Dechreuodd Pasgen ac Uinseann gecru eto. Ond er rhyddhad i Ina, ar ôl tipyn roedd y ddau fynach yn rhy flinedig i gweryla, hyd yn oed.

Er bod y nosweithiau'n hir, daeth yn amlwg nad oedd gobaith iddyn nhw gyrraedd Caerloyw cyn iddi nosi. Felly bu rhaid chwilio am lety, a hynny mewn ffermdy, a chael lloches yn y beudy gyda'r anifeiliaid ar ôl swper syml o uwd. Gan fod y pla bellach wedi chwythu'i blwc, roedd disgwyl i bawb roi llety i deithwyr, a rhannu hynny o fwyd oedd ganddynt – dim ond curo'r drws a gofyn oedd rhaid.

Wrth iddi orwedd ar bentwr o wellt, a'i chlogyn newydd wedi'i lapio'n dynn amdani, clywodd Ina flaidd yn udo'n bell yng nghrombil y fforest fawr, a diolchodd nad oedd rhaid iddynt gysgu dan y sêr. Bu rhaid iddi dawelu Bleiddyn, oedd wedi cynhyrfu o glywed ubain y blaidd, rhag iddo ddeffro Pasgen ac Uinseann. Daeth y ci i orwedd yn glos wrth ei hymyl. Roedd ei gorff yn gynnes braf, mor gynnes â gwên y ffermwr agorodd y drws iddynt. Dyn rhadlon, pwyllog oedd e. Mor wahanol i'w wraig, oedd yn llawn ffws a ffwdan, yn union fel Briallen.

Er nad oedd ganddi ddim modd o brofi hyn, gwyddai Ina fod Briallen yn dal yn fyw, oherwydd er mor anodd oedd

derbyn bod Gwrgant, a Selyf o ran hynny, wedi marw – a'r
ddau'n fyw ac iach y bore hwnnw! – gallai Ina deimlo rhywsut
nad oedden nhw yno bellach. Ond gallai Ina synhwyro
presenoldeb Briallen o hyd. A gweddïodd Ina ar i Dduw gadw
Briallen yn ddiogel hefyd, fel yr oedd wedi'i chadw hithau
rhag drwg. Hyd yn hyn, beth bynnag.

Roedd y sicrwydd rhyfedd hwn nad oedd Briallen wedi'i
lladd yn ddigon o gysur iddi fedru syrthio i gysgu yn y beudy
llwm, er gwaetha cri'r blaidd, oedd yn dal i udo rhywle yn
ddwfn yn y fforest ...

✦   ✦   ✦

Baglodd Ina, a bu bron iddi syrthio. Roedd ei meddwl wedi
crwydro eto, a doedd hi ddim wedi talu sylw i ble roedd hi'n
mynd. Syllodd ar ei sandalau. Roedd y strap o gwmpas ei
phigwrn yn faw i gyd. Byddai Briallen yn siŵr o'i dwrdio, pe
bai hi yma. Er ei bod yn mynd ar ei nerfau weithiau, roedd
Briallen yn dalp o garedigrwydd. Anghofiai Ina fyth y wên
gafodd ganddi pan ddaeth i fyw at Gwrgant, a'r ffaith iddi
adael i Ina, yn saith oed, gribo ei gwallt am oriau heb gwyno
unwaith, fel yr arferai Ina gribo gwallt ei mam. Heb wybod ei
bod yn gwneud, ochneidiodd.

"*Beth sy'n dy flino, fy merch?*" holodd Uinseann yn garedig,
gan dynnu ar ffrwynau Pennata.

"*Dim,*" atebodd Ina. "*Y sandalau,*" ychwanegodd, pan
welodd nad oedd y Gwyddel yn ei chredu.

"Ina! Edrycha!" dwedodd Pasgen, gan dorri ar draws.

Trodd Ina. Bu rhaid iddi sefyll yn ei unfan am eiliad er

mwyn medru gwerthfawrogi'r olygfa o'u blaenau. Gryn bellter i ffwrdd o hyd, ond i'w gweld yn glir, roedd muriau mawreddog *Corinium Dobunnorium*, prifddinas Britannia Prima gynt, cartref y brenin Cynddylan, teyrn Caergeri a'i holl diroedd.

✦ ✦ ✦

Cerddodd Ina at borth y ddinas oedd ar derfyn y ffordd, gan ryfeddu at ei faint. Roedd cymaint â thŵr castell, ac yn gwneud i'r mur bob ochr iddo edrych yn bitw. Aeth i mewn. Daeth chwiw drosti i ollwng bloedd, ac atseiniodd ei llais oddi ar do a waliau cerrig y fynedfa oedd mor damp â'r ogof hwnnw ger ei chartref yng Ngwent, a bron yr un mor dywyll.

"*Pwylla, yr hen gaseg,*" dwedodd Uinseann wrth Pennata, oedd yn bygwth strancio oherwydd i'r twrw godi ofn arni.

"*Maddeua imi,*" dwedodd Ina'n frysiog.

Doedd dim rhaid iddi boeni ei bod wedi'i ddigio. Roedd gan Uinseann wên barod, fel arfer.

"*Na phoena. Mi ydw i wedi maddau lawer gwaeth.*"

Disgynnodd y Gwyddel oddi ar Pennata yn reit handi, rhag ofn i'r gaseg fynd yn fwy blin fyth.

Gwyddai Ina y dylai gynnig arwain y gaseg yn lle Uinseann, ond roedd ar dân eisiau gweld y ddinas. Brysiodd trwy'r porth a safodd yn stond. Daeth Bleiddyn i sefyll wrth ei hochr yn eiddgar. Ond am unwaith, chymerodd hi ddim sylw ohono.

Roedd y ddinas yn enfawr. Er bod muriau Caerwent yn uchel a chadarn, doedd yr hen gadarnle Rhufeinig hwnnw ddim chwarter maint Caergeri, oedd yn ymestyn yn bell o'i blaen, efallai am filltir – doedd Ina ddim yn siŵr.

Yn union i'r dde o Ina, yn bwrw ei gysgod dros y stryd, roedd adeilad anferth siâp hanner cylch – yr adeilad mwyaf a welodd hi erioed. Roedd yn fwy na thŵr porth y ddinas, hyd yn oed. Ond nid pa mor ysblennydd oedd yr holl adeiladau a achosodd fwyaf o syndod i Ina, ond y ffaith mai adfeilion oedd y rhan fwyaf ohonynt, a bod y strydoedd yn hollol wag.

"Dyma ni Gaergeri. Chefaist ddim dy siomi, mi welaf," dwedodd Pasgen, oedd hefyd wedi dod i sefyll wrth ei hymyl.

"Ble mae pawb?" holodd Ina'n hurt.

"Wedi hen adael, fy ngeneth i. Does prin neb yn byw y tu mewn i furiau'r hen ddinas bellach."

"Ond ble mae llys y brenin Cynddylan?"

"Gerllaw. Cei weld yn y man."

Roedd meddwl Ina ar chwâl. Doedd hi ddim yn deall. Y ffordd roedd Gwrgant yn canu clodydd Caergeri, neu *Corinium*, fel y mynnai alw'r ddinas, roedd Ina wedi cymryd yn ganiataol bod y ddinas yn un bwysig o hyd.

"Y theatr yw'r adeilad trawiadol acw sydd wedi denu dy sylw. Neu'n hytrach *oedd* yr adeilad," esboniodd Pasgen. "Does wybod pa ddefnydd a wneir ohono heddiw, os o gwbl. Hoffet ti weld y fforwm?"

"Hoffwn," atebodd Ina, gan ddod o hyd i'w llais. Y fforwm oedd canolbwynt pob tref neu ddinas yn y dull Rhufeinig; sgwâr mawr lle byddai'r farchnad yn cael ei chynnal, a digwyddiadau cyhoeddus pwysig eraill.

Gyda Pasgen yn arwain y ffordd, dechreuodd Ina gerdded i lawr y stryd, y syndod yn dal yn amlwg ar ei hwyneb. Daeth

Bleiddyn ar ei hôl, gan gadw'n agos ati. Roedd Uinseann yn dal i syllu ar gragen y theatr enfawr.

Edrychodd Ina o'i chwmpas. Roedd cyflwr torcalonnus ar yr adeiladau y naill ochr iddi; drain a mieri'n tyfu drwy ffenestri isaf un ohonynt, coeden yn tyfu drwy do un arall, ac un ar gornel y stryd wedi dymchwel yn llwyr. Dylai'r adeiladau fod yn llawn pobl a'r strydoedd yn llawn prysurdeb. Ond yn lle hynny, dim ond tawelwch llethol oedd yma. Aeth ias drwyddi. Rhaid fod Bleiddyn hefyd yn teimlo'n anesmwyth oherwydd dechreuodd swnian eisiau sylw. Cofiodd Ina iddi glywed Gwrgant yn sôn bod y Saeson yn credu bod yr hen drefi hyn yn llawn ysbrydion, ac yn eu hosgoi. Gallai ddeall pam.

"Gofal!" galwodd Pasgen.

Ond yn rhy hwyr. Roedd Ina wedi camu i mewn i bwll o ddŵr drewllyd yng nghanol y stryd. Herciodd Ina allan o'r pwll. Roedd ei sandalau'n wlyb diferu, a'r gwadn lledr wedi'i orchuddio mewn rhyw lysnafedd afiach. Petai Briallen yma, byddai Ina'n sicr o gael stŵr nawr, pe na byddai wedi cael ynghynt. A byddai Ina wedi dioddef ei cherydd yn hapus er mwyn medru clywed ei llais eto.

Brasgamodd Ina yn ei blaen, a cheisio ei gorau i wrando ar Pasgen wrth iddo draethu – sut roedd y ffosydd oedd unwaith yn cadw'r ddinas yn sych wedi llenwi, a bod rhannau ohoni bellach fel cors – ond doedd dim posib canolbwyntio. Yn enwedig am fod Uinseann, oedd bellach wedi'u cyrraedd, yn ei gwestiynu a'i gywiro. Hyd yn oed pan gyrhaeddon nhw'r fforwm, oedd wir werth ei weld, fedrai hi'n ei byw ddim rhoi sylw teilwng i'r lle. Teimlai Ina'n anghyfforddus ofnadwy.

Roedd pob gewyn o'i chorff eisiau iddi adael y ddinas a hynny ar unwaith.

Dechreuodd Bleiddyn gyfarth, a chyn i Ina fedru ei atal, rhedodd y ci tuag at y golofn fawr ym mhen pella'r sgwâr. Gwelodd Ina rywun yn sbecian o'r tu ôl i'r golofn. Ffigwr main a wyneb mor welw â bwgan. Gollyngodd y ffigwr floedd ddychrynllyd pan welodd Bleiddyn yn prysur agosáu.

"Bleiddyn!" gwaeddodd Ina, ei llais yn flin am ei bod wedi cael cymaint o fraw. "Yma! Ar dy union!"

Arhosodd Bleiddyn yn ei unfan cyn dod 'nôl yn smala, a'i gynffon rhwng ei goesau. Doedd dim golwg o'r ddrychiolaeth oedd wedi diflannu o'r golwg eto. Trodd Ina at Pasgen.

"Ysbryd oedd y tu ôl i'r golofn?"

"Os mai, yna roedd yr un ffunud â Sulien."

Chwarddodd Uinseann yn harti. Dechreuodd Ina deimlo braidd yn wirion.

"A pwy yw'r Sulien yma, felly?" holodd Ina.

"Mab Cynddylan frenin."

Doedd Ina erioed wedi gweld mab brenin o'r blaen, a doedd hi wir ddim yn medru credu ei bod newydd wneud, chwaith.

IX

Cydiodd Ina yn y darn cig a cheisio ei gnoi mor fonheddig ag y gallai. Roedd ar lwgu a byddai wedi hoffi ei sglaffio a'i safnio'n swnllyd ond roedd yn ymwybodol iawn y dylai ymddwyn fel boneddiges ifanc. Y drafferth oedd, doedd ganddi ddim llawer o syniad sut oedd gwneud. Roedd y prif westeion, gan gynnwys Ina ei hunan, yn eistedd ar leithig (rhyw fath o soffa) wedi'i daenu â chlustogau plu a'i osod mewn siâp pedol, yn y dull Rhufeinig.

O gil ei llygad, edrychodd ar Eurgain, gwraig Cynddylan, a cheisio ei dynwared. Roedd pob dim amdani mor osgeiddig. Sylwodd y ddynes arni'n sbecian, a gwenu'n gyfeillgar arni. Gwenodd Ina yn ôl. Roedd Eurgain wedi gwneud pwynt o ganmol ei gwisg gynnau, a gwyddai Ina ei bod wedi gwneud hyn er mwyn iddi deimlo'n gartrefol. Oherwydd er cystal oedd ffrog Ina, doedd ond rhacsyn i gymharu â dillad drudfawr gwraig y brenin.

Er mawr embaras i Ina, rhoddodd Bleiddyn ei bawennau mawr mwdlyd ar ei glin, a sniffian y darn o gig.

"Dos i lawr!" hisiodd.

Aeth Bleiddyn 'nôl ar ei eistedd. Sbeciodd Ina o'i chwmpas i weld a oedd rhywun wedi sylwi, ond yr unig berson oedd yn syllu arni oedd Sulien, mab y brenin, a golwg amheus iawn ar ei wyneb. Edrychodd hwnnw i ffwrdd yn syth.

Creadur rhyfedd oedd mab Cynddylan, yn ei thyb hi. Y prynhawn hwnnw, pan gafodd Ina a'r mynachod eu croesawu'n swyddogol i'r llys – oedd wedi'i leoli y tu mewn i furiau hen amffitheatr *Corinium*, y tu allan i'r ddinas – cymerodd y llanc arno nad oedd wedi'u gweld yn y fforwm yn gynharach, a gwadu ei fod yno o gwbl. Rhaid bod cywilydd arno ei fod wedi cuddio rhagddynt mor ofnus.

"Faint fynni di am y bleiddgi?" clywodd Ina lais Cynddylan yn holi. Yna sylweddolodd gyda braw ei fod yn siarad â hi. Dyn golygus, urddasol oedd Cynddylan, a thipyn yn iau nag oedd Ina wedi dychmygu. Doedd ganddi ddim syniad sut i'w ateb. Edrychodd i gyfeiriad Pasgen, oedd yn eistedd wrth ei hochr, am arweiniad, ond roedd y mynach yn rhy brysur yn llyfu ei fysedd i gymryd sylw.

"Paid tynnu coes yr hogan, druan," dwedodd Eurgain wrtho. "Mae'n amlwg i bawb na fyddai Ina'n ystyried gwerthu'r ci am holl aur Gwynedd."

Gwenodd Ina arni eto'n ddiolchgar, ond doedd Cynddylan heb orffen.

"Efallai y dylwn hurio Ina'n filwr cyflog. Mi dybiaf ei bod cystal ymladdwr â'i bleiddgi. Wedi'r cwbl, nid pob dydd y mae merch yn gorfod diosg ei chleddyf cyn cael mynediad i'r neuadd hon."

"F'annwyl frenin, gwyddost yn iawn mai rhodd ar gyfer Caradog ydi'r cleddyf," dwedodd Eurgain. Roedd y brenin yn amlwg yn dipyn o dynnwr coes.

Gwingodd Ina. Bu cythrwfl ofnadwy ar ôl iddynt

gyrraedd am i un o gŵn rhyfel y brenin herio Bleiddyn, a rhoddodd hwnnw y ci arall yn ei le, yn ddi-lol.

"Mae'n ddrwg gen i am beth ddigwyddodd," dwedodd Ina'n ansicr; ni wyddai sut oedd ymateb yn wylaidd. "Ond dyw Bleiddyn ddim fel arfer yn un i ymosod heb reswm."

"Felly ar gŵn y brenin mae'r bai?" holodd Cynddylan, fel bollt.

Doedd Ina ddim yn siŵr a oedd yn cellwair neu beidio, felly penderfynodd y byddai'n ddoethach iddi beidio ateb.

"Rheitiach iddi ganu'r pibgorn hwnnw sydd ganddi na chogio bod yn rhyfelwr, dybiwn i," dwedodd Sulien, heb drafferthu edrych i'w chyfeiriad y tro hwn. Nid dyma'r tro cyntaf iddo siarad, ond dyma'r tro cyntaf iddo gyfeirio at Ina. Trywanai'r llais gwichlyd ei chlustiau fel sŵn llafn cyllell yn crafu ar garreg.

Gwgodd Ina arno. Roedd yn anodd ganddi gredu fod hwn yn fab i Eurgain a Cynddylan, oedd ill dau mor hardd. Doedd dim byd amdano'n apelgar – ym marn Ina – a'r ffaith nad oedd bellach yn fachgen nac eto'n ddyn yn gwneud iddo edrych fel rhywbeth wedi'i adael ar ei hanner, fel talp o does bara wedi'i gymryd allan o'r ffwrn yn rhy gynnar. Efallai nad eu plentyn nhw oedd e wedi'r cwbl, meddyliodd Ina, ond plentyn maeth, a bod rhyw lefnyn o uchelwr salw wedi'i anfon atynt pan oedd yn fabi ac wedi anghofio trefnu iddo gael ei ddychwelyd – neu wedi dewis peidio.

"Yn ogystal, f'annwyl frenin, wn i ddim a ellid cyfeirio at arf y ferch fel cleddyf, hyd yn oed os yw'n rhodd i Caradog. Tebycach oedd i degan."

Am ryw reswm, roedd Sulien yn mynnu siarad fel rhywun

o genhedlaeth Gwrgant yn hytrach na rhywun ifanc.
Dechreuodd gwaed Ina ferwi. Trodd i'w wynebu.

"Tegan?! I ti gael deall, mae cystal cleddyf â phe bai
Gofannon ei hun wedi'i greu."

Crechwenodd Sulien arni. "A sut yn union gwyddost
hynny?"

Oedodd Ina cyn ateb. Gwyddai nad oedd fiw iddi gyfaddef
o flaen pawb ei bod wedi'i dynnu o'i wain ddoe, neu mi fyddai
wedi creu sgandal yn y fan a'r lle.

"Dwedodd Gwrgant wrtha i."

Chwarddodd Sulien yn ddirmygus. "Y mae'n dra amheus
gennyf pe byddai Gofannon, y gof mawr, wedi torri chwys ar
greu cleddyf i ferch."

"Beth am Buddug, brenhines yr Iceni? Merch oedd hi.
Heblaw dy fod yn awgrymu mai dyn oedd hi mewn gwisg."

Diflannodd y wên o wyneb Sulien. O'i olwg, doedd e ddim
yn gyfarwydd â rhywun yn siarad ag e fel hyn. Efallai ei bod yn
dychmygu pethau ond gallai Ina daeru iddi glywed Cynddylan
yn piffian chwerthin yn dawel.

"Rwyf yn hyderus nad dyna fwriad mab y brenin," dwedodd
Pasgen, gan wneud arwydd gyda'i lygaid ar Ina i bwyllo.

"*Aquila non capit muscas,*" adroddodd y llanc, gan droi i'r
Lladin, yn amlwg yn y gobaith o daflu Ina – 'dydi eryr ddim yn
hel pryfed' – dywediad yn golygu nad oedd rhaid iddo
drafferthu ateb Ina.

"*Lupus non timet canem latrantem,*" atebodd Ina; 'does dim
ofn ci sy'n cyfarth ar flaidd' – i wneud yn glir iddo nad oedd
yn ei dychryn hi.

Disgynnodd gên Sulien wrth glywed Lladin graenus Ina, ond

chwarddodd Cynddylan yn uchel, gan fethu rheoli ei hun rhagor.

"*Gofalus,*" dwedodd wrth ei fab, hefyd yn Lladin. "*Mae ei thafod yr un mor finiog â'i chleddyf. Byddai'n well iti dewi, cyn cael anaf angheuol.*"

Gwridodd Sulien hyd at ei glustiau, a rhythu arni. Ai dychmygu oedd Ina, neu oedd Eurgain yn syllu arni'n gam hefyd? Er gwaethaf y ffaith fod ei fab yn edrych mor hapus â chwningen wedi'i dal mewn magl, roedd Cynddylan i'w weld yn mwynhau ei hun yn arw.

"*Cytunaf â thi fod y cleddyf yn un glew, ond cytunaf â'r mab hefyd mai pleser fyddai dy glywed yn canu'r offeryn ar ôl y wledd,*" dwedodd wrth Ina'n siriol, gan barhau i siarad Lladin.

"*Faswn i ddim eisiau dwyn yr holl sylw a phechu bardd eich llys,*" atebodd Ina, hefyd yn Lladin, gan geisio feddwl am fodd o wrthod cais y brenin heb ymddangos yn amharchus. Doedd hi ddim yn mynd i dorri ei llw, ddim hyd yn oed er mwyn Cynddylan.

"Rwyf yn siŵr na fyddai ots ganddo," dwedodd y brenin, gan droi yn ôl i'r Frythoneg.

"Nid y mymryn lleiaf, f'annwyl frenin, gwayw loyw Caergeri," dwedodd y bardd, gan foesymgrymu. Os oedd ots ganddo, roedd yn ddigon hirben i beidio dangos hynny.

"Fyddai well gen i beidio," dwedodd Ina. "Dwi heb ei ganu ers ... blynyddoedd."

"Wyt wir am siomi'r brenin?" gofynnodd Cynddylan. Roedd Ina'n eithaf siŵr ei fod yn tynnu ei choes eto, ond teimlai'n anesmwyth 'run fath. Cliriodd Uinseann ei wddf. Roedd yn eistedd yr ochr arall i Ina ac wedi medru dilyn rhan gynta'r sgwrs yn iawn.

"*Efallai i chi gofio i ni grybwyll yr amgylchiadau anffodus a berodd i Ina orfod ymuno â ni ar ein taith. Debyg fod y golled yn pwyso arni yn ormod i ganu,*" dwedodd yn ddiplomataidd.

"Purion," dwedodd Cynddylan, gan ddifrifoli. "Clywais sôn am Gwrgant ap Ynyr. Un o arwyr brwydr Mynydd Baddon, fel fy nhad. Heddwch i'w lwch."

"Heddwch i'w lwch," ailadroddodd pawb, gan wneud siâp y groes.

"Roedd o linach Cynfawl Hael, os cywir y cof. Un o wyrda mwyaf llachar Gwent."

"*Roedd Maximus Claudius Cunomoltus yn un o ddynion mwyaf llachar Britannia Prima gyfan,*" dwedodd Ina yn Lladin, i danlinellu'r pwynt.

"*Bu'n athro da. Mae dy Ladin yn glodwiw iawn. Pa bwnc arall a fynnodd dy drwytho ynddo?*"

"*Sut i ymladd,*" atebodd Ina, gan syllu i gyfeiriad Sulien, a gobeithio y byddai'n talu sylw.

"*Yn erbyn pwy?*"

"*Y Saeson, wrth gwrs.*"

"Well imi rybuddio ein cymdogion yn y Cymer, felly," dwedodd Cynddylan, gan droi'n ôl i'r Frythoneg eto.

Syllodd Ina arno, heb ddeall at bwy roedd y brenin yn cyfeirio.

"Y pentref ychydig filltiroedd i lawr afon Tafwys, lle mae dwy afonig yn llifo i'r afon fawr. Anghofiaf beth mae'r Saeson yn ei alw. Rhywbeth na all neb ei ynganu, mae'n siŵr."

"Saeson sy'n byw yno?" gofynnodd Ina, wedi rhyfeddu. "Mor agos â hyn?

"Mae modd teithio i fyny'r afon o Lundain bell hyd at y

Cymer, ac o'r herwydd, gallant hwylio yma'r holl ffordd o Germania, dros y môr ac i fyny Aber Tafwys heb orfod gwlychu eu traed."

Arswydodd Ina. "A ry'ch chi'n caniatáu hynny?"

Chwarddodd Cynddylan ychydig yn rhy uchel. "Maent yn byw yno ers roedd fy nhad-cu yn blentyn, os nad cynt. Beth fyddet ti'n ei gynnig – i mi eu difa fel llygod?"

"Onid dyna ddyletswydd pob Cristion da?" gofynnodd Ina, gan ailadrodd geiriau roedd wedi'u clywed droeon gan Gwrgant.

Aeth y neuadd yn dawel. Gwyddai Ina ei bod wedi mynd yn rhy bell. Hi a'i cheg fawr.

"Dwi'n hoffi'ch broetsh," dwedodd Ina wrth Eurgain, gan ddweud y peth cyntaf ddaeth i'w meddwl, er mwyn newid y sgwrs. Roedd y froetsh yn grwn, ac wedi'i gorchuddio ag aur, · ei hyml wedi'i godi fel soser, a'r patrymau cywrain yn dal sylw.

"Diolch, fy ngeneth i," dwedodd Eurgain, gan wenu, ond heb y cynhesrwydd oedd yno cynt.

"Mi wyt yn ei hoffi, felly?" holodd Cynddylan yn ddidaro.

"Ydw. Mae'n brydferth iawn."

"Er mai Sais a'i gwnaeth?"

Nid am y tro cyntaf yn ystod y wledd, doedd Ina ddim yn siŵr iawn beth i'w ddweud.

"Nid rhwydd pob penderfyniad, Ina. Rhaid pwyso a mesur pa bryd i ymladd, a pha bryd i gyd-fyw. Byddi'n deall pan fyddi'n hŷn, rwyf yn siŵr o hynny. Oherwydd synnwn i ddim nad oes deunydd arweinydd ynot hefyd. Nid syml mo'r sefyllfa yma nac yng Nghaersallog chwaith."

Caersallog? Doedd hyn ddim yn newyddion da. Gwelodd Cynddylan yr olwg bryderus oedd yn dechrau lledu ar wyneb Ina.

"Mae Caersallog yn gadarn – nid oes rheswm i ti boeni. Saif Caersallog tra saif yr hen Britannia Prima."

Roedd Ina'n falch o glywed.

"Ond rwyf yn llai hyderus ynghylch dy daith. Clywais sôn – gan Saeson y Cymer – fod rhai o'u harweinwyr llai heddychlon yn dechrau aflonyddu, ac yn ysu i dorri'r heddwch. Nid dyma'r adeg i ferch ifanc deithio ar ei phen ei hun, hyd yn oed merch o linach Maximus Claudius Cunomoltus. Bydd angen cydymaith arnat."

"Rwyf fodlon ymgymryd â'r dasg." Cododd llais cyfarwydd, croch. Trodd Ina a syllu ar Sulien yn syn. Nid hi oedd yr unig un i wneud.

Oedodd y brenin cyn ateb. Gafaelodd Eurgain yn llaw ei gŵr, cystal â dweud wrtho am roi siawns i'w fab. Ildiodd Cynddylan.

"Purion ..."

Suddodd calon Ina, ac ymsythodd Sulien.

"Ni wnaf dy siomi," dwedodd wrth ei dad y brenin, cyn troi at Ina. "Nac ofna. Mi'th gadwaf yn ddiogel."

Gwyddai Ina fod pawb y syllu arni, yn enwedig Eurgain. Felly gwenodd Ina arno mor galed roedd ei bochau'n brifo. Byddai'n well ganddi ddioddef holl boenedigaethau a fflamau uffern na gorfod treulio dau ddiwrnod yng nghwmni'r llanc. Ond roedd hi hyd yn oed yn gwybod yn well na dadlau gyda brenin.

Clapiodd Cynddylan ei ddwylo a throi at fardd y llys.

Cydiodd hwnnw yn ei delyn a chlirio ei wddf yn hunanbwysig, yn barod i ganu mawl i'r dyn a roddai do uwch ei ben. O'i olwg, fyddai ddim taw arno am sbel unwaith iddo gychwyn.

Suddodd calon Ina'n ddyfnach.

X

Gwnaeth Ina bopeth i fedru gohirio'r foment roedd rhaid iddi adael. Ar ôl rhoi cwdyn o geirch i Pennata mynnodd frwsho côt y gaseg tan oedd yn sgleinio a glanhau ei charnau, er bod gwas stabl y brenin eisoes wedi gwneud neithiwr. Roedd Bleiddyn yn gwarchod drws y stabl, rhag i neb ddod yn rhy agos at Ina. Ond ar ôl iddo roi hoff gi'r brenin yn ei le ddoe, doedd fawr o beryg o hynny.

Dringodd Ina ar gefn y ceffyl a marchogaeth at brif giât y llys lle roedd pawb yn aros amdani – gan gynnwys Cynddylan, oedd wrthi'n rhoi cyfarwyddiadau i Sulien.

"... unwaith i chi groesi Rhyd-y-grug, gwell i chi adael y ffordd a dilyn y llwybr bugail i fyny i'r Esgair Las, at Ddinas Berian, a dilyn y llwybr dros gefn y bryniau hyd at y Meini Hirion, i gyfeiriad y Clawdd Mawr ..."

Gwelodd Ina fod Sulien wedi sylwi arni'n cyrraedd, gan edrych yn biwis am ei bod yn hwyr.

"Sulien," dwedodd Cynddylan, â thinc caled i'w lais. "Mae hyn yn bwysig."

"Maddeua imi, fy mrenin," dwedodd y llanc yn llipa.

Amneidiodd Cynddylan ar Ina i ddod yn nes. Disgynnodd hithau oddi ar gefn y ceffyl yn gyflym rhag ei ddigio, a gwrando'n astud ar yr hyn oedd ganddo i'w ddweud.

"Ewch heibio i'r Meini Hirion a chroeswch Afon Cynedd. Fe welwch Garnedd Beli o'ch blaenau, a thu hwnt i hwnnw, y Clawdd Mawr. Ger y rhyd, mae hen dderwen gam. Dilynwch y llwybr sy'n cychwyn wrth foncyff y goeden, gan gadw'r Clawdd Mawr i'r chwith ohonoch, ac afon Cynedd i'ch deheulaw. O fewn dim, fe gyrhaeddwch ystad Tegid ap Gwyddien, cyfaill mynwesol a Brython i'r carn. Cewch groeso cynnes yno. Ond da chi, byddwch yn ofalus. Yn ôl y sôn, mae rhai Saeson wedi ymgartrefu yn yr ardal, a does dim sicrwydd y byddant mor heddychlon â Saeson y Cymer."

Ymsythodd Sulien. "Os meiddia Sais ein poeni, ceith flas ar fy nghleddyf!"

Geiriau gweigion os clywodd rai erioed, meddyliodd Ina. Mae'n amlwg nad oedd Cynddylan yn meddwl rhyw lawer o sylw ei fab chwaith oherwydd cymerodd arno nad oedd wedi'i glywed. Trodd y brenin at Pasgen ac amneidio ei ben. Camodd hwnnw ymlaen, y groes bren yn ei law, a bendithio'r ddau deithiwr ifanc, cyn sibrwd yng nghlust Ina.

"Cofia fod lle i ti bob amser yn nhŷ'r Arglwydd, os am ba bynnag reswm y byddi angen cymorth ..."

"Diolch," sibrydodd Ina yn ôl, cyn syllu draw ar Uinseann oedd yn ceisio ei orau i wenu arni, er bod y dagrau'n amlwg yn ei lygaid.

Camodd hwnnw ymlaen hefyd, a rhoi ei freichiau mawr amdani.

"*Dominus tecum*, Ina fach. Duw bo gyda thi."

Methodd Ina ddweud gair yn ôl. Roedd y lwmp yn ei gwddf yn rhy fawr.

Cofleidiodd Eurgain ei mab yn frysiog a rhoi cusan fach iddo ar ei foch. Aeth Sulien yn goch i gyd.

"Cymer ofal," siarsiodd Eurgain ei mab. Trodd at Ina. "Gwn y byddi'n gydymaith dibynadwy a chyfrifol." Yna gwyrodd Eurgain ei phen yn agosach ati a sibrwd: "Gobeithio y byddi'n amyneddgar, hefyd."

Gwenodd Ina arni'n dila.

"Mi wna i 'ngorau."

Erbyn hyn roedd bochau Sulien, oedd wedi clywed pob gair, mor biws â phetai'r dwymyn arno.

Cododd Cynddylan ei law a gwneud siâp dwrn. "Bydded i Dduw eich gwarchod. Yn iach, fab annwyl. Yn iach, Ina ferch Nudd."

Gan ymgrymu i'w dad, ac yna i'w fam, aeth Sulien ar gefn ei geffyl a chychwyn i lawr y rhiw i gyfeiriad muriau'r ddinas a'r ffordd fawr tua'r de-ddwyrain, heb ddweud dim wrth Ina. Crymodd hithau ei phen i gyfeiriad y brenin cyn dringo ar gefn Pennata a'i chodi i drotian er mwyn dal Sulien, gyda Bleiddyn yn dynn wrth garnau'r gaseg.

"Byddai'n fwy gweddus i ti gadw'r tu ôl imi," dwedodd y llanc unwaith iddi ei gyrraedd, gan godi ei geffyl yntau i drotian, er mwyn profi'r pwynt.

Teimlodd Ina ei hun yn dechrau corddi, a bu rhaid iddi atgoffa ei hun o eiriau Eurgain rhag dweud rhywbeth reit hallt yn ôl. Efallai'n wir ei bod wedi addo i'w fam i beidio gwylltio ag e, ond os byddai Sulien yn mynnu siarad â hi fel yna o hyd, byddai rhaid iddi ddysgu gwers iddo – mab i'r brenin neu beidio.

✦   ✦   ✦

Doedd y llwybr bugail ddim hanner cystal â'r ffordd fawr ond roedd yn ddigon rhwydd i'w ddilyn. Ar ôl dweud hynny, roedd y ddringfa at hen fryngaer Dinas Berian mor serth, disgynnodd Ina oddi ar gefn Pennata a cherdded. Roedd Bleiddyn eisoes ar y copa, yn troedio'n ysgafn o gwmpas cloddiau'r cadarnle. Mynnodd Sulien farchogaeth i'r brig, er bod ei geffyl yntau hefyd yn tuchan ac yn dechrau cloffi. Sylwodd Ina fod Sulien yn ofalus i gadw pellter rhyngddo a Bleiddyn.

"Well i ni gael hoe," awgrymodd Ina, ar ôl iddi gyrraedd y copa. "A well i ti dendio dy geffyl. 'Swn i ddim yn synnu petai carreg yn sownd yn un o'i garnau."

"Roeddwn wedi sylwi," atebodd Sulien yn bigog, gan fynd ati i godi pob un goes y ceffyl yn ei thro, yn ffwndrus. Doedd dim siâp arno o gwbl, meddyliodd Ina. Gallai weld yn hawdd pa garn oedd yn trwblu'r anifail.

"Gad imi," dwedodd Ina, a'i symud o'r ffordd â'i phenelin.

Cafodd wared o'r garreg yn ddiffwdan. Ddwedodd Sulien ddim gair o ddiolch, dim ond agor ei gwdyn cyfrwy a chnoi darn o fara ceirch. Gwnaeth Ina yr un fath, a chymryd llymaid o ddŵr o'i fflasg croen gafr. Roedd y dŵr yn oer ac yn dda, a hithau wedi chwysu.

Daeth Bleiddyn ati'n chwilio am fwyd. Aeth Ina i'w chwdyn a nôl darn o gig wedi'i lapio mewn deilen bresychen i'w gadw'n ffres, a gafodd gan un o gogyddion y brenin Cynddylan. Neidiodd Bleiddyn arni, gan ddodi ei bawennau blaen ar ei hysgwyddau.

"Amynedd!" dwrdiodd Ina, ond heb y tinc lleiaf o gerydd yn ei llais. O gil ei llygad, gwelodd Sulien yn syllu ar Bleiddyn yn ddrwgdybus. Taflodd Ina'r darn o gig yn yr awyr, a chyn iddo daro'r llawr roedd Bleiddyn wedi'i larpio. Roedd Sulien wedi gweld hen ddigon, mae'n rhaid, oherwydd dringodd ar gefn ei geffyl yn ddiseremoni.

"Ymlaen," dwedodd yn swta, heb boeni dim os oedd Ina'n barod neu beidio. Doedd hi ddim yn mynd i frysio er ei fwyn e, felly gorffennodd y darn o fara'n hamddenol. Doedd dim ots o gwbl ganddi farchogaeth y tu ôl i Sulien erbyn hyn. O leiaf o'i ddilyn doedd dim rhaid iddi weld ei wep sarrug.

Roedd yr awel yn eithaf main ar gefn y bryniau, ond roedd yr olygfa o lwybr yr Esgair Las yn fendigedig. Dechreuodd Ina ymlacio. Er na fyddai byth wedi cyfaddef hynny wrth Sulien, roedd yn poeni braidd y byddent yn cwrdd â rhai o'r Saeson lleol ar ôl croesi Rhyd-y-grug, ond ddaeth neb i'w cwrdd ar y llwybr bugail, boed yn Sais neu Frython.

Ar ôl awr dda, disgynnodd y ddau i'r dyffryn lle roedd y Meini Hirion. O'r llwybr, roedd posib gweld dros y clawdd oedd yn amgylchynu'r cylch enfawr o gerrig. O bell roedden nhw'n edrych fel pobl, yn sefyll yn stond fel be baent yn disgwyl am rywun neu rywbeth. Aeth Sulien yn ei flaen i gael gwell golwg arnynt. Aeth Bleiddyn i chwilio am gwningod, neu ba bynnag greaduriaid eraill y medrai eu dal. Roedd rhywbeth am y cerrig yn gwneud i Ina deimlo'n anesmwyth. Doedd ganddi ddim syniad pam. Ar ôl oedi am eiliad, cododd Pennata i drotian.

Pan gyrhaeddodd y meingylch, roedd Sulien eisoes wedi mynd i fewn trwy'r bwlch yn y clawdd. Disgynnodd Ina oddi ar gefn y gaseg, a'i harwain drwy'r bwlch. Doedd marchogaeth i ganol y cerrig ddim yn teimlo'n iawn, rhywsut. Roedd y cylch hyd yn oed yn fwy nag oedd yn ymddangos o bell. Ceisiodd Ina gyfri'r meini yn gyflym yn ei phen, ond rhoddodd y gorau iddi. Gwelodd Sulien y pen arall i'r hengor, yn ceisio dringo ar ben un o'r cerrig yn ddi-glem.

Daeth atgof o rywle. Ac yn sydyn nid Sulien oedd yn stryffaglu i fyny un o'r meini hirion, ond y hi. Roedd y garreg mor fawr, a hithau mor fach. Gafaelodd dwy fraich yn dynn am ei chanol, a'i chodi. Gwyddai'n syth mai Lluan, ei chwaer, oedd bia'r breichiau. Roedd plant eraill yno hefyd, yn chwerthin a chadw twrw. Plant y fryngaer. Roedd Lluan ac Ina wedi galw arnyn nhw ac wedi dringo Mynydd Llwyd i chwarae. Cofleidiodd Ina dop y garreg, ond roedd ei dwylo'n rhy fach i ddal ei gafael, a syrthiodd.

"Lluan!" galwodd Ina, ei llais yn fach ac ofnus. Edrychodd o gwmpas am ei chwaer. Ond nid ar Fynydd Llwyd oedd hi. Daeth at ei choed, a theimlo'r un siom â phan aeth y cwch brwyn yn sownd o dan y bont dridiau yn gynt. A theimlo'r un gwacter. Doedd Lluan ddim yno. A doedd hi byth yn dod 'nôl. Safodd Ina'n stond, mor llonydd â'r meini, cyn ei heglu hi at y bwlch.

"Nac ofna! Dim ond cerrig ydynt!" galwodd Sulien ar ei hôl.

Doedd dim amynedd gan Ina geisio esbonio nad ofn oedd arni, ond rhywbeth llawer gwaeth. Hiraeth. Fyddai Sulien ddim yn deall p'un bynnag, roedd Ina'n siŵr o hynny.

✦ ✦ ✦

Roedd y rhyd dros Afon Cynedd yn hawdd i ddod o hyd iddi. A doedd dim modd colli'r dderwen gam chwaith. Safai'n unig, heb gwmni yn y byd, yn grwca fel hen wrach. I lawr yr afon, roedd twmpath anferth. Dyna oedd Carnedd Beli, mae'n rhaid. Yn y pellter, gallai Ina weld amlinelliad rhywbeth yn ymestyn am filltiroedd ar ochr y bryniau. Y Clawdd Mawr, heb os. Tynnodd Ina ar ffrwynau Pennata i'w chyfeirio i'r chwith o'r clawdd, ond mynd y ffordd arall wnaeth Sulien.

"Sulien! Nid dyna'r cyfeiriad cywir."

Naill ai doedd y llanc heb ei chlywed, neu roedd yn ei hanwybyddu.

"Sulien!"

Tynnodd Sulien ar ffrwynau ei geffyl.

"Gwn yn burion yr hyn a ddwedodd fy nhad y brenin. Dylem gadw'r Clawdd Mawr i'r dde ohonom, a'r afon i'r aswy," dwedodd yn sych.

Oedd rhaid iddo siarad fel geiriadur? "I'r as-beth?"

"I'r chwith," atebodd Sulien yn ddiamynedd, "cadw'r afon i'r chwith."

"Na. Fel arall dwedodd dy dad."

Trodd Sulien a mynd yn ei flaen. Gwyddai Ina mai hi oedd yn iawn. Aeth hithau yn ei blaen i'r cyfeiriad arall. Doedd dim angen iddi ddweud wrth Bleiddyn am ei dilyn. Roedd y llwybr i'w weld yn glir, yn cychwyn wrth foncyff y goeden, yn union fel dwedodd Cynddylan. Os oedd Sulien am beryglu ei hun drwy farchogaeth i gyfeiriad y tir neb rhwng y Brythoniaid a'r Saeson, hei lwc iddo.

Ar ôl iddi ymdawelu, dechreuodd Ina boeni am y bachgen. Doedd hi ddim yn hoff ohono o gwbl, ond beth pe bai'n cael ei gipio, neu ei ladd? Ar ôl ychydig, clywodd geffyl yn gweryru ac yn anadlu'n drwm y tu ôl iddi. Gollyngodd Ina ochenaid fach dawel o ryddhad, ond unwaith agorodd Sulien ei geg, dechreuodd waed Ina ferwi eto. Doedd hi erioed wedi cwrdd â neb oedd yn mynd ar ei nerfau cymaint.

"Ferch anystywallt! Mae arnaf ddyletswydd dy warchod!"

Er iddo drio swnio'n awdurdodol, roedd wedi cynhyrfu cymaint dechreuodd ei lais dorri eto. Roedd yn gwichian fel hen wraig erbyn diwedd y frawddeg. Cliriodd ei wddf yn llawn embaras. Pe na bai'n ffŵl o'r radd flaenaf, mi fyddai Ina wedi teimlo ychydig o drueni drosto.

"Fel y gweli, hybarch Dywysog," dwedodd Ina, gan ei ddynwared, "dyma'r llwybr, a dacw ystad Tegid ap Gwyddien nid nepell o'r bryncyn acw, mi dybiaf."

Tawodd Sulien, a ddwedodd yr un gair nes cyrraedd yr ystad, oedd yn siwtio Ina i'r dim.

XI

Cynnes iawn oedd y croeso i'r ddau yng nghartref Tegid, yn union fel roedd Cynddylan wedi'i ragweld. Ond am ryw reswm, roedd yn awyddus tu hwnt i glywed pa ffordd y daethon nhw.

"Dros yr Esgair Las, a heibio'r Meini Hirion, ar orchymyn fy nhad y brenin," atebodd Sulien.

Bu rhaid i Ina frathu ei thafod rhag dweud y bydden nhw wedi mynd y ffordd anghywir a heb gyrraedd o gwbl oni bai fod Sulien wedi gwrando arni hi.

"Da hynny," dwedodd Tegid, heb esbonio ymhellach. "Rhaid eich bod ar lwgu. Paratown fwyd ar eich cyfer yn ddi-oed."

Galwodd ar ddau o'r gweision i gymryd eu ceffylau i'r stablau. Roedd y ddau'n wahanol iawn i'w gilydd, fel Pasgen ac Uinseann, meddyliodd Ina, oedd yn gweld eu heisiau.

Digon sarrug oedd y gwas a gymerodd geffyl Sulien. Ond roedd y dyn arall yn llawer mwy cyfeillgar, a gwenodd yn hawddgar ar Ina. Roedd hi'n hanner disgwyl i'r gaseg ddechrau strancio, ond aeth gyda'r gwas yn dawel.

Esboniodd Tegid mai caethwas oedd un o'r dynion, Sais oedd wedi dod ato a gofyn am loches wedi iddo gael ei hel o'i bentref ar ôl ffrae. Roedd yn fodlon aberthu ei ryddid am do diogel dros ei ben.

"Pam?" gofynnodd Ina'n syn.

"Am nad oedd ganddo unman arall i fynd. Byddai wedi newynu fel arall, neu ei ladd."

Crychodd Ina ei thrwyn. Byddai'n well ganddi farw na bod yn gaethferch.

"Roedd wedi'i anafu, weli, yn y ffrae," ychwanegodd Tegid. "Ei goes a'i chafodd waethaf."

Syllodd Ina i gyfeiriad y dynion a gweld bod un ohonynt yn hercian. A sylweddolodd yn syn nad y dyn sarrug oedd â choes gam, ond y llall. Hwn oedd y Sais, felly. Y dyn a wenodd arni. Dyma'r Sais cyntaf iddi weld erioed. Pe bai'n gwybod mai Sais oedd e, byddai wedi edrych arno'n fwy manwl, ond o'r cefn, edrychai'n debyg i unrhyw ddyn arall.

Dyna ryfedd. Roedd Ina wastad wedi dychmygu y byddai'n fwy o beth pe bai'n gweld Sais yn y cnawd. Gweld rhywun o'r un anian â'r rheiny laddodd ei thad. Doedd ei mam byth yr un fath ar ôl ei golli. Roedd Ina'n rhy ifanc i gofio sut roedd hi cyn hynny, wrth reswm. Briallen ddwedodd hyn wrthi. Ond roedd Ina, er ei bod yn ifanc iawn, yn medru gweld bod rhyw dristwch llethol yn perthyn i'w mam. Doedd hi byth i'w gweld yn hollol hapus, hyd yn oed pan oedd yn gwenu. Lapiodd ei galar amdani fel lliain nad oedd byth yn medru ei dynnu. Bu Lluan yn fwy o fam i Ina mewn gwirionedd. Nid bod ots gan Ina bryd hynny – roedd hi'n eilunaddoli ei chwaer hŷn, ac yn trysori pob munud yn ei chwmni.

Aeth Tegid â nhw i'r brif adeilad, a rhoi cyfle iddyn nhw ymolchi a gorffwys cyn bwyd. Glynodd Bleiddyn yn dynn wrthi'r holl amser, a chadwodd cŵn Tegid yn ddigon pell ohono. Efallai eu bod yn gallach na chŵn Cynddylan. Erbyn i Ina olchi ei hwyneb yn iawn – a'i thraed, oedd yn llwch i gyd – clywodd Tegid yn galw arni i ddod i gael bwyd.

Roedd Sulien yno'n barod, wrthi'n gorffen ei ddysglaid gyntaf o gawl. Cafodd gynnig un arall yn syth, ac un arall wedi hynny. A phedwaredd. Welodd Ina erioed neb oedd yn medru bwyta cymaint. Llarpiodd dorth gyfan o fara hefyd, a thocyn anferth o gaws. Holodd Ina ei hun i ble roedd yr holl fwyd yn mynd, am nad oedd bron dim cig ar ei esgyrn o gwbl. Roedd yn fwy tenau na hi, hyd yn oed.

Llwyddodd Ina i fwyta tipyn hefyd, ond roedd yn chwythu'n galed ar ôl ei hail ddysglaid. Ac er i Tegid ei hannog i gymryd darn arall o fara, doedd hi ddim yn medru bwyta briwsionyn arall.

Ar ôl gwneud yn hollol siŵr fod y ddau wedi cael digon, cliriodd Tegid ei wddf. Roedd ganddo rywbeth pwysig i'w ddweud.

"Sulien, a soniodd eich tad y brenin pam y dylech gymryd y llwybr hwn at Gaersallog yn hytrach na'r ffordd fawr?"

"Am fod sôn bod rhai Saeson am dorri'r heddwch."

"Gresyn gen i orfod dweud bod y sefyllfa yn fwy difrifol na hynny."

Edrychodd Ina arno'n bryderus. Aeth Tegid yn ei flaen.

"Mae suon – rhai digon credadwy, gwaetha'r modd – fod rhywbeth mawr iawn ar droed. Clywais fod y Saeson y tu hwnt i'r Clawdd Mawr wedi cael gorchymyn i anfon gŵr o bob un tŷ, a chodi arfau."

"Pam?" holodd Ina, a'i llais yn gryg.

"I greu byddin."

Teimlodd Ina'r cawl yn dechrau troi yn ei stumog. Edrychodd draw at Sulien. Roedd yn hollol welw.

"Os gwir yw hyn, ni fyddent yn gwneud heblaw eu bod yn bwriadu ymosod. Efallai eu bod am feddiannu'r rhannau hynny o hen diroedd Caer Gelemion, i'r dwyrain, sydd yn dal yn ein dwylo, neu ..." Oedodd Tegid cyn mynd yn ei flaen. "... neu hyd yn oed gipio Caergeri."

Neidiodd Sulien i'w draed.

"Nid oes sicrwydd o'u bwriad, prysuraf i bwysleisio hynny," dwedodd Tegid, gan geisio tawelu meddwl y llanc, ond roedd y pryder i'w weld yn glir yn ei lygaid.

"Rhaid imi fynd 'nôl – yn syth," dwedodd Sulien yn wyllt, ac anelu am y drws. Safodd Tegid o'i flaen.

"Pwylla! Mi gefaist orchwyl i'w gyflawni gan dy dad, y brenin, sef cludo'r eneth hon yn ddiogel i Gaersallog. Y peth gorau fyddai i chi barhau ar eich taith, a hynny heno, heb noswylio yma."

"Ydi hi'n ddiogel i ni deithio?" gofynnodd Ina'n bryderus.

"Mwy diogel nag aros yma, 'ngeneth i," atebodd Tegid.

Doedd hynny fawr o gysur i'r un ohonyn nhw.

✦ ✦ ✦

Rhaid ei bod wedi hanner nos erbyn hyn, meddyliodd Ina, gan syllu i'r awyr. Ond doedd y cymylau ddim wedi dechrau cilio eto, a heb weld y sêr roedd yn anodd gwybod faint o amser oedd wedi mynd heibio. Yn waeth na hynny, doedd dim posib gwybod chwaith a oedden nhw'n mynd i'r cyfeiriad cywir.

"Gawn ni aros am ychydig?" galwodd at Sulien, oedd yn arwain y ffordd.

"Arhoswn yn y man, pan gyrhaeddwn gopa'r bryncyn nesaf."

"Dwi ddim yn siŵr a ydyn ni ar y llwybr cywir o hyd," dwedodd Ina.

Atebodd Sulien ddim.

"Glywaist ti?" prociodd Ina.

Tynnodd Sulien ar awenau ei geffyl, a stopio.

"Arhoswn yma," dwedodd yn awdurdodol, gan osgoi ateb cwestiwn Ina.

Tynnodd Ina ar awenau Pennata. Byddai'r hen gaseg yn falch o gael seibiant, mae'n siŵr. Roedd Bleiddyn, ar y llaw arall, yn llawn egni ac yn amlwg yn mwynhau bod ar grwydr gydag Ina liw nos.

Disgynnodd Sulien oddi ar ei geffyl, agor ei gwdyn cyfrwy a chymryd darn o fara, gan ei stwffio i'w geg yn gyfan. Sut yn y byd allai fwyta, meddyliodd Ina, a hwythau o bosib yn marchogaeth yn syth i ganol byddin o Saeson?

Disgynnodd hithau oddi ar Pennata a chymryd llwnc o ddŵr. Roedd meddwl am fwyd yn codi pwys arni. Roedd ar bigau'r drain. Cododd sgrech erchyll. Neidiodd Ina yn ei chroen. Cynhyrfodd Bleiddyn drwyddo. Yn nhawelwch y nos, doedd dim posib dirnad pa mor agos neu bell oedd y sŵn.

"Llwynog," esboniodd Sulien, gan gymryd arno nad oedd wedi cael braw.

"Gwn i mai cadno oedd e," atebodd Ina'n swta, yn flin â'i hunan am roi'r cyfle iddo gael y gorau ohoni. Cymerodd lwnc arall o ddŵr a syllu i'r awyr. Roedd y cymylau'n drwch o hyd.

Pam na fedrai fod yn noson glir – heno o bob noson?

Safodd y ddau yno am sbel, yn dweud dim. Doedd hwn ddim byd debyg i'r tawelwch dedwydd a brofodd Ina ar y feranda gyda Gwrgant. Prociodd yr hiraeth hi, fel blaen cyllell finiog. Edrychodd draw ar Sulien. Roedd ei feddwl yn bell.

"Poeni am dy deulu?"

"Dylwn fod yng Nghaergeri, ac nid yma, ar ryw neges ddibwys," dwedodd Sulien, yn fwy chwerw nag oedd wedi bwriadu, ac anghofio am unwaith i ddefnyddio geiriau crand.

"Cer 'te. Mi fydda i'n iawn ar ben fy hun."

"Dy warchod oedd dymuniad fy nhad y brenin. Os wyt ofn llwynog, sut y byddi pan fo gwir berygl?"

Teimlodd Ina ei gwaed yn dechrau berwi eto. Pob tro roedd hi'n dechrau cynhesu ato, byddai Sulien yn dweud rhywbeth i'w chorddi. Synhwyrodd Ina ei fod am iddyn nhw gael ffrae, ac felly brathodd ei thafod. Doedd hi ddim am roi'r boddhad iddo.

Efallai'n wir y dylai Sulien fynd yn ôl i Gaergeri, rhag ofn bod angen amddiffyn llys Cynddylan. Fyddai dim rhaid iddi ei oddef rhagor wedyn chwaith. Yna cofiodd am Pasgen ac Uinseann. Os oedd hi'n wir yn fwriad gan y Saeson ymosod ar Gaergeri, roeddent mewn peryg. Byddai'n torri ei chalon petai rhywbeth yn digwydd iddyn nhw.

"*Dominus vobiscum*," dwedodd Ina, yn uchel, heb iddi sylweddoli. Duw bo gyda chi.

"Pa beth a ddywedaist?" holodd Sulien, gan wthio darn arall o fara i'w geg.

"Dim byd."

"Do. Mi a'th glywaist."

Doedd Ina heb fwriadu dweud y geiriau'n uchel.

"*Dominus vobiscum,*" dwedodd Ina, yn uwch y tro hwn. "Dim ond gair o fendith ar gyfer Pasgen ac Uinseann. Iddyn nhw mae'r diolch 'mod i'n dal yn fyw. Heb Uinseann, fyddwn i ddim hyd yn oed wedi medru croesi afon Gwy."

"Paham? Pa beth a wnaeth? Dy gario ar ei ysgwyddau, fel Cristoff Sant?"

"Gwell na hynny. Cyflawnodd e wyrth, a gostegu'r gwynt er mwyn fy achub i."

Chwarddodd Sulien yn ddirmygus. Dechreuodd waed Ina ferwi eto.

"Pe byddai Uinseann yma, mi fyddai'n dweud gweddi a byddai'r cymylau'n cilio!"

"Gofyn iddo, felly. Os cymaint o sant yw â hynny, gwneith dy glywed yn burion."

Gwgodd Ina arno cyn cau ei llygaid yn dynn. Erfyniodd ar Uinseann i'w helpu, ac i brofi i'r llipryn cegog wrth ei hymyl ei fod yn anghywir. Gwnaeth yn siŵr y tro hwn i beidio siarad yn uchel.

Un. Dau. Tri ... Agorodd Ina ei llygaid. Edrychodd i'r awyr. Doedd dim arwydd bod y cymylau'n dechrau gwasgaru.

"Efallai ei fod yn fyddar," dwedodd Sulien, â gwen sbeitlyd ar ei wefusau.

Trodd Ina ei chefn arno. Roedd yn lwcus nad oedd yn defnyddio'r pastwn yn ei erbyn. Os na fyddai'n ofalus, mi fyddai'n gwneud.

Daliodd rhywbeth ei sylw, a rhoi taw ar y geiriau yn ei phen. Gwelodd y lloer yn sbecian yn swil y tu ôl i gwmwl, ac i'r chwith o'r lloer, seren. Ac un arall. Ac un arall eto. Roedd y cymylau'n dechrau chwalu a darnau o'r ffurfafen yn dod i'r golwg.

"Edrycha!" bloeddiodd Ina.

Syllodd Sulien i fyny, yn gegrwth.

"Clywodd e fi! Diolch, Uinseann! Diolch!" gwaeddodd Ina'n hapus, gan neidio ar gefn Pennata.

Syllodd Ina fyny eto, yn edrych am seren benodol. Daeth o hyd i glwstwr sêr siâp coron Caer Arianrhod. Gwnaeth linell gyda'i bys nes cyrraedd stribyn llaethog Caer Gwydion, ac, o fewn y gaer, cytser Llys Dôn, yn siâp 'M' neu 'W' ... a wedyn dyna hi: Seren y Gogledd. Os mai dyna'r gogledd, gwyddai bellach i ba gyfeiriad roedd y de.

A heb aros i weld a oedd Sulien yn barod i'w ddilyn, cododd Ina'r gaseg i drotian i'r union gyfeiriad hwnnw.

XII

Deffrodd Ina wrth i belydryn cynta'r wawr gosi ei thrwyn. Er na chafodd fawr o gwsg am iddynt deithio y rhan fwyaf o'r nos, roedd hi'n llawn egni. Er gwaethaf amheuon Tegid ap Gwyddien, welon nhw neb o gwbl weddill y nos, heb sôn am unrhyw Saeson rheibus.

Edrychodd i lygad yr haul. Teimlodd wên groesawgar y wawr ar ei hwyneb. Doedd dim un cwmwl yn agos bellach, a'r awyr yn las. Roedd Bleiddyn wrth ei hymyl, yn dal i gysgu, a'i goesau'n symud pob hyn a hyn, yn breuddwydio am ryw gwningen, mae'n siŵr.

Trodd a gweld Pennata'n pori. A'r tu ôl iddi, geffyl Sulien, oedd wedi'i glymu wrth goeden. O dan y goeden roedd swp o ddillad – gwelodd Sulien yn cysgu'n drwm, ei wallt yn syrthio dros ei dalcen, a'i wyneb gwelw fel marmor yng ngolau gwan y bore bach. Roedd rhywbeth eithaf annwyl amdano yn ei gwsg, meddyliodd Ina, gan synnu ei hun wrth feddwl y fath beth – siŵr o fod am nad oedd yn medru siarad, ac yntau'n cysgu.

Cafodd syniad, a rhoi siglad bach i Bleiddyn.

"Deffra! Pwdryn!" dwedodd yn gellweirus, gan ofalu peidio siarad yn rhy uchel.

Agorodd y ci ei geg yn llydan cyn mynd ati i lyfu wyneb Ina'n hoffus.

"Ymaith!" chwarddodd yn dawel. "Rwyt ti'n drewi!"

Gorweddodd Bleiddyn ar ei gefn er mwyn iddi gosi ei fol.

"Wedyn. Cer i ddeffro Sulien gynta."

Ystumiodd Ina i gyfeiriad y llanc. Sleifiodd Bleiddyn tuag ato a llyfu ei wyneb. Neidiodd hwnnw fel petai rhywun wedi rhoi haearn poeth ar ei foch, a gollwng sgrech. Chwarddodd Ina'n uchel y tro hwn.

"Nac ofna!" galwodd Ina, gan daflu ei eiriau ei hun yn ôl ato. "Mi a'th gadwaf yn ddiogel."

Gwgodd Sulien arni, cyn cerdded draw at nant gyfagos i ymolchi. Penderfynodd Ina y byddai'n hel yr hyn o fwyd oedd yn weddill at ei gilydd, er mwyn cael brecwast. Ond pan agorodd ei chwdyn teithio, roedd y bara oedd yno neithiwr wedi mynd, a'r caws. Yr unig beth oedd ar ôl oedd sachaid fechan o gnau.

Croesodd Ina at y goeden a chwilio yng nghwdyn cyfrwy Sulien. Doedd dim bwyd yn hwnnw chwaith. Y bolgi! Roedd Bleiddyn bellach wedi'i ddilyn ac yn gorwedd ar ei gefn, yn disgwyl iddi gosi ei fol.

"Wedyn, ddwedais i!"

Roedd wedi gwylltio gormod gyda Sulien i feddwl am roi mwythau i'r ci. Cododd ei phen a'i weld e'n brasgamu 'nôl o'r nant tuag ati, a golwg hunanbwysig iawn ar ei wyneb.

"Nid oes hawl gennyt ymyrryd â fy eiddo."

"Wnest ti orffen y bwyd i gyd pan o'n i'n cysgu!"

"Roeddwn ar lwgu."

"A beth ydyn ni'n mynd i gael i frecwast, y twpsyn?"

"Gorchwyl merch ydi darparu bwyd," atebodd Sulien.

"Mae gennyt gnau yn weddill, onid oes? Ac mae'r llwyni'n llawn o fwyar a llus."

Rhythodd Ina arno'n fud, y geiriau'n sownd yn ei gwddf. Roedd hi wedi gwylltio gormod i ddweud dim. Trodd Sulien a cherdded at y llecyn lle roedd Ina wedi cysgu, a dechrau twrio drwy'i phethau. Dechreuodd Bleiddyn gyfarth, ond thalodd Sulien ddim sylw.

Cerddodd Ina ar ei ôl ac estyn am y pastwn. Heb betruso eiliad, fe'i cododd, yn barod i daro. Trodd Sulien, gyda'r sachaid o gnau yn ei law, a'i gweld. Rhewodd. Chwifiodd Ina'r pastwn yn fygythiol.

"Rho'r sachaid i gadw. Nawr!"

"A feiddi fygwth mab Cynddylan frenin, cateyrn a phenteulu holl bobloedd Caergeri?" heriodd Sulien, ei lais yn dechrau torri eto.

"Meiddia di gymryd yr un gneuen, a wna i dorri dy law, fel y lleidr wyt ti."

Llygadodd y naill y llall yn wyllt, fel dau hydd yn sgwario yn yr hydref, yn barod i gornio ei gilydd.

Yna, gyda rhyw wên fach digon smala, rhoddodd Sulien ei law yn y sachaid. Cyn iddi sylweddoli'n llwyr beth roedd hi'n ei wneud, anelodd Ina'r pastwn at ei arddwrn, a dod â'r pren i stop drwch blewyn yn unig o'i law.

Yn ei fraw, gollyngodd Sulien y sachaid. Syllodd Ina'n hurt ar y pastwn yn hofran fel cudyll uwchben ei fraich, a'i dynnu oddi yno'n frysiog. Beth yn y byd ddaeth drosti?

"Sulien ... fyddwn i heb ... ddim go iawn ..." dwedodd Ina, heb fedru orffen y frawddeg. Roedd gan Ina reolaeth lwyr dros y pastwn, ond allai hi'n rhwydd fod wedi niweidio Sulien a malu esgyrn ei arddwrn yn ddarnau. Yn union fel y gallai hi fod wedi anafu Briallen.

"Mae rhywbeth yn bod arnat ti! Dwyt ti ddim yn gall!"

Sylweddolodd Ina fod dagrau dig yn llygaid Sulien. Roedd hi wedi gwneud iddo grio, a theimlai hyd yn oed fwy o gywilydd.

"Helpa dy hun i'r cnau," dwedodd Ina'n llipa. "Af i hel mwyar i ni."

"Stwffia dy gnau!"

Eisteddodd Sulien i lawr a rhwbio ei lygaid. Trodd Ina at Bleiddyn.

"Ti'n dod?"

Ond am unwaith, yn lle ufuddhau, aros yn stond wnaeth y ci. Roedd hi wedi'i ddychryn e hefyd. Dyna wers iddi, meddyliodd Ina, cyn troi a cherdded at y llwyni a dechrau hel y ffrwythau gwyllt, er nad oedd dim chwant bwyd arni rhagor.

Efallai fod Sulien yn llygad ei le. Efallai fod rhywbeth yn bod arni. Wedi'r cwbl, roedd yn wahanol i bawb arall – dyna oedd y rhan fwyaf o bobl yn ei gredu. Efallai mai nhw oedd yn iawn.

✦　✦　✦

Gorweddai'r hen gaer ar gefn y bryncyn fel corff rhyw anifail mawr. Doedd neb wedi bod ar gyfyl y lle ers blynyddoedd, heblaw am ei ddefnyddio fel corlan. Sylwodd Ina ar olion defaid, ond doedd dim olion eraill.

Cyn noswylio, roedd Ina wedi cymryd gofal i nodi pwynt amlwg ar y gorwel oedd tua'r de. A gan bod y tywydd mor braf, gallai ddefnyddio safle'r haul hefyd i'w llywio i'r cyfeiriad cywir. Ac ar ôl ychydig o filltiroedd ar ôl gadael y nant, dyma gyrraedd yr hen gaer, yn union fel roedd wedi gobeithio. Roedd hi wedi llwyddo i ddilyn cyfarwyddiau Tegid ap Gwyddien i'r dim.

"Gall Afon Gwili ddim bod yn bell. Beth am gael hoe fach yno?" cynigiodd Ina.

"Purion," dwedodd Sulien, yn sych. Dyna'r gair cyntaf roedd wedi torri â hi ers 'y digwyddiad', er i Ina, yn wahanol i'r arfer, geisio tynnu sgwrs ag e fwy nag unwaith.

Ymhen ychydig, dyma gyrraedd Afon Gwili hefyd. Roedd gweddill y daith yn hawdd, yn ôl Tegid. Dilyn yr afon am ryw awr neu ddwy nes cyrraedd y ffordd fawr. Awr ar y mwyaf wedyn, a byddai hi yng Nghaersallog. O'r diwedd.

Roedd ar Ina eisiau bwyd mwyaf sydyn. Doedd hi heb fwyta bron dim adeg brecwast, na Sulien chwaith, am resymau amlwg. Disgynnodd Ina o gefn Pennata a'i harwain at yr afon er mwyn iddi gael yfed. Gwnaeth Sulien yr un fath.

Aeth Ina i'w chwdyn cyfrwy, a chynnig llond dwrn o fwyar duon i Sulien. Stwffiodd hwnnw'r aeron yn ei geg yn ddiseremoni. Bwytaodd Ina lond dwrn, fesul un, i'w blasu'n iawn. Roedd Sulien wedi llarpio'r mwyar, a rhedai'r sudd dros ei wefusau a'i ên. Chwarddodd Ina.

"Mae gen ti fwstásh."

Heb feddwl, estynnodd Ina ei llaw i sychu'r sudd i ffwrdd. Gwyrodd Sulien ei ben.

"Paid," dwedodd, yn llawn embaras.

Gwridodd Ina, a gresynu iddi feddwl gwneud y fath beth o gwbl. Estynnodd lond dwrn o gnau iddo heb ddweud gair arall, a cherdded i ffwrdd yn frysiog at yr afon. Llenwodd y fflasg ledr â dŵr croyw, a gwneud yn siŵr fod Pennata a Bleiddyn yn cael digon o gyfle i yfed o'r nant hefyd. Ond yn bennaf, gwnaeth yn siŵr nad oedd yn edrych i gyfeiriad y llanc.

Pan aeth yn ôl, roedd Sulien ar ei geffyl yn barod. Roedd ei wefus yn lân erbyn hyn, er ei fod wedi methu darn. Penderfynodd Ina y byddai'n ddoethach peidio dweud dim. Cododd Sulien ei geffyl i drotian, heb ddisgwyl amdani, a dilynodd Ina, fel merch ufudd, heb gwyno na gwneud sylw brathog.

Roedd hi am wneud ei gorau glas o hyn ymlaen i ymddwyn fel boneddiges ifanc, fel roedd disgwyl iddi wneud, a pheidio gwneud ffŵl ohoni'i hun yn llys Caradog. Byddai Caersallog yn gyfle i gychwyn o'r newydd. Dylai gymryd y cyfle, yn ôl dymuniad ei hannwyl Gwrgant, heddwch i'w lwch.

Ceisiodd Ina ddychmygu sut le'n union fyddai llys Caradog. Roedd wedi ceisio gwneud droeon, ers i Gwrgant sôn wrthi am y cynllun. Roedd ganddi well syniad nawr, ar ôl bod yng Nghaergeri, a chwrdd â brenin go iawn. Roedd Caersallog ei hun yn gaer anferth, gwyddai gymaint â hynny. Ac mae'n siŵr, felly, fod llys Caradog yn fwy moethus na llys Cynddylan. Gobeithio na fyddai hi'n edrych yn chwithig yn ei gwisg wlân lliw emrallt. Efallai fod disgwyl iddi wisgo dillad sidan. Roedd gan ei mam wisg sidan, lliw coch gloyw. Dim ond unwaith y'i gwelodd yn ei gwisgo erioed. Roedd hi'n edrych mor brydferth. Gwthiodd Ina'r ddelwedd o'i chof. Nid dyma'r amser i hel meddyliau am y gorffennol. Rhaid oedd edrych tua'r dyfodol ...

Synhwyrodd Ina fod rhywbeth o'i le, yr un ffordd mae modd synhwyro storm cyn iddi dorri. Dechreuodd Bleiddyn gyfarth – dau gyfarthiad isel, nerfus. Sylwodd Ina fod ei glustiau i fyny a'i gynffon yn isel. Teimlodd gerddediad Pennata yn newid. Roedd yn ei chario ei hun yn uwch, a'i ffroenau wedi'u lledu. Cydiodd Ina'n dynn yn y pastwn oedd yn ymestyn allan o'r cyfrwy.

"Sulien! Arhosa!"

Ond roedd Sulien eisoes wedi tynnu ffrwynau ei geffyl. Roedd yntau hefyd wedi synhwyro rhywbeth.

Syllodd Ina i'r pellter. Roedd yr haul wedi hen godi erbyn hyn ac o'r herwydd doedd hi ddim yn hawdd gweld yn bell iawn trwy'r tes. Cysgododd ei llygaid â'i llaw. Ai mwg oedd yn codi ar y gorwel, neu'r gwres yn creu siapau?

"Wyt ti'n medru gweld rhywbeth?" holodd wrth Sulien.

"Mwg, efallai? Nid wyf yn siŵr."

"Dyna beth o'n i'n meddwl hefyd."

Clywodd Ina sŵn y tu ôl iddi. Trodd a gweld rhywbeth yn dod tuag ati ar hyd y llwybr – cert yn cael ei thynnu gan ych.

"Sulien! Mae rhywun yn dod!"

"Aros di ble'r wyt ti."

Cododd Sulien ei geffyl i drotian i gyfeiriad y gert. Roedd tinc cadarn i'w lais, rhywbeth na chlywodd Ina cyn hyn, felly gwnaeth fel oedd yn dymuno. Ar y gert roedd teulu bach – gŵr, gwraig a dau o blant. Doedd y lleiaf yn fawr mwy na baban, ac yn swnian. Gafaelai'r fam yn y bychan yn dynn. Stopiodd y gert. Roedd gan y dyn chwip yn ei law. Fe'i cododd fel rhybudd. Efallai ei fod yn poeni fod y pla arnynt – gwyddai Ina fod ambell achos o'r afiechyd yn dal i godi yma ac acw. O bell, sgyrnygodd Bleiddyn ei ddannedd at y dyn dierth. Yn reddfol, gafaelodd Ina'n dynnach fyth yn y pastwn.

"Llefera dy enw a'r hyn a fynni!" bloeddiodd y dyn wrth Sulien.

Roedd ei lais yn gryg gan ofn, a'r ffordd roedd e'n siarad yn anghyfarwydd i glustiau Ina. Gwelodd Sulien yn ymsythu ar ei geffyl, er ei bod yn medru gweld bod arno ofn hefyd.

"Sulien, mab Cynddylan frenin. A dyma Ina ferch Nudd. Mae lle iddi yn llys y Brenin Caradog."

Dododd y dyn ei chwip i lawr. Gollyngodd Ina ei gafael yn y pastwn, a thawelodd Bleiddyn.

"Maddeuwch imi, Sulien fab Cynddylan, ond rheid i chi ddychweled i Gaergeri. Ar eich union!" dwedodd y dyn yn daer, yn ei acen gref.

"Paham hynny?"

Gwyddai Ina yr ateb cyn i'r dyn gychwyn esbonio.

"Oni weloch y môg? Ma'r meysydd mewn fflamau, a'r cnydau wedi'u difetha. Daeth y Seyson, gyda'r bora. Mae Caradog yn farow, wedi'i ladd. A'n meibion gora i gyd. Does neb ar ôl i amddiffyn Caersallog. Mae powb wedi ffoi."

A dyna gadarnhau'r hyn roedd Ina newydd ddyfalu. Nid cipio Caergeri oedd bwriad y Saeson wedi'r cwbl, ond cipio Caersallog.

Cododd y dyn y chwip a rhoi clec. Dechreuodd yr ych dynnu'r gert. Cododd y ferch hŷn, oedd yn eistedd ar bwys y fam, ei llaw ar Ina a gwenu'n gyfeillgar. Ond allai Ina ddim symud.

"Gwell dilyn y ffordd fewr! Dydi hi ddim yn bell. Yn iach!" gwaeddodd y dyn dros ei ysgwydd.

Chymerodd Ina ddim sylw ohono. Gafaelodd yn dynn yn ffrwynau Pennata. Roedd hi'n teimlo mor simsan, ofnai y gallai syrthio o gefn y gaseg.

"Ina, rheitiach i ni ddilyn ei gyngor."

Edrychodd Ina ar Sulien yn hurt. Yn ei gwewyr, roedd wedi anghofio ei fod yno o gwbl. Roedd arno ofn, wrth gwrs, fel hithau, ond roedd rhywbeth arall i'w weld yn ei wyneb hefyd. Rhyddhad. Teimlodd Ina rywbeth y tu mewn iddi'n ffrwydro.

"Ti'n falch, on'd wyt ti?"

"Wrth gwrs nad ydw i'n falch. Trychineb yw hyn!"

"Ti'n falch nad Caergeri sydd wedi syrthio, ro'n i'n meddwl."

Syllodd Sulien arni'n fud. Doedd ganddo ddim syniad sut i ateb, yn amlwg.

"Cer," dwedodd Ina, a'i llais yn codi. "Does dim rheswm i ti fod yma rhagor."

"Ond ... beth wnei di?"

"Ddim o dy fusnes di!"

"Fedra i ddim dy adael di fel hyn!"

"Pam? Ofn beth ddwedith dy dad y brenin?"

Gwingodd Sulien, a dechrau gwrido.

"Mae e'n meddwl mai ffŵl wyt ti. Ti'n gwybod hynny, on'd wyt ti?" ychwanegodd Ina. Roedd yn beth creulon iawn i'w ddweud, ond roedd Ina wedi colli arni ei hun yn llwyr.

"Cer! Cer o 'ngolwg i! Cer 'nôl i Gaergeri – y babi mam!"

Agorodd Sulien ei geg fel petai am ddweud rhywbeth. Yna trodd ei geffyl a charlamu i ffwrdd.

"Gwynt teg ar dy ôl di, y llipryn!"

Difarodd Ina'r geiriau hallt yn syth. Roedd hi eisiau carlamu ar ei ôl a dweud sori, ac erfyn arno i beidio ei gadael ar ei phen ei hun. Ond roedd hi'n llawer rhy benstiff i wneud hynny, hyd yn oed ar eiliad mor dyngedfennol â hon.

Gafaelodd Ina'n dynnach fyth yn ffrwynau'r gaseg. Roedd hi'n crynu i gyd ac yn teimlo'n sâl i'w stumog. Pe bai hi'n medru, byddai wedi dechrau beichio crio.

Roedd ei hen gartref yn nwylo Brochfael, a'i chartref newydd yn nwylo'r Saeson. Beth yn y byd fyddai'n digwydd iddi hi nawr?

XIII

Yn sydyn, clywodd Ina sŵn fel gruddfan yn codi o grombil y ddaear, fel petai'r tir ei hun mewn poen. Teimlodd Ina'r gaseg yn codi ar ei charnau oddi tani eto. Dechreuodd Bleiddyn gyfarth. Sylweddolodd Ina fod y sŵn yn dod o gyfeiriad y ffordd fawr. Yn ofalus, ofalus aeth i lawr y llwybr. Ai pobl Caersallog oedd yno, neu'r Saeson?

Daeth y gaer i'r golwg, caer enfawr, gadarn ar ben y bryn. Caersallog enwog, oedd wedi'i cholli i'r gelyn. Roedd y ffordd fawr o fewn tafliad carreg, ac yn orlawn o bobl. Aeth Ina'n agosach a syllu'n hurt ar yr hyn a welai. Pobl o bob maint, lliw a llun. Rhai cyfoethog. Rhai tlawd. Rhai ar ben ceffyl. Rhai ar ben cert. Rhai yn llusgo eu heiddo y tu ôl iddynt ar fath o sled, ond y rhan fwyaf yn cerdded, yn sigo dan bwysau eu sachau. A deallodd Ina mai pobl Caersallog oedd y rhain – yn ffoi.

Roedd rhywbeth afreal am yr holl beth, fel petai bwlch enfawr rhyngddi a'r ffoaduriaid, er ei bod erbyn hyn bron yn ddigon agos i'w cyffwrdd. Syllodd ar wyneb ar ôl wyneb yn mynd heibio iddi. Wynebau gwelw. Llygaid syn pobl oedd wedi colli pob dim.

Dechreuodd Pennata weryru a chicio ei charnau. Gafaelodd Ina'n dynn yn ffrwynau'r gaseg, a rhoi gair o gysur i Bleiddyn. Er mor druenus yr olwg, o leiaf fod y bobl hyn yn dal yn fyw, yn wahanol i'r dynion fu'n ymladd yn erbyn y Saeson – fyddai rheiny byth yn troedio yr un heol rhagor, heblaw'r ffordd euraid i'r nefoedd, meddyliodd Ina.

"Y march!" gwaeddodd rhywun yn ei hwyneb. "Faint fynni di amdano?"

Cafodd Ina fraw. Edrychodd i lawr a gweld dynes hardd yn edrych i fyny arni. Er mor dlws oedd ei hwyneb, roedd rhywbeth oeraidd am y llygaid trawiadol, a'r rheiny'n fwy treiddgar fyth o'u lliwio â cholur du. Gwisgai'r ddynes ddillad sidan o'i hysgwyddau i'w thraed, mwclis drudfawr o gwmpas ei gwddf a sawl breichled gain ar bob garddwrn. Yn wahanol i'r lleill, doedd hi ddim yn cario dim, heblaw'r gemwaith ar ei chorff. Roedd ganddi ddau gaethwas i wneud hynny, oedd wedi'u llwytho'n drwm fel dau asyn.

Stwffiodd y ddynes gwdyn bach lledr yn llaw Ina.

"Teimla ei bwysau. Mae moy na digon o argan yma i dy ddigolledi amdano," dwedodd, mewn acen gref tebyg i'r dyn ar ben y gert. Ceisiodd y ddynes wenu, ond roedd rhywbeth ffals am y wên, rhywbeth oedd yn codi gwrychyn Ina.

"Hi," pwysleisiodd Ina, "nid fe. A dyw'r gaseg ddim ar werth," ychwanegodd, gan roi'r cwdyn yn ôl iddi. Heb betruso, tynnodd y ddynes un o'i breichledau a'i chynnig i Ina.

"Beth am hon? Un fy mam-wen oedd hi. Aelod o lys neb llai na'r teyrn Caradog ei hun."

"Na ydi'r ateb o hyd," atebodd Ina. "Ac i chi gael deall, roedd y gaseg hon yn berchen i neb llai na fy mam, nith Gwrgant ap Ynyr ap Pawl Hen, y gorau o wyrda Gwent."

Unwaith i'r ddynes sylweddoli nad oedd Ina'n mynd i gytuno, diflannodd y wên.

"Os felly, bodd rhaid imi ei hawlio!"

Trodd y ddynes at ei chaethweision, gan roi arwydd iddynt. Cyn i Ina gael siawns i ymateb, gafaelodd un o'r dynion yn ffrwynau Pennata a'r llall yn nhroed Ina a cheisio ei thynnu oddi ar y ceffyl. Neidiodd Bleiddyn amdano ond cododd Pennata ei charnau a'i gicio'n anfwriadol. Teimlai Ina ei hun yn llithro o'r cyfrwy. Ceisiodd afael yn ei phastwn, ond gafaelodd y caethwas oedd yn dal ffrwyn Pennata yn ei braich a'i throi. Saethodd poen i fyny'i hysgwydd. Aw! Petai Sulien yma o hyd, byddai wedi medru ei helpu, neu o leiaf roi cynnig arni. Ond, wrth gwrs, roedd Ina wedi'i hel i ffwrdd.

Yn sydyn, aeth si trwy'r dorf, fel haid o wenyn yn synhwyro peryg.

"Y Seyson!"

"Maen nhw ar ein sodlau!"

"Ymlaen! Am eich bywydau!"

Gyda hyn, aeth yn draed moch. Dechreuodd pobl redeg a gwthio. Cafodd y caethwas oedd yn gafael yn ffrwynau Pennata hergwd, a syrthiodd ar ei drwyn. Gyda'i phen yn rhydd, cododd y gaseg ei dwy goes flaen a throi yn yr awyr, gan daflu'r caethwas arall i'r llawr hefyd. Gafaelodd Ina'n dynn ym mwng y ceffyl rhag cael ei thaflu.

Gyda sgrech, neidiodd y ddynes gyfoethog tuag at Ina a cheisio ei llusgo oddi ar y gaseg. Ond roedd Ina 'nôl yn y cyfrwy, a'i dwylo'n dynn am y ffrwynau. Carlamodd i ffwrdd, gan adael y ddynes yn rholio yn y baw.

✦   ✦   ✦

Ar ôl mynd digon pell o'r ffordd a gwneud y siŵr nad oedd neb yn ei dilyn, tynnodd Ina ar ffrwynau Pennata ac arafu. Roedd y gaseg yn tuchan yn drwm. Bleiddyn hefyd. Ond doedd dim gwaeth ar ôl y gic gafodd gan y ceffyl, diolch byth.·

Curai calon Ina'n galed. Ceisiodd reoli ei anadlu, a chwythu'r ofn allan o'i chorff a chadw meddwl clir, yn union fel roedd Gwrgant wedi dysgu iddi wneud. Rhaid oedd cael cynllun, a hynny'n syth.

Ni allai ddychwelyd i Gaergeri, nid ar ôl iddi drin Sulien mor ofnadwy o wael. Doedd hi ddim yn deall pam fuodd hi mor gas wrtho. Tybed a fyddai Sulien yn llwyddo i fynd 'nôl y ffordd gywir? Gobeithio wir na fyddai'n mynd ar goll, a chrwydro i dir y Saeson …

"Canolbwyntia, Ina!" dwedodd wrthi ei hun yn flin, a gorfodi ei hun i roi ei phryder am Sulien o'r neilltu a meddwl yn galed. Roedd Pasgen wedi cynnig ei helpu pe byddai hi mewn helynt, a dod o hyd i gartref newydd iddi yn un o gymunedau Cristnogol Gwent. O dan yr amgylchiadau, dyma'r peth gorau. Fyddai hyd yn oed Brochfael ddim yn meiddio gwneud dim iddi os oedd dan adain yr eglwys.

Cofiodd am y map. Aeth i'w chwdyn i'w nôl. Roedd ei dwylo'n crynu. Daeth o hyd i Gaersallog – neu *Sorviodunum* fel roedd yn ymddangos ar y map – a gweld bod sawl ffordd yn ei chroesi. Yr heol i'r gorllewin, i gyfeiriad Caerfaddon a bryngaer chwedlonol Caercado, oedd yr un yn llawn ffoaduriaid. Os oedd y Saeson go iawn am eu gwaed, roedd yn well osgoi hon yn llwyr. Doedd hi chwaith ddim am gwrdd â'r ddynes wallgof yna eto, rhag iddi geisio dwyn Pennata oddi arni'r eildro.

Gwelodd Ina fod ffordd yn arwain tua'r de-orllewin at dref ddiogel arall, sef Caerdorin. Oddi yno, byddai modd cyrraedd Caerfaddon o'r cyfeiriad arall, a throi 'nôl at Went wedi i'r sefyllfa dawelu. Y drafferth oedd, hyd yn oed o farchogaeth yn galed, roedd Caerdorin yn rhy bell i'w chyrraedd mewn diwrnod. A doedd hi wir ddim yn rhy awyddus i dreulio'r noson dyn a ŵyr ymhle, gyda'r wlad yn bla o Saeson.

Craffodd Ina ar y map eto. Ychydig dros hanner ffordd i Gaerdorin roedd hen dref Rufeinig o'r enw *Vindocladia*. Am ryw reswm, roedd yr enw'n canu cloch, ond fedrai Ina ddim yn ei byw gofio pam. Hyd yn oed os nad oedd neb yn byw yno mwyach, efallai byddai'r dref yn cynnig noddfa ddiogel iddi.

O gychwyn yn syth, roedd gobaith cyrraedd cyn iddi nosi.

✦   ✦   ✦

Roedd y ffordd fawr i Gaerdorin mewn cyflwr da, a llwyddodd Ina i deithio milltiroedd lawer erbyn amser cinio. Ond roedd yr heol yn serth, yn enwedig i gychwyn. Roedd Pennata wedi dechrau arafu ers sbel ac yn anadlu'n drwm eto, a doedd Bleiddyn chwaith ddim mor sionc ag arfer. Penderfynodd Ina orffwys o dan gysgod coeden ar bwys y lôn. Roedd angen hoe ar y tri ohonynt yn druenus.

Ar ôl byrbryd syml iawn o gnau – doedd dim mwyar duon ar ôl – llenwodd Ina ei fflasg ledr eto mewn nant gerllaw, a rhoi digon o gyfle i'r anifeiliaid yfed hefyd cyn ailgychwyn ar y daith.

Roedd yr haul yn danbaid weddill y dydd, yn tywynnu heb yr un cwmwl yn gysgod, a'r tirwedd tonnog ar ei orau. Ond i lygaid gofidus Ina, doedd y tirwedd ddim mwy prydferth na phe bai'n teithio trwy'r diffeithwch mwyaf diflas. Cafodd Ina ei themtio fwy nag unwaith i ymbil yn dawel ar Uinseann am help eto, a gwneud i gymylau ymddangos y tro hwn yn lle eu gwasgaru, ond roedd yn ofn gwneud, rhag iddi ddigio Duw. Roedd hwn yn ddiwrnod du i'w deyrnas, a'r paganiaid wedi cipio dinas Caradog. Roedd ganddo bethau pwysicach ar Ei feddwl mae'n siŵr.

Erbyn i'r haul ddechrau machlud, roedd ceg Ina'n grimp, a'r fflasg ledr yn wag. Pryd ar y ddaear byddai hi'n cyrraedd *Vindocladia*? Oedd hi wedi gwneud camgymeriad, tybed? Roedd ar fin estyn am y map eto pan welodd rywbeth o'i blaen – cert ac arni ddynes, tri o blant, a phentwr o nwyddau. Cerddai ffarmwr o flaen yr ych, yn ei arwain. Cododd Ina ei llaw i'w gyfarch.

"Dydd da yn enw'r Arglwydd!"

"Nid da y dydd ema," dwedodd y ffarmwr, yn swta.

"I ble ry'ch chi'n mynd?"

"I'r gêr fewr, ynte."

Deallodd Ina mai 'caer fawr' oedd y dyn yn ei ddweud. Roedd hwn hefyd yn siarad yn wahanol iddi hi.

"Rhag y Seyson. Mae sôn eu bod ar drôd, ar ôl cwymp Caersallog."

"Oes caer yn agos, felly?" holodd Ina'n obeithiol. Gwell na chysgodi mewn hen dref Rufeinig ar ei phen ei hun.

"O ble y doi, fyrch? O'r llwyr?"

"Nage. Nid o'r lloer. O Went."

"Gwent?!"

Syllodd y ffarmwr arni'n llawn rhyfeddod. Waeth ei bod wedi dweud ei bod yn dod o'r lleuad ddim.

"Mae caer o fewn cyrraedd, oes?" mynnodd Ina eto.

"Oes, fyrch. Cêr Faddan."

"Caerfaddon?"

Tro Ina oedd hi i edrych yn syn.

"Nid Cêrfaddon. Cêr *Faddan*. Nid oes neb yn bwy ena mwy ond lle diogel yw. Ti wyddot – ble bo'r gad o fri."

"Brwydr Mynydd Baddon?"

"Ie, dyna thi, ble bo cad Menedd Baddan."

Ac yna cofiodd Ina pam roedd yr enw *Vindocladia* yn canu cloch iddi. Roedd y dref yn agos iawn i leoliad y frwydr enwog honno.

"Bu fy ngheidwad, Gwrgant ap Ynyr, yn y frwydr! Yn ymladd ochr yn ochr â thad Caradog frenin."

"Yn wir? Dew a'th bendithio, felly! At y gêr! Yn-rag!" dwedodd y ffarmwr wedi sioncio drwyddo, gan ei hannog ymlaen a'i lygaid yn pefrio.

Pasiodd Ina res hir o bobl ar y ffordd, a phawb yn ei chyfarch yn gyfeillgar. Roeddent yn symud yn bwrpasol ond yn bwyllog, fel pe baent wedi arfer cyrchu'r hen gaer fawr am loches, yn union fel roedd pobl Gwent yn dianc dros dro i'r fforestydd ac i'r ogofâu.

Dechreuodd nosi'n araf bach. Roedd Ina'n ofni na fyddai hi byth yn cyrraedd pan welodd gadarnle Caer Faddan o'i blaen yn y gwyll: caer fawr ar ben bryn gyda thri chlawdd uchel yn ei hamddiffyn. Syllodd Ina o'i chwmpas, ac aeth ias i lawr ei chefn. I feddwl mai yma, ar y caeau eang o gwmpas y gaer, y bu'r frwydr dyngedfennol honno y clywodd gymaint o sôn amdani. O na fyddai Gwrgant wrth ei hochr i rannu'r foment! Ochneidiodd. Gorfododd ei hun i beidio dechrau hiraethu – fyddai Gwrgant ddim eisiau hynny.

Plygodd i lawr a chribo mwng Pennata gyda'i bysedd, a sibrwd yn ei chlust, "Dyna ti'r hen ferch. Ni wedi cyrraedd o'r diwedd." Yna trodd at Bleiddyn, oedd yn syllu i fyny ati. "Do'n i heb dy anghofio di, paid poeni."

Gwenodd Ina wrth weld yr olwg flêr oedd arno.

Dechreuodd Bleiddyn gyfarth. Clywodd Ina leisiau'n codi. Cododd ei phen a gweld bod y bobl oedd agosaf at y gaer wedi dechrau rhedeg, ac yna gwelodd pam.

Yn carlamu tuag atynt, eu cleddyfau a'u bwyeill rhyfel yn yr awyr, roedd mintai o Saeson.

XIV

Gwibiodd rhywbeth heibio i Ina. Saeth, ac yna un arall. Yn agosach y tro hwn. Clywodd y saeth yn hisian drwy'r awyr ac yn glanio'n drwm yn y ddaear y tu ôl iddi. Rhaid bod y dynion oedd yn amddiffyn y fryngaer wedi sylwi ar y Saeson. Efallai eu bod yn meddwl mai un o'r gelyn oedd hi hefyd, am ei bod ar gefn ceffyl. Doedd dim modd gweld yn bell iawn yn y gwyll.

"O 'ma!" gwaeddodd Ina ar Pennata, gan roi cic go hegr iddi. Carlamodd i ffwrdd i lawr y rhiw, a Bleiddyn yr un mor chwim wrth ei hochr.

Ar ôl ychydig o funudau, tynnodd Ina ar ffrwynau'r gaseg. Doedd dim posib i'r saethau ei chyrraedd yma. Ond cyn iddi gael amser i ddod ati ei hun ac i ystyried beth i'w wneud nesaf, clywodd rhyw gynnwrf y tu ôl iddi. Trodd a gweld tri ffigwr arswydus yr olwg yn carlamu tuag ati. Rhaid bod rhai o'r Saeson wedi sylwi arni hefyd, ac roedden nhw am ei gwaed.

Rhewodd Ina. Roedd cymaint o ofn arni doedd hi ddim yn medru anadlu heb sôn am feddwl. Gwyddai y dylai ffoi ond roedd rhywbeth cwbl afreal am y sefyllfa, yn union fel y ffoaduriaid y bore hwnnw.

"Ina fach, maen nhw'n real! A'u harfau hefyd! Ymaith, ar dy union!"

Trodd Ina i gyfeiriad llais Gwrgant ond doedd neb yno. Sylweddolodd mai yn ei phen oedd y llais, ond roedd hi'n dal methu symud. Gwyddai'n iawn y byddai'r dynion yn ei llusgo o'i cheffyl a'i thrywanu. Ond y cyfan fedrai Ina wneud oedd syllu'n hurt i gyfeiriad y rhyfelwyr estron.

Yn ei gwewyr, chlywodd hi mo Bleiddyn yn cyfarth arni. Na'i weld yn rhoi brathiad bach i Pennata, i'w phrocio yn ei blaen. Carlamodd y gaseg i ffwrdd gan weryru'n wyllt. Bu bron i Ina gael ei thaflu yr eildro'r diwrnod hwnnw, ond roedd y sioc yn ddigon iddi ddod at ei choed. Plygodd i lawr yn isel, gan ddal y ffrwynau'n dynn.

Rhedai Bleiddyn wrth eu hymyl, ei glustiau 'nôl, a'i goesau hirion yn symud yn llyfn. O fewn dim roedd ar y blaen, ei gynffon flewog yn chwifio wrth iddo eu pasio, ond edrychai tuag yn ôl yn gyson, fel petai am wneud yn siŵr fod Ina'n dal yn ddiogel.

Trodd Ina a gweld bod y Saeson o fewn tafliad carreg iddi erbyn hyn. Dechreuodd anobeithio. Yna gwelodd amlinelliad rhywbeth i'r dde iddi, yn llechu yn y llwydnos. Amlinelliad adfail hen deml Rufeinig. Rhaid bod hen dref *Vindocladia* yn agos. Wrth gwrs! Roedd ar y Saeson ofn yr hen drefi Rhufeinig! Pe bai'n medru cyrraedd yno cyn i'r Saeson ei dal, efallai y byddai'n ddiogel.

Cododd Ina'r ceffyl i garlamu hyd yn oed yn galetach. O fewn dim, roedd muriau hirsgwar *Vindocladia* yn syth o'i blaen. Roedd twll mawr yn y mur agosaf ati. Trodd eto, a gweld bod y Saeson bron â'i chyrraedd.

Doedd dim eiliad i'w cholli. Anelodd Ina drwyn y gaseg yn syth at y bwlch yn y mur a chau ei llygaid yn dynn. Rhywsut, llwyddodd y ceffyl i neidio dros y rwbel a glanio'n ddiogel yr ochr draw i'r mur. Eiliad yn ddiweddarach, hyrddiodd Bleiddyn ei hun trwy'r bwlch hefyd.

Arafodd Pennata heb i Ina orfod tynnu ar y ffrwynau. Roedd y ceffyl yn chwys diferu. Neidiodd Ina i lawr, a rhedeg ei llaw dros wddf hir y gaseg, oedd yn tuchan yn drwm.

"Da ferch!" sibrydodd Ina yn ei chlust, cyn anwesu Bleiddyn a'i ganmol yn frysiog. Doedd dim amser i'w wastraffu. Cydiodd yn ffrwynau'r ceffyl a'i arwain i fewn i gragen rhyw adeilad mawr, a Bleiddyn ar eu cwt.

Wrth iddi dynnu'r cyfrwy o gefn Pennata, clywodd Ina sŵn gweiddi o'r tu hwnt i furiau'r dref. Y Saeson â'u lleisiau cras yn rhwygo'r tawelwch, yn arthio ar ei gilydd fel cŵn yn eu hiaith ddieithr, ffyrnig. I glustiau Ina, roedd yn swnio fel iaith y diafol ei hun.

Cymerodd sbec ofalus trwy un o ffenestri'r adeilad a gweld bod y Saeson yn sefyll wrth y bwlch yn y mur. Roedd y lleuad wedi codi erbyn hyn, a medrai Ina weld digon ar y dynion iddynt beri hyd yn oed fwy o arswyd arni. Roeddent yn dal ac yn gydnerth, a'u hwynebau hagr yn fwy sinistr fyth am fod gwallt pob un wedi'i dynnu 'nôl yn glymau seimllyd. Cododd yr un talaf ei fraich. Disgleiriodd rhywbeth yng ngolau'r lloer. Cleddyf byr. Yr arf roedd Ina wedi clywed gymaint amdano – y *seax*.

Ond er i'r Saeson barhau i gyfarth ar ei gilydd, nid oedd golwg eu bod am fentro i mewn trwy'r mur. Roedd arnynt ofn, yn union fel roedd Ina wedi gobeithio.

Yr eiliad nesaf, gwelodd Ina wreichionyn tân. Roedd y Saeson wrthi'n cynnau ffaglau. Camodd y rhyfelwr talaf dros

y rwbel, y ffagl yn un llaw a'i gleddyf yn y llall. Dechreuodd
Bleiddyn anesmwytho a sgyrnygu ei ddannedd.

"Usht," siarsiodd Ina'n dawel.

Cododd y Sais ei ffagl yn uchel. Sylwodd Ina ar graith
ddofn ar wyneb y dyn. Aeth ias drwyddi. Amneidiodd y dyn ar
y lleill i'w ddilyn, ond sefyll yn stond wnaeth y ddau. Arthiodd
arnynt, y geiriau estron yn tasgu yn y tywyllwch fel
gwreichion ei ffagl. Fesul un, camodd y milwyr i mewn trwy'r
bwlch. Dechreuodd y dyn cyntaf gerdded i lawr y stryd tuag at
yr adeilad lle roedd Ina'n cuddio. Fyddai pastwn yn werth
dim yn erbyn hwn. Dododd Ina ei llaw ar garn y cleddyf, yn
barod i'w dynnu. Siawns fod hawl ganddi o dan yr
amgylchiadau? Heb sylwi ei bod yn gwneud, daliodd ei
gwynt.

Yn sydyn, dyma Bleiddyn yn crymu ei gefn, ymestyn ei
wddf ac udo. Un udiad hir ar ôl ei gilydd, a'r naill yn fwy
torcalonnus na'r llall, sŵn echrydus oedd yn ddigon i godi ofn
ar y meirw. Sgrialodd y ddau Sais agosaf at y mur, ac allan â
nhw trwy'r bwlch. Yn ei fraw, gollyngodd y dyn mawr
creithiog ei ffagl a'i heglu hi hefyd.

Roedd Pennata yn crynu o'i chlustiau i'w charnau, a'i
llygaid led y pen ar agor.

"Paid bod ofn. Dim ond Bleiddyn oedd e," sibrydodd Ina
gan redeg ei dwylo dros gefn y gaseg i geisio ei thawelu.
Efallai y byddai wedi llwyddo pe na byddai Bleiddyn wedi
dewis gollwng un gri olaf o'r galon ac udain nerth ei ysgyfaint,
fel petai am wneud yn hollol siŵr na fyddai'r Saeson yn
mentro dod yn agos eto. Dechreuodd Pennata strancio. A'r
tro hwn, doedd dim pall arni. Er ei Ina drio ei ffrwyno, roedd

y ceffyl yn llawer rhy gryf. Syrthiodd Ina i'r llawr wrth i'r gaseg garlamu oddi wrthi.

"Pennata!"

Cododd Ina i'w thraed a rhedeg ar ei hôl, ond doedd dim pwrpas. Neidiodd Pennata trwy'r bwlch yn y mur, a diflannu i'r tywyllwch. Doedd fiw iddi fentro allan ar ei hôl rhag ofn bod y Saeson yn dal yno, yn llercian. Gallai ond gobeithio nad oedd y ceffyl wedi carlamu i'w cyfeiriad. Doedd dim amdani ond aros, a gobeithio'r gorau.

Trodd Ina a cherdded 'nôl lawr y stryd ac i mewn i'r adeilad. Yn y gornel roedd Bleiddyn yn aros amdani a golwg smala ar ei wyneb.

"Oedd rhaid?" gofynnodd Ina'n finiog. Edrychodd Bleiddyn arni gyda'i lygaid mawr. Teimlodd Ina ei hun yn meddalu a'r rhyddhad yn dechrau llifo trwy ei gwythiennau. Doedd hi ddim yn medru bod yn grac wrth y ci am hir – wedi'r cyfan, roedd wedi achub ei bywyd.

"Tyrd yma'r peth gwirion."

Daeth Bleiddyn ati a llyfu ei llaw cyn gorwedd i lawr wrth ei thraed. Aeth Ina ar ei chwrcwd i roi mwythau iddo, a sylwodd fod ei dwylo'n crynu. Gorweddodd i lawr wrth ochr y bleiddgi mawr. Hwpodd hwnnw ei drwyn tuag ati cyn setlo, ei anadl yn trymhau ac yn arafu wrth iddo syrthio i gysgu.

Ceisiodd Ina gysgu hefyd, ond roedd hi'n poeni. Poeni am Pennata. Ac, er syndod iddi, yn poeni am Sulien. Trodd ar ei hochr a rhoi ei braich o gwmpas y ci. Chwyrlïai digwyddiadau cythryblus y dydd drwy'i meddwl. Doedd wybod beth fyddai'n ei disgwyl yn y bore, chwaith.

XV

Deffrodd Ina i sŵn rhywbeth yn crafu wrth ei chlust. Trodd a gweld llygoden fawr yn syllu arni. Neidiodd Ina i fyny gan ollwng sgrech, a sgrialodd y llygoden i ffwrdd. Agorodd Bleiddyn un llygad yn ddiog, i weld beth oedd yr holl dwrw.

"Mi wyt ti newydd golli dy frecwast."

Ysgydwodd Bleiddyn ei hun wrth godi a dechrau ffroeni, gan godi trywydd y llygoden. Aeth ar ei hôl yn llechwraidd.

"Paid mynd yn rhy bell," siarsiodd Ina wrth iddo ddiflannu o'r golwg. Yna cofiodd fod Pennata wedi dianc neithiwr. Efallai ei bod wedi dod 'nôl yn barod. Dilynodd Ina'r ci allan i'r stryd, ond doedd dim golwg o'r gaseg. Efallai ei bod yn pori y tu allan i'r muriau.

Cerddodd Ina i lawr y stryd at y bwlch yn y mur yn wyliadwrus. Roedd y ffagl a daflodd y Sais yn dal yno, bellach wedi llosgi'n ulw. Sbeciodd trwy'r bwlch. Roedd niwl y bore yn drwchus, a'r haul heb gael cyfle i'w wasgaru eto. Doedd dim arwydd bod y Saeson yn agos, oedd yn beth da, ond doedd dim golwg o Pennata chwaith, oedd yn beth drwg.

"Pennata ... Pennata ..." galwodd, yn ofalus rhag codi ei llais yn rhy uchel. Galwodd eto, ac eto. Yn ofer. Roedd y gaseg wedi diflannu o wyneb y ddaear.

Ceisiodd Ina gysuro ei hun. Efallai fod Brythoniaid y

bryngaer wedi'i darganfod. Y cam cyntaf fyddai mynd i'r fryngaer i holi. Wrth gwrs, roedd posibiliad arall: y Saeson ... Ond doedd Ina ddim hyd yn oed eisiau ystyried hynny.

Aeth Ina yn ôl i hel ei phethau. Doedd dim awydd brecwast arni o gwbl. Doedd dim hyd yn oed syched arni, er nad oedd hi wedi yfed dim ers prynhawn ddoe. Roedd yn poeni gormod am Pennata i feddwl am fwyd na diod, yn wahanol i Bleiddyn, a ddychwelodd yn fodlon ei fyd gan lyfu ei weflau gwaedlyd. Yn amlwg, roedd wedi dal y llygoden fawr a'i llarpio.

✦   ✦   ✦

Roedd y niwl yn dechrau cilio wrth i Ina gerdded i fyny'r rhiw tuag at y fryngaer, a'r cwdyn teithio'n ddigon trwm ar ei hysgwyddau'n barod. Roedd y pastwn yn ei llaw a'r cleddyf yn ddiogel yn y cwdyn ar ei chefn, ond yn barod i'w dynnu, os byddai rhaid. Glynodd Bleiddyn ati'n glòs. Ar adegau fel hyn, roedd Ina'n falch ofnadwy o gwmni'r ci.

O'i blaen, sylwodd ar ambell bentwr o ddillad. Mae'n siŵr fod rhai o'r bobl oedd yn ffoi rhag y Saeson wedi'u taflu o'r neilltu neithiwr. Wrth ddod yn agosach, sylweddolodd nad pentyrrau dillad oedd yno – ond cyrff.

Safodd Ina'n stond, a Bleiddyn hefyd, a dechrau swnian yn isel. Roedd yr olygfa druenus yn codi cyfog arni. Ciliodd y niwl fymryn yn fwy. Roedd rhagor o gyrff i'r chwith ohoni. Cymerodd gipolwg, yn ofalus i beidio craffu yn rhy fanwl, ond gwelodd ddigon i ddeall mai teulu cyfan oedd yn gorwedd yno'n gelain.

Fferrodd ei gwaed. A gwelodd ei hun, yn saith oed, yn deffro o'r dwymyn, o grafangau'r pla, ac yn sylwi ar ei mam a'i chwaer, a methu'n lân â deall pam eu bod nhw'n gorwedd mor llonydd, a pham nad oedden nhw'n ei hateb ...

Canodd corn trwy'r niwl, a'i llusgo gerfydd ei chlustiau yn ôl i'r presennol. Dychrynodd Ina am ei bywyd, cyn ymbwyllo. Efallai mai arwydd oedd hyn bod Brythoniaid y fryngaer am ddod i gasglu'r meirw i'w claddu. Canodd y corn eto. Sain groch, fygythiol. Sain mor filain roedd yn cnoi. Yn reddfol, gwyddai Ina nad corn heddwch oedd hwn, ond corn rhyfel.

Cododd y niwl eto fyth. Yn y pellter, gwelodd ddynion yn prysur baratoi at rywbeth. Dynion â cheffylau. Rhyfelwyr. Gyda braw, deallodd mai gwersyll y Saeson oedd hwn. Roedden nhw'n dal yma. Ac yn waeth, roedden nhw'n union rhyngddi hi a'r fryngaer. Dim ond un dewis oedd ganddi bellach. Ffoi.

"Pennata annwyl ..." sibrydodd. Roedd meddwl am fynd heb y gaseg yn ddigon i dorri ei chalon. Dyma geffyl ei mam. Ac roedd gadael hebddi bron fel gorfod ffarwelio â hi unwaith eto. Yn ei dychymyg, gwelodd gyrff llonydd ei mam a'i chwaer. Gorfododd ei hun i wthio'r llun o'i meddwl. Os oedd hi eisiau byw, roedd rhaid iddi ganolbwyntio.

Aeth Ina i'w chwrcwd y tu ôl i lwyn rhag i'r Saeson ei gweld, gan amneidio ar Bleiddyn i'w dilyn. Tynnodd y map allan a'i astudio. Dylai fedru cyrraedd Caerdorin erbyn iddi nosi – hyd yn oed ar droed.

Gwelodd ar y map fod y ffordd fawr i Gaerdorin yn croesi afon. Medrai lenwi ei fflasg â dŵr yno hefyd. Penderfynodd ddod o hyd i fan croesi arall llai amlwg, ac ymuno â'r ffordd rhywle y tu hwnt i'r afon, ar ôl cael digon o bellter rhyngddi a gwersyll y Saeson.

Seiniodd y corn rhyfel eto. Neidiodd Ina. Roedd galwad fain y corn wir yn mynd trwyddi. Edrychodd o'i chwmpas unwaith yn rhagor yn y gobaith, trwy ryw wyrth, y gwelai Pennata. Ond doedd dal ddim golwg ohoni. Yn drwm ei chalon, dechreuodd gerdded yn gyflym i lawr y rhiw, gan wneud ei hun mor fach â phosib. Trotiodd Bleiddyn yn ddistaw wrth ei hymyl. Hyrddiodd Ina ei hun yn ei blaen, gan weddïo na fyddai'r niwl yn codi'n llwyr tan iddi fod yn ddigon pell i ffwrdd.

✦   ✦   ✦

Llwyddodd Ina i ddod o hyd i'r ffordd yn reit handi wedi croesi'r afon. Er ei bod yn amlwg o'r cychwyn cyntaf nad oedd y darn hwn o'r heol cystal â'r rhan flaenorol, doedd dim llawer o ots ganddi am gyflwr y cerrig palmant cyn belled â'u bod yn ei thywys i Gaerdorin yn ddiogel. Ond wrth i'r ffordd ddirywio, dechreuodd feddwl ei bod efallai ar un o'r is-ffyrdd llai nad oedd ar y map o gwbl. Doedd mynd yn ôl ddim yn bosib, felly doedd dim dewis ond brwydro ymlaen dros y cerrig anwastad.

Ar ôl cerdded am hydoedd, a'r haul erbyn hyn yn grasboeth, gwelodd Ina harbwr naturiol yn y pellter. Suddodd ei chalon. Doedd Caerdorin ddim wrth lan y môr. Nid hon oedd y ffordd roedd hi wedi bwriadu ei chymryd. Estynnodd am y map, ond doedd e ddim yn y cwdyn teithio. Suddodd ei chalon ymhellach. Rhaid ei bod hi wedi'i ollwng pan god0dd y corn rhyfel fraw arni. Heb fap, doedd dim posib gweithio allan yn union lle roedd hi. Dechreuodd anobeithio, cyn rhoi hergwd i'w hun.

"Dere, Ina! Meddylia!"

Gan fod y môr yn syth o'i blaen, rhaid bod Caerdorin, oedd i'r gorllewin, rhywle i'r dde ohoni. Cyn belled â'i bod yn troi am y gorllewin ar ôl cyrraedd y môr, mi fyddai hi'n iawn. Byddai ffordd arall yn siŵr o arwain i'r cyfeiriad cywir rhywle yn bellach ar hyd yr arfordir. Teimlodd ryddhad, a gwenodd wrth feddwl y byddai Gwrgant yn falch ohoni.

Yfodd o'r fflasg, cyn arllwys dŵr i'w llaw a gadael i Bleiddyn larpio'r dŵr ohoni.

"Ddrwg gen i, Bleiddyn. Mae hon hefyd yn mynd i fod yn daith lot yn hirach nag oeddwn i wedi gobeithio."

Ond doedd Bleiddyn ddim i'w weld yn malio rhyw lawer. Roedd newydd dorri ei syched, ac i gi, dan wres yr haul, doedd dim byd gwell.

Cododd Ina'r fflasg i'w cheg eto, ond roedd yn wag yn barod. Llusgodd ei hun i'w thraed a dechrau cerdded hyd ddiwedd y ffordd. Roedd yn weddol sicr ei bod ar ochr gywir y ffin rhwng y Brythoniaid a'r Saeson, ond gwyddai'n iawn mai peth peryglus fyddai ymlacio'n rhy gynnar.

Daeth y ffordd i ben ar bwys harbwr. Roedd y bae o'i blaen mewn siâp cylch, heblaw am wddf cul lle roedd y môr mawr. Yng nghanol y bae, roedd ynys fechan. Roedd y llanw allan, mae'n rhaid, achos roedd y môr yn bell. Yn yr harbwr, gwelodd gwch digon tlawd yr olwg yn gorweddian yn y mwd. I'r chwith iddi, roedd hen adeilad carreg, tebyg i stordy neu warws. Doedd yr adeilad heb gael ei ddefnyddio ers blynyddoedd maith. Y tu hwnt i'r adeilad, roedd casgliad o gytiau pren llwm, ond doedd dim golwg o neb yn unman.

Cerddodd Ina at y cytiau, gan roi arwydd i Bleiddyn i'w ddilyn yn dawel. Gafaelodd yn dynn yn ei phastwn. Gwelodd groes bren ar dwmpath bychan, yn wynebu'r môr. Cristnogion oedd yn byw yma, felly. Brythoniaid. Pobl fel hi.

"Duw bo gyda chi!" galwodd Ina i gyfeiriad y cytiau. Arhosodd am ateb. Tawelwch. Rhoddodd gynnig arall arni.

"Dydd da i chi yn enw'r Arglwydd Iesu, yr hwn a fu farw drosom."

Dim smic. Roedd rhywbeth llethol am y tawelwch. Rhywbeth annaturiol. Heb oedi rhagor, cerddodd Ina i ffwrdd o'r cytiau i gyfeiriad y môr.

Erbyn iddi gyrraedd ceg y bae, roedd ei phen yn hollti a'i gwefusau'n boenus o sych. Doedd Bleiddyn fawr gwell chwaith – ei gynffon yn isel a'i dafod yn hongian yn llipa. Gwelodd Ina rimyn arian yn sgleinio yn yr heulwen. Craffodd a sylwi bod nant yn troelli ei ffordd o'r twyni i'r môr. Cerddodd yn gyflym tuag at yr afonig cyn dechrau rhedeg. Roedd Bleiddyn yno'n gynt na hi. Syrthiodd ar ei gliniau a phlymio ei phen i'r dŵr claear oer, heb drafferthu defnyddio ei dwylo i gwpanu'r dŵr i'w cheg. Drachtiodd nes iddi dagu. Cymerodd eiliad i ddod ati ei hun, cyn yfed eto.

Ar ôl iddi dorri ei syched, llenwodd y fflasg ledr â dŵr a syllu o'i chwmpas. Gyferbyn roedd traeth hir, a'r tywod mor wyn ag eira yn yr haul. I'r dde ohoni, traeth caregog, llawn gwymon. Ochneidiodd Ina. Pam na allai'r traeth yr ochr yma fod yn un mawr braf tywodlyd hefyd?

Dechreuodd ei stumog rwgnach, a sylweddolodd gymaint

o eisiau bwyd oedd arni. Yn ffodus, roedd peth o'r cnau ar ôl yn y cwdyn bach lledr, ond ar ôl eu llyncu roedd hi hyd yn oed yn fwy newynog.

Aeth i'r cwdyn teithio a nôl y taclau hela, cyn cerdded draw at y twyni, yn y gobaith o ddod o hyd i nyth aderyn neu dwll cwningen.

Daeth o hyd i dwll addawol fwy neu lai'n syth, a gosod magl drosto. Roedd Bleiddyn yn amlwg yn ysu i godi trywydd y gwningen, neu beth bynnag arall fedrai ei ddal, a bu rhaid i Ina ei lusgo oddi yno.

Gan afael yn dynn yng ngwar Bleiddyn, cerddodd Ina yn ôl at y traeth. Anelodd tuag at y darn gyda'r lleiaf o wymon, a gweu ei ffordd i ymyl y dŵr. Cododd garreg a'i thaflu i'r môr. Heb betruso, rhedodd Bleiddyn ar ôl y garreg a llamu i'r tonnau. Rhoddodd Ina ei chlogyn a'i phethau o'r neilltu'n frysiog ar garreg fawr gyfleus. Tynnodd ei sandalau, codi ei gwisg, a chamu i'r môr. Bron y medrai glywed ei thraed yn bloeddio mewn llawenydd pan olchodd y don gyntaf drosti hyd at ei ffêr.

Cymerodd gam arall, gan adael i'r dŵr gyrraedd ei phengliniau. Ond dim mwy. Roedd hynny yn hen ddigon dwfn iddi hi, yn wahanol i Bleiddyn, oedd yn bell dros ei ben ac yn nofio mor hyderus â morlo – ond morlo gyda lot fawr o flew. Caeodd Ina ei llygaid, yn mwynhau awel y môr ar ei thalcen. Teimlai'r cur pen yn graddol gilio.

Dechreuodd deimlo'n flinedig ofnadwy. Byddai dim drwg mewn cael cwsg fach. Efallai erbyn iddi ddeffro byddai cwningen wedi'i dal yn y fagl. Dechreuodd ei stumog rwgnach eto. Gwnaeth ei gorau i'w anwybyddu.

Gorweddodd Ina ar y traeth, a defnyddio ei sach fel clustog. Roedd wedi blino gymaint roedd ei hesgyrn yn brifo. Wyddai hi ddim fod modd bod mor flinedig. Tynnodd y clogyn dros ei phen, a gwrando ar y môr yn ei suo i gysgu.

XVI

Deffrodd Ina i weld y ddynes gyfoethog o Gaersallog yn plygu drosti'n fygythiol.

"Pa le ma'r gaseg?"

"Dwi ddim yn gwybod," atebodd Ina'n gysglyd, gan geisio codi. Ond rhoddodd y ddynes ei throed ar frest Ina a'i gwthio yn ôl i'r llawr.

"Bydd rhaid i *ti* fy nghludo, felly!"

Cododd y ddynes ei throed. Ceisiodd Ina symud. Ond roedd rhywbeth o'i le. Rhywbeth mawr. Nid dwylo oedd ganddi, ond carnau. Fel ceffyl. Chwarddodd y ddynes wrth weld yr olwg syn ar ei hwyneb. Ac wrth iddi chwerthin, daeth haid o wenyn o'i cheg, glanio ar Ina a dechrau ei phigo.

Deffrodd Ina – go iawn, y tro hwn – ac eistedd i fyny yn chwifio ei breichiau, yn ceisio lladd gwenyn nad oedd yno. Roedd croen ei hwyneb yn cosi, serch hynny, am iddi syrthio i gysgu yn llygad yr haul. Syllodd i fyny. Doedd yr haul heb symud llawer, felly allai ddim fod wedi cysgu'n hir iawn.

Roedd y freuddwyd wedi'i hysgwyd, ac wedi'i hatgoffa nad oedd Pennata yn gwmni iddi rhagor. Diolch byth fod Bleiddyn yn dal wrth ei hochr. Doedd ganddi ddim syniad beth a wnâi hebddo.

Cymerodd lwnc o ddŵr o'r fflasg i geisio lleddfu'r boen yn

ei stumog. Nid diod oedd angen arni ond bwyd, a hynny cyn gynted â phosib. Penderfynodd fynd ati i wneud tân. Fel yna, os byddai'r fagl wedi gwneud ei gwaith, byddai modd rhostio'r gwningen yn syth, heb aros.

Casglodd ddyrnaid o wymon crin oedd cyn syched â golosg, a phentwr o frigau. Gwnaeth gylch o gerrig, a rhwygo'r gwymon yn fân cyn ei bentyrru yn y cylch. Cymerodd y darn fflint o'r cwdyn, a chrafodd ei chyllell i lawr y garreg i gyfeiriad y gwymon sych, nes bod gwreichion yn tasgu ohono. Cydiodd y gwreichion yn y gwymon ac o fewn dim roedd yn mygu. Dododd y brigau ar ben y gwymon, fel pabell. Neidiodd y fflamau bychain o'r gwymon i'r brigau. Roedd ganddi dân.

Cerddodd Ina yn ôl i'r twyni, gan afael yn dynn yng ngwar Bleiddyn am ei fod mor aflonydd. Efallai ei fod yn medru gwynto rhywbeth. Efallai'n wir fod y trap wedi gweithio. Dechreuodd y ci gyfarth, a'i thynnu i gyfeiriad y twll cwningen gyda'r fath nerth bu rhaid iddi redeg. Yno, a'i gwddf yn sownd yn y fagl, roedd cwningen.

"Bleiddyn! Ushd!"

Yn ufudd, aeth y ci ar ei eistedd yn syth, er nad oedd yn medru help swnian rhyw ychydig, chwaith. Trodd Ina ei sylw at y gwningen – un fawr, dew. Roedd ei llygaid ar agor. Edrychai fel ei bod yn syllu ar Ina'n gyhuddgar. Ond gwyddai Ina'n iawn o'r ffordd roedd yn gorwedd yno, a'i gwddf yn gam, ei bod wedi marw. Gafaelodd Ina ynddi. Roedd yn dal yn gynnes a'i blew yn esmwyth, esmwyth. Mor feddal â'r siôl fach ffwr carlwm roedd ei mam yn arfer gwisgo dros ei hysgwyddau. Bu rhaid iddi afael yn dynn yn y gwningen i beidio ei gollwng.

Cerddodd 'nôl i'r traeth yn frysiog. Roedd y tân yn dal ynghyn, diolch byth. Aeth ati i flingo'r gwningen a'i thorri ar agor, gan daflu pob dim ond y cig i'r llawr, er mwyn i Bleiddyn gael ei fwyta. Ymysg y taclau hela roedd gwaell. Cydiodd Ina yn y darn metel tenau a'i wthio trwy beth oedd yn weddill o gorff y gwningen, cyn ei gosod dros y tân, yn sefyll ar ddau frigyn.

Syllai Bleiddyn arni yr holl amser gyda'i lygaid mawr, yn llyfu ei weflau. Teimlodd Ina drueni drosto. Roedd ar lwgu o hyd. Doedd y sbarion a gafodd ganddi ddim wedi'i lenwi.

"Bant â ti. Dos."

Rhoddodd arwydd i'r ci ei fod yn iawn iddo adael. Gan gyfarth yn ddiolchgar, rhedodd Bleiddyn ar ei union i'r twyni, cyn diflannu o'r golwg.

Trodd Ina'r cig i wneud yn siŵr nad oedd yn llosgi. Roedd yn dechrau troi ei liw'n barod ac yn arogli'n dda, ond roedd tipyn i fynd eto nes y byddai'n iawn i'w fwyta. Rhoddodd Ina ragor o frigau ar y tân, rhag ofn.

I ladd amser, syllodd draw i gyfeiriad y môr. Roedd ei ddyfnder yn codi arswyd arni. Ond roedd rhywbeth am y dŵr mawr oedd yn ei hudo yr un fath. A dyma'r tro cyntaf iddi weld y môr yn ei holl faint. Roedd yn anferthol. Doedd dim bryniau gyferbyn, fel bryniau tiroedd Caerfaddon a Dyfnonia yr ochr draw'r Hafren i lannau Gwent. Doedd dim byd o gwbl i'w weld y tu hwnt i'r gwastadedd gwlyb heblaw'r gorwel, a hwnnw mor frawychus o bell.

Cododd yr awel, a llenwodd chwa o wynt cigog ffroenau Ina. Dechreuodd ei stumog rwgnach, yn uwch na'r tro diwethaf. Roedd rhaid iddi fwyta yr eiliad honno. Fedrai hi ddim aros dim mwy.

Cydiodd yn y gwaell a llosgi ei bys. Bu bron â'i gollwng.

"Gofalus, Ina!" ceryddodd ei hun, cyn codi darn o wymon – un oedd yn dal yn wlyb y tro hwn – a'i lapio o gwmpas y darn o fetel tenau hir rhag llosgi eto.

Suddodd ei dannedd i mewn i'r cig a'i rwygo, fel blaidd. Cnoiodd y cig yn fodlon, heb falio dim ei fod braidd yn wydn a gwaedlyd am nad oedd wedi'i goginio digon. Bwytaodd y cyfan. Pob un darn. A phan oedd wedi gorffen, sugnodd ar yr esgyrn. Petai ganddi ddannedd mor finiog â Bleiddyn, byddai wedi bwyta rheiny hefyd. Sylweddolodd ei bod hi'n sbel ers i'r ci fynd am y twyni.

"Blei-ddyn!" galwodd. Roedd yn disgwyl ei weld yn llamu tuag ati unrhyw eiliad, ond doedd dim golwg ohono. Efallai ei fod wedi crwydro mor bell roedd yn methu ei chlywed. Gwell mynd i chwilio amdano. Gwisgodd Ina ei chlogyn ac aeth ati i bacio ei chwdyn teithio. Wrth iddi godi gwregys y cleddyf, disgleiriodd y llafn yn llachar yng ngolau'r haul a'i dallu am eiliad.

Roedd y temtasiwn yn ormod. Gwisgodd y gwregys a'i glymu o gwmpas ei chanol. Gafaelodd yng ngharn y cleddyf. Roedd yn ffitio ei llaw yn berffaith. Sylwodd hi ddim ar hyn y noson cynt. Efallai am fod gormod o ofn arni. Tynnodd y cleddyf yn rhydd o'i wain. Roedd yn gymharol fyr ac ysgafn, ond yn arf peryglus serch hynny.

Fflachiodd y llafn wrth i Ina droi ac edmygu'r cleddyf. Roedd yn ddigon i ryfeddu arno – yn amlwg wedi'i gaboli a'i finiogi gan grefftwr, a'i sgleinio'n loyw loyw, gyda phatrymau llwyd golau a thywyll fel esgyrn pysgod ar ei hyd.

Cododd Ina'r cleddyf, a'i chwipio drwy'r awyr. Teimlodd wefr, y cyffro o wneud rhywbeth nad oedd hawl ganddi i'w wneud, a'r ias wrth synhwyro pŵer y cleddyf. Roedd yn syndod o hawdd ei drin, y union fel petai Gwrgant wedi'i archebu ar ei chyfer hi, ac nid fel rhodd i Caradog.

Cododd Ina'r cleddyf yn uchel i gyfeiriad y môr, a bloeddio dros y tonnau:

"Ina ferch Nudd ydw i! Ina ferch Nudd! Ina! Ina! Ina!" drosodd a throsodd, nes bod ei llais yn gryg.

Dododd y cleddyf 'nôl yn ei wain, a throi i gyfeiriad y twyni. A dyna pryd gwelodd y ddau ddyn yn cerdded tuag ati.

✦ ✦ ✦

"Paid â bod ofn," dwedodd un o'r dynion mewn acen gref, gan wenu arni. Ddwedodd y llall ddim gair, dim ond syllu arni trwy ei wallt coch hir, blêr. Welodd Ina erioed ddyn mor fawr. Roedd yn gwneud i arweinydd y tri Sais edrych fel llipryn. Edrychodd y dyn cyntaf o'i gwmpas ar y traeth.

"Yma ar ben dy hun wyt ti?" gofynnodd.

"Na," atebodd Ina, gan ddod o hyd i'w llais, a dewis peidio â datgelu mai ci oedd ganddi yn gwmni. "Gyda fy nghydymaith – Bleiddyn ap Gwrgant – peth rhyfedd na weloch chi e yn y twyni."

O dan ei chlogyn, gafaelodd yn dynn yn ei chleddyf. O weld eu gwisg a'u gwallt, nid Saeson oedden nhw, ond nid ei phobl hi chwaith. Trodd y dyn at y llall a dweud rhywbeth mewn iaith oedd yn ddieithr i Ina ond eto rhywsut yn gyfarwydd. Yna cofiodd Ina ble y'i clywodd o'r blaen. O geg Uinseann.

"Gwyddelod ydych chi?" gofynnodd Ina.

"Ie," atebodd y dyn, yn syn. "Mae gennyt glust dda."

"*Cid dot ucai?*" gofynnodd Ina iddo, yn yr Wyddeleg. Beth wyt ti'n da yma?

Edrychodd y dyn yn fwy syn fyth, a chwarddodd. Dechreuodd Ina ymlacio.

"Pwy ddysgodd hynna i ti?"

"Y brawd Uinseann. Sori, doedd e ddim yn beth cwrtais iawn i ofyn. Ond dyna oedd Uinseann wastad yn holi i fi, fel jôc. Ydych chi'n adnabod e?"

"Uinseann? O Ddyfed?"

"Na. O'r Iwerddon. O wlad y dynion â'r gwaywffyn, fel mae'n cael ei alw."

"*Laigin*, mae'n siŵr. O Ddyfed y down ni, weli. Ardál Mac Domnhaill, at dy wasanaeth," dwedodd gan foesymgrymu. O dan ei chlogyn, gollyngodd Ina afael yn ei chleddyf. "A'r gwron hwn yw Garbhán Rua," ychwanegodd, gan gyfeirio at y cawr sarrug ei olwg y tu ôl iddo. "Yr un garw â'r gwallt coch, o gyfieithu ei enw."

"Dydd da," dwedodd Ina'n gwrtais, ond ddwedodd y dyn 'run gair.

"Dydi Garbhán ddim yn siarad dy iaith."

"Ond ro'n ni'n meddwl mai o Ddyfed oeddech chi'n dod?"

"Nid yw pawb yno'n medru'r Frythoneg, weli. Hyd yn oed yn ein pentref ni – Neugwl – nid nepel o eglwys enwog Dewi."

Dwedodd y dyn mawr – Garw-un Pen-goch, fel roedd Ina bellach yn ei alw iddi ei hun – rywbeth at Ardál yn ddiamynedd, cystal ag awgrymu bod hwnnw rhywsut yn gwastraffu amser. Dwedodd Ardál rywbeth 'nôl ato'n reit siarp, cyn troi at Ina.

"Maddau iddo. Does dim cwrteisi yn perthyn iddo o gwbl, nac amynedd."

"Fuoch chi erioed yn eglwys Dewi?" gofynnodd Ina'n chwilfrydig. Roedd pawb wedi clywed sôn am Dewi. Dywedai rhai y byddai rhyw ddydd hyd yn oed yn fwy enwog na Cadog Ddoeth. Chwarddodd Ardál.

"Naddo. Dwi ddim yn siŵr faint o groeso fyddai i ni."

"Mae croeso i bawb yn nhŷ Duw. Heblaw Saeson."

Chwarddodd y Gwyddel eto.

"Pwy ddwedodd hynny wrthot ti? Y brawd Uinseann?"

"Nage. Fy annwyl geidwad, Gwrgant ap Ynyr, un o arwyr brwydr Mynydd Baddon."

Gyda hynny, daeth Bleiddyn i'r golwg a chyfarth.

"A dyna ei fab, Bleiddyn, mi dybiaf," dwedodd Ardál, a'r wên yn prysur ddiflannu. "Y brithgi acw yw dy 'gydymaith' felly!"

Camodd tuag ati, gan gadw ei lygaid arni drwy'r amser.

"Does dim pwynt ceisio dianc."

Camodd Ina yn ôl, gan gymryd gip sydyn dros ei hysgwydd. Roedd y cawr Garw-un Pen-goch bellach y tu ôl iddi, yn barod i'w dal petai'n ceisio rhedeg i ffwrdd. Doedd dim amdani ond dal ei thir. Trodd i wynebu Ardál, agor ei chlogyn a chodi ei chleddyf.

Safodd y Gwyddel yn llonydd. Roedd y sioc yn amlwg ar ei wyneb. Camodd Ina ymlaen, a chamodd yntau yn ôl.

"Rho'r cleddyf i gadw, 'ngeneth i, cyn i rywun gael dolur.

Dwyt ti ddim eisiau croesi Garbhán, cred ti fi. Mae e mor arw â'i enw."

Ond yn hytrach nag ildio, camodd Ina tuag ato eto a chadwodd hwnnw ei bellter. Yn union fel y cawr. O gil ei llygaid gwelodd Ina fod Bleiddyn yn rhedeg atynt fel y gwynt. Sylwodd y cawr hefyd a gwaeddodd hwnnw rybudd at Ardál fel roedd Bleiddyn yn hyrddio ei hun drwy'r awyr i'w gyfeiriad.

Trodd y Gwyddel, ond yn rhy hwyr. Suddodd Bleiddyn ei ddannedd yn ddwfn i'w fraich. Sgrechiodd Ardál mewn poen a syrthio ar y llawr. Bloeddiodd y llall rywbeth ato. Trodd Ina i'w wynebu, ond roedd Bleiddyn yno'n gynt na hi, yn sgyrnygu ei ddannedd yn ffyrnig ato. Yn hytrach na cheisio amddiffyn ei hun, heriodd y cawr pengoch y ci. Gwelodd Ina fel yr aeth Bleiddyn yn dynn drwyddo, yn barod i ymosod. A gwelodd hefyd fod gan y Gwyddel mawr gyllell hir wrth ei ochr.

"Bleiddyn! Paid!"

Ond roedd y ci wedi cynddeiriogi gymaint chlywodd e ddim. Neidiodd am y dyn. Gwelodd Ina'r gyllell yn fflachio, ac yna waed. A'r eiliad nesaf, gorweddai Bleiddyn ar y traeth, yn crynu ac yn cwynfan.

Heb feddwl dim amdani ei hun, brysiodd Ina ato a'i gofleidio. Ceisiodd Bleiddyn lyfu ei hwyneb ond roedd yn rhy wan i godi ei ben. Aeth y cryndod yn waeth, cyn peidio'n gyfangwbl. Er bod llygaid mawr Bleiddyn yn dal i syllu arni'n daer, gwyddai Ina na allai'r ci ei gweld rhagor.

"Bleiddyn!"

Gwyddai hefyd na fedrai ei chlywed rhagor chwaith. Roedd wedi'i gadael. Am byth. Ei ffrind pennaf. Llenwodd swn udain ei chlustiau, ei swn hi ei hun, yn sgrechian i gyfeiriad lloer nad oedd eto wedi codi.

Neidiodd i'w thraed a throi ar ei sawdl gan anelu'r cleddyf at y cawr pengoch yn wyllt. Yn reddfol, camodd hwnnw yn ôl. Rhuodd wrth i'r cleddyf grafu ei goes. Pe na bai wedi symud mewn pryd, byddai'r cleddyf wedi hollti ei glun hyd at yr asgwrn. Yn lle ceisio dianc, cydiodd y dyn ym mhastwn Ina, oedd yn gorwedd ar y traeth, a'i godi. Doedd dim ofn arno o gwbl. Chwarddodd, gan ddangos ei ddannedd blaen, oedd yn finiog, fel anifail rheibus.

Llenwodd llais Gwrgant ben Ina, yn ei rhybuddio bod rhaid iddi bwyllo. Ond roedd Ina wedi cynddeiriogi gormod i gymryd dim sylw, yn union fel Bleiddyn eiliadau ynghynt. Dim ond un peth oedd ar ei meddwl – gwneud i'r bwystfil barfog dalu. Hyrddiodd ei hun at y cawr yn eofn ond yn ddiofal. Doedd dim siawns ganddi mewn gwirionedd, nid yn erbyn hwn. Trawodd y cawr y cleddyf o'i llaw gyda'r pastwn heb drafferth, a chyda'r fath nerth syrthiodd Ina ar ei chefn.

Gafaelodd y dyn yn ei choesau a'i thynnu tuag ato. Plygai drosti, ei gorff yn drwm, ei anadl yn sur ac yn boeth, yn poeri geiriau ati na allai hi eu deall trwy ei farf goch, drwchus. Gwelodd Ina fflach y gyllell eto. Caeodd ei llygaid yn dynn. Beth bynnag oedd am ddigwydd, doedd ganddi ddim gobaith o'i atal. Y cyfan fedrai wneud oedd peidio edrych.

Clywodd Ina'r dyn arall yn gweiddi rhywbeth. Dechreuodd y ddau dadlau â'i gilydd yn uchel. Yna ildiodd y cawr pengoch, ond nid cyn rhoi cic slei iddi yn ei hochr.

Agorodd Ina ei llygaid. Ardál oedd bellach yn sefyll drosti, ac ôl dannedd Bleiddyn yn glir yn ei fraich. Estynnodd ei law ati a'i helpu i godi. Doedd dim nerth ganddi i ymladd rhagor.

"Rwyt ti'n llawer rhy werthfawr imi ganiatáu i'r arth mawr blewog acw dy ddifetha."

"Gwerthfawr?"

"Yn wir. Mi gaf bris ardderchog am greadures mor fywiog â thithau. Rwyt yn hawdd gwerth *cumal*."

Gwelodd Ardál nad oedd Ina wedi'i ddeall.

"Mae *cumal* yn cyfateb i werth tair buwch yn Iwerddon."

Cystal â milwr yng Ngwent a thiroedd y Brython, meddyliodd Ina. Roedd hi'n werth milwr wedi'r cyfan. Nid fod hynny yn unrhyw gysur iddi.

Amneidiodd Ardál at y dyn mawr barfog. Gafaelodd hwnnw ym mreichiau Ina a rhoi ei dwylo mewn cyffion yn ddiseremoni.

A dyna pryd y llwyr sylweddolodd Ina beth fyddai ei thynged: cael ei gwerthu fel caethferch.

XVII

Doedd Ina ddim yn siŵr beth oedd waethaf. Y gwres, neu sŵn y ferch ym mhen pella'r cwch yn crio ac yn ochneidio am yn ail. Doedd dim taw arni.

Gwyddai Ina y dylai bod ofn mawr arni hi hefyd. Ond doedd hi prin yn teimlo dim o gwbl, ddim hyd yn oed y cyffion am ei dwylo, er bod y croen o gwmpas ei garddwrn wedi dechrau troi'n goch yn barod. Roedd y sioc o golli Bleiddyn yn dal heb gilio'n iawn. Gwyddai Ina y byddai'r boen o'i golli yn ei tharo eto'n fuan, ac y byddai'n annioddefol. Roedd rhan ohoni'n eiddigeddus o'r ferch ym mhen blaen y cwch, a'i dagrau dirifedi. Roedd dagrau Ina am Bleiddyn wedi caledu y tu mewn iddi, cyn iddi gael y cyfle i'w tywallt, yn gerrig mân llachar a fyddai'n gorwedd yn drwm yn ei chalon, yn pwyso arni am flynyddoedd i ddod, efallai tra byddai byw. Fel ei dagrau am ei theulu, ac am Gwrgant.

Syllodd Ina ar y ferch wrth ei hochr, oedd wedi'i chadwyno'n sownd wrthi, creadures druenus iawn yr olwg mewn gwisg dlotaidd nad oedd llawer gwell na sach, a'i gwallt wedi'i dorri mor fyr roedd posib gweld croen ei phen. Doedd y ferch ddim wedi edrych i'w chyfeiriad eto, heb sôn am dorri gair – dim ond syllu ar y llawr y fud.

O leiaf nad oedd hi'n crio'n ddi-baid, meddyliodd Ina, gan

edrych i gyfeiriad y ferch fochgoch, llond ei chroen honno
oedd yn cadw sŵn ym mhen blaen y cwch. Roedd hi'n hŷn
nag Ina o flwyddyn neu ddwy. Doedd neb o'r lleill yn crio.
Efallai fod eu dagrau wedi hen sychu. Neu efallai nad oedden
nhw, am ba reswm bynnag, yn medru tywallt dagrau, fel Ina.
Pobl ifanc i gyd – merched y rhan fwyaf – heblaw am wraig
rhyw dri deg oed, oedd yn syllu tua'r gorwel fel petai'n
disgwyl am rywbeth neu rywun i'w hachub.

Roedd yn anodd cyfri, ond rhaid bod ugain os nad mwy o
gaethion i gyd, a phawb wedi'u stwffio naill ai rhwng y
meinciau pren lle roedd y rhwyfau, neu o gwmpas y mast yng
nghanol y cwch. Ac wedyn y criw o Wyddelod oedd yn
hwylio'r cwch, wrth gwrs. Safai dau ohonynt ar bob pen, yn
gwylio dros y carcharorion. Cysgai'r gweddill ar y llawr, ar
grwyn a sachau, gan gynnwys y ddau ddyn a gipiodd Ina.

Roedd yr un oedd yn siarad Brythoneg, Ardál, wedi
esbonio iddi – tra'u bod yn ei chludo i'r cwch o'r traeth mewn
cwrwgl bychan – y byddent yn hwylio wedi iddi ddechrau
nosi. Cafodd Ina syndod o weld bod y cwch – oedd yn cuddio
y tu ôl i'r ynys yn y bae – hefyd o grwyn, fel y cwrwgl. Doedd
chwaith ddim llawer iawn mwy na'r cwch fferi dros yr Hafren,
er bod yr ochrau'n dipyn uwch am fod y cwch ei hun yn fwy o
siâp bowlen neu ddysgl yn hytrach na siâp fflat y cwch
hwnnw.

Yn sydyn, dechreuodd y cwch siglo 'nôl a 'mlaen wrth i
Garw-un Pen-goch, y cawr barfog, godi'n ddisymwth a chamu
at y ferch ym mhen arall y cwch oedd yn dal i lefain, gan
gicio'r caethion rheiny oedd yn ei ffordd. Trodd y ferch mewn
pryd i'w weld yn anelu amdani, ond nid mewn pryd i osgoi'r

pelten ddychrynllyd a roddodd iddi gyda'i ddwrn. Welodd Ina erioed yn fath ergyd. Aeth corff y ferch yn llipa, a dyna ddiwedd ar y crio.

Dwedodd y dyn rywbeth yn ei iaith ei hun yn frathog, cyn mynd 'nôl i orwedd, ond nid cyn rhoi ambell gic – mwy hegar fyth y tro hwn – i'r rhai oedd yn ddigon anffodus i fod rhyngddo a'r man lle roedd yn gorwedd.

Gorfododd Ina ei hunan i edrych i gyfeiriad arall. Rhywle heblaw at flaen y llong, a chorff llonydd y ferch. Syllodd ar y llawr yn fud, yn union fel y gwnâi'r ferch wrth ei hymyl, a disgwyl iddi nosi.

✦   ✦   ✦

Llithrai'r cwch yn chwim trwy'r tonnau. Er nad oedd digon o awel i'r hwyl chwifio fawr ddim, heb sôn am ei llenwi, roedd rhwyfau'r Gwyddelod yn ddigon ar noson mor fwyn. Roedd yr haul wedi machlud, a'r tân ar y gorwel bellach wedi diffodd, ond roedd lliw pinc a phorffor i'w weld yn y pellter o hyd. O droi ei phen, gallai Ina weld amlinell arfordir teyrnas Dyfnonia yn y llwydni, yn un stribyn hir, cribog, du i'r dde ohoni. Doedd Ina erioed wedi gweld y machlud o'r môr. Roedd yn fachlud hudolus. Byddai Ina wedi gwirioni ar unrhyw adeg arall. Ond nid heno – nid yma – mewn cyffion.

Roedd y caethion eraill yn cysgu, neu'n ceisio gwneud. Pawb heblaw'r ferch ar bwys Ina, oedd yn dal i syllu ar y llawr yn fud. Edrychodd Ina draw at y ferch ym mhen blaen y llong. Roedd yn un swp llipa o hyd, a'r ddynes ifanc oedd wedi'i chadwyno ynghlwm wrthi wedi ceisio troi ei chefn arni gorau y gallai, yr arswyd yn amlwg ar ei hwyneb, hyd yn oed yn y gwyll.

Tynnodd Ina ei chlogyn yn dynn amdani. Roedd Ardál wedi caniatáu iddi gadw'r clogyn am y tro. Byddai'n ei gymryd oddi arni ar ôl i'r cwch gyrraedd Iwerddon, oherwydd dyna i ble roedden nhw'n hwylio. Y wisg emrallt. Dyna'r unig beth fyddai ganddi ar ôl. Roedd ei sandalau'n dal ar y traeth, a phob dim arall yn ysbail i'r Gwyddelod, gan gynnwys modrwy Gwrgant. Hebddi, fyddai ddim posib iddi brofi pwy oedd hi. Nid fod llawer o ots, bellach. Caethferch oedd hi. Yn werth tair buwch. Os byddai'n lwcus, byddai'n cael cadw ei henw, ond waeth iddi beidio gobeithio am ddim mwy na hynny.

Tynnodd Ina ei chlogyn amdani'n dynnach fyth. O gil ei llygaid, gwelodd y ferch garpiog yn syllu arni'n swil. Roedd ei hwyneb yn welw, welw. Fel marmor. Fel wyneb Sulien ...

Trodd Ina i'w hwynebu, ond edrychodd y ferch ar y llawr eto'n syth. Roedd rhywbeth amdani, ei symudiadau bach plyciog, oedd yn atgoffa Ina o aderyn bach wedi'i glwyfo, a daeth yr awydd drosti mwyaf sydyn i'w chysgodi. Cododd Ina ei braich, a gwthio'r clogyn dros y ferch hefyd. Wrth i'w braich gyffwrdd y ferch, neidiodd honno fel petai Ina wedi'i llosgi.

"Mae'n ddrwg gen i dy ddychryn," sibrydodd Ina wrthi. Ddwedodd y ferch ddim gair. Dewis peidio oedd hi, neu methu siarad? Efallai ei bod wedi'i tharo'n fud gan y profiad erchyll o gael ei chipio. O'i golwg druenus, fyddai Ina ddim yn synnu petai'r ferch wedi dioddef a gweld pethau na ddylai neb – yn sicr nid plentyn – eu gweld.

Ceisiodd Ina ddodi'r clogyn o'i chwmpas eto. A'r tro hwn,

arhosodd y ferch yn llonydd. Ar ôl ychydig o anhawster, llwyddodd Ina i daenu'r clogyn dros y ddwy, fel carthen.

"Cysga'n dawel," sibrydodd Ina.

Gyda hynny, cododd y ferch ei phen a syllu ar Ina fel pe bai wedi'i deall am y tro cyntaf. Daliodd Ina ei gwynt. Er mor welw oedd ei hwyneb, roedd llygaid y ferch yn drawiadol o ddisglair, ac yn ymddangos yn fwy nag oedden nhw oherwydd nad oedd ganddi wallt. Ond y rheswm daliodd Ina ei gwynt oedd nid oherwydd maint y llygaid llachar, craff, treiddiol, ond y ffaith eu bod yn wyrdd. Yn union fel llygaid Bleiddyn.

Plygodd y ferch ei phen, a'i bwyso ar ysgwydd Ina. Tynnodd Ina'r clogyn yn dynnach drosti. Roedd y ferch yn gryndod drwyddi. Roedd pob rhan o gorff Ina'n gwingo hefyd, o'r blinder mwyaf llethol. Eiliadau'n unig yn ddiweddarach syrthiodd Ina i gysgu, yn drymach na fyddai wedi dychmygu oedd yn bosib.

XVIII

Agorodd Ina ei llygaid yn sydyn, cyn eu cau'n syth. Doedd hi ddim yn barod i ddeffro eto. Teimlai gorff cynnes Bleiddyn wrth ei hochr. Rhaid ei fod yn dal i gysgu hefyd. Ceisiodd Ina roi ei braich dros y ci, i roi mwythau iddo. Ond am ryw reswm, doedd hi ddim yn medru symud ei braich.

Agorodd ei llygaid, yn iawn y tro hwn, a gweld nad Bleiddyn oedd wrth ei hymyl o gwbl, ond bachgen ofnus, eiddil yr olwg. Na, nid bachgen. Merch, a'i gwallt wedi'i dorri'n boenus o fyr. Ond y llygaid! Roedd yn eu hadnabod ...

Rhythodd Ina arni'n ddiddeall a cheisio codi, ond roedd hi'n sownd wrth y ferch a'i dwylo mewn cyffion. Yna cofiodd Ina lle roedd hi, a fod Bleiddyn wedi'i ladd. Daeth sŵn o'i cheg, sŵn fel swnian y ci. Yna dwedodd yr un gair drosodd a throsodd.

"Na ... Na ... Na ... Na ...!"

Teimlodd Ina rywbeth ar ei boch. Cledr llaw'r ferch – ei dwylo hithau hefyd mewn cyffion – yn ceisio ei chysuro. Trodd Ina ei hwyneb i ffwrdd a chau ei llygaid yn dynn.

Gwnâi siglo'r cwch i'w stumog droi, felly agorodd ei llygaid eto. Roedd amlinelliad yr arfordir i'w weld yn glir o hyd. Doedd gan Ina ddim syniad ai tiroedd Dyfnonia oedd y tu hwnt i'r stribyn du, yntau a oedden nhw bellach yn hwylio heibio teyrnas arall. Dyfed, efallai. Roedd yn amheus ganddi eu bod nhw wedi cyrraedd Iwerddon eto. Yn yr awyr roedd cymylau mawr boliog yn casglu'n gyflym, yn fflamgoch yng ngolau'r wawr.

Edrychodd Ina i gyfeiriad yr hwyl. Roedd yn llawn a'r cwch i'w weld yn hedfan dros y tonnau. Sylwodd nad oedd y ferch fochgoch yn ei lle ym mhen blaen y cwch rhagor. Syllodd o gwmpas ond doedd dim golwg ohoni'n unman. Yna sylweddolodd Ina beth oedd wedi digwydd. Ddeffrodd hi fyth o'r ergyd erchyll roddodd y cawr pengoch iddi ac roedden nhw wedi taflu ei chorff i'r môr tra roedd pawb yn cysgu. Gobeithio byddai ei henaid yn cyrraedd y nefoedd yr un fath, meddyliodd Ina. Chafodd Lluan na'i mam orwedd mewn bedd chwaith. Llosgwyd y tŷ'n ulw, a phob dim y tu mewn iddo er mwyn difa'r pla.

Ei mam fynnodd estyn croeso i'r dyn ifanc ddaeth i'r drws, er bod golwg wael arno. Ceisiodd rhai o'r teulu ei rhybuddio. Roedd y pla ar led. Ond yn ôl Heledd, ei mam, ewyllys Crist oedd helpu'r truan. Daeth yn amlwg yn fuan iawn beth oedd yn bod ar y dyn ifanc – i bawb heblaw Ina. Synhwyrai fod rhywbeth o'i le, wrth reswm. Allai hi ddim deall pam, yn sydyn iawn, nad oedd neb yn cael mynd allan. A bod pawb yn cadw draw. Na chwaith pam bod Lluan yn crio bob hyn a hyn. Yna daeth y dwymyn drosti, a phan ddeffrodd ddiwrnodau'n hwyrach, hi oedd yr unig un oedd yn dal yn fyw.

Sut fyddai pethau tybed, pe na bai ei thad wedi marw? A fyddai hwnnw wedi caniatáu i'r dyn ifanc gael croesi'r trothwy? Pe na bai'r Saeson wedi'i ladd, falle byddai'r teulu i gyd yn fyw o hyd. Ac yn hapus gyda'i gilydd ...

Cododd y cwch, a disgyn yr un mor sydyn. Teimlodd Ina'r ferch wrth ei hymyl yn gwingo. A theimlai gywilydd ei bod wedi'i hanwybyddu gynnau. Trodd a gwenu arni. Cafodd ryw fath o ymateb. Doedd fawr mwy na chysgod gwên ond roedd yn well na dim. Sylwodd Ina, o edrych yn fwy gofalus ar lygaid y ferch, mai gwyrddlas gloyw oedd eu lliw yng ngolau dydd. Efallai eu bod ond troi'n wyrdd yng ngolau'r lloer.

"Bore da," dwedodd Ina, ond syllu ar y llawr eto wnaeth y ferch, heb ddweud dim yn ôl. Efallai yn wir nad oedd hi'n medru siarad o gwbl, ac mai ofer fyddai ceisio denu sgwrs.

Rhoddodd y Gwyddelod orau i'w rhwyfo, a gadael i'r hwyl wneud y gwaith. Dim ond un rhwyf oedd angen – yr un fawr wrth gefn y cwch y tu ôl i lle roedd Ina – er mwyn llywio'r cwch. Dyn byr, blewog oedd wrth y llyw, ac roedd yn wên o glust i glust, yn amlwg yn ei elfen. Dechreuodd ganu mewn llais syndod o swynol. Ymunodd dyn arall yn y canu, ac un arall. Cyn bo hir roedd y Gwyddelod i gyd wrthi, hyd yn oed Garw-un Pen-goch sarrug. Doedd Ina ddim yn adnabod y gân, ond roedd yr arddull a'r rhythm yn gyfarwydd, ac nid yn annhebyg i'r caneuon byddai Briallen yn eu canu wrth wneud y golch, neu'r taeogion yn canu wrth weithio yn y caeau. A'r caneuon y byddai ei mam yn eu canu ar ei phibgorn hithau. Ond roedd y cof am rheiny'n rhy boenus, felly ceisiodd Ina feddwl am rywbeth arall.

Cododd y gwynt fymryn eto. Canodd y dynion yn uwch fyth, gan floeddio i ddannedd y gwynt, yn ei herio, a chwerthin wrth i rai o'r caethion edrych yn bryderus ar y tonnau'n codi a disgyn yn arw. Syllodd Ina i'r awyr a gweld bod y cymylau'n dechrau troi eu lliw o goch i ddu.

Ar ôl sawl tôn harti, peidiodd y canu. Dwedodd Ardál rywbeth wrth y lleill, ac edrychodd pawb i gyfeiriad Ina. Ceisiodd Ina eu hanwybyddu ond roedd yn medru teimlo eu llygaid yn syllu arni'n rhyfedd. Roedd y ferch ar ei phwys wedi sylwi hefyd. Dechreuodd honno grynu eto. Llyncodd Ina'n galed wrth i Ardál ddod tuag ati. Roedd yn cario pibgorn Gwrgant yn ei law. Estynnodd y pibgorn ati.

"Dyro alaw i ni."

Ysgydwodd Ina ei phen.

"Dyro alaw i ni," dwedodd y Gwyddel eto, y tro hwn heb fymryn o wên.

"Na," dwedodd Ina'n bendant.

"Faswn i ddim yn siomi Garbhán taswn i'n dy le di."

"Dwi heb ei ganu ers blynyddoedd mawr."

"Hen bryd, felly."

Ysgydwodd Ina ei phen eto. Dechreuodd y ferch wrth ei hymyl anesmwytho. Plygodd Ardál i lawr a sibrwd yn ei chlust.

"Os na wnei di ganu'r pibgorn, mi wneith Garbhán roi tro i dy wddf, a fydda i ddim yn medru ei atal y tro hwn."

"Dwi wedi tyngu llw y byddwn i byth eto'n cyffwrdd â'r pibgorn."

Rhoddodd Ardál ei law y tu ôl i'w gwddf a gwasgu.

"Mi fyddai'n bechod torri gwddf mor osgeiddig ac mor werthfawr."

"Mi fyddai'n bechod torri llw," atebodd Ina, yn dawel.

Pwniodd y ferch fud Ina yn ei hochr, ac edrych arni gyda'i llygaid mawr gwyrdd, yn ymbil.

"Mae dy gydymaith am i ti ganu hefyd, weli," dwedodd

Ardál. "Mi wyt ti'n sylweddoli, gobeithio, na fydd Garbhán yn ei harbed hi chwaith. Fydd hi fawr o golled, ond mi wyt ti'n rhy ddrudfawr i dy wastraffu. A ry'n ni wedi colli un o'r cargo'n barod – felly, er mwyn Duw ..."

"Sut," gofynnodd Ina, "a fy nwylo mewn cyffion?"

Roedd Ina'n hanner gobeithio mai dyma fyddai diwedd ar y mater. Ond i'w mawr syndod, datododd Ardál ei chyffion, neu'n hytrach, un llaw. Teimlodd Ina'r gwaed yn llifo 'nôl i'w llaw rydd. Serch hynny, doedd hi prin yn medru symud ei bysedd.

"Dyna ddigon o ymarfer," dwedodd y Gwyddel, a'i gorfodi i gymryd y pibgorn. Roedd yn anodd ei ddal, heb sôn am ei ganu. Ond gwyddai Ina fod rhaid iddi. Roedd ei cheg yn sych. Ceisiodd wlychu ei gwefusau gorau y medrai. Cododd yr offeryn i'w cheg. Roedd yn teimlo mor rhyfedd, a'r un pryd mor gyfarwydd. Aeth pum mlynedd heibio ers iddi afael yn y fath offeryn – hanner ei bywyd, fwy neu lai. Ac eto, roedd fel ddoe.

Dechreuodd ei chalon guro'n galed wrth i'w gwefusau gyffwrdd y gorsen. Anadlodd yn ddwfn a chwythu. Daeth tôn aflafar o'r corn, fel mochyn yn cael ei brocio gyda chyllell finiog. Gwnaeth Ardál sioe o wasgu ei ddwylo at ei glustiau.

"Pa gân ydi honno? Cân y Clacwydd Cynddeiriog?"

Trodd Ardál at y lleill a chyfieithu'r hyn roedd newydd ddweud. Chwarddodd y Gwyddelod. Roedd eu chwerthin gwirion yn dân ar groen Ina. Dangosai iddynt sut i ganu'r pibgorn. Caeodd ei llygaid a chanolbwyntio. Gallai glywed llais ei mam yn ei hannog yn amyneddgar, fel y gwnaethai bob tro y byddai Ina'n gwneud camgymeriad. Cododd Ina'r pibgorn i'w gwefusau eto, a dechrau canu'r hwiangerdd, yr hwiangerdd a ddysgodd ei mam iddi, y gân roedd Lluan yn ei chanu iddi bob nos, a'r alaw olaf y canodd Gwrgant ar ei chyfer ar ei noson ffarwél, pum diwrnod ac oes yn ôl.

Er mor herciog roedd y nodau – am nad oedd wedi ymarfer cyhyd – digwyddodd rhywbeth rhyfeddol wrth i'r dôn ledu ar draws y cwch. Goleuodd y ferch fud ar bwys Ina drwyddi, a dechreuodd suo'r gân yn dawel i'w hun, yn amlwg yn ei hadnabod. Dawnsiai gwên ar ei hwyneb a diflannodd y boen o'i llygaid. Tawodd chwerthin y Gwyddelod. Roedd pawb yn gwrando'n astud, pawb yn cofio llais rhywun annwyl yn canu cân debyg iddynt – llais mam, mam-gu, neu fodryb.

Gwyddai Ina na fyddai'n llwyddo i gyrraedd diwedd y gân. Doedd ganddi mo'r gwynt yn ei hysgyfaint, ac roedd ei bochau'n brifo'n ofnadwy o'r ymdrech. Brwydrodd yn ei blaen serch hynny. Trwy gil ei llygad gwelodd Ina ei mam. Roedd hi o fewn cyffwrdd. Bu bron i Ina ollwng y pibgorn mewn braw. Sychodd ei phoer a thawodd y nodau'n ddisymwth. Trodd Ina ei phen yn sydyn, ond doedd ei mam ddim yno rhagor.

Yna daeth y glaw. Un eiliad roedd yn sych, a'r nesaf roedd hi'n pistyllio. Ac yna fflach a'r glec fwyaf dychrynllyd. Storm. O nunlle. Un ffyrnig. Fflach arall. A chlec arall. Cododd y gwynt a dechrau rhuo. Dyna pryd dechreuodd y môr gorddi go iawn.

Dechreuodd rhai o'r caethion sgrechian mewn ofn. Doedd gan y Gwyddelod mo'r amser i'w tawelu. Roedd rhai yn ceisio llywio'r cwch gorau y medrent drwy rwyfo'n galed, tra bod eraill yn ceisio gostwng yr hwyl yn ofer. Prin eu bod yn medru sefyll am fod y gwynt mor chwyrn.

Sylweddolodd Ina fod ei llaw dde yn rhydd o hyd. Rhoddodd strap y pibgorn o gwmpas ei gwddf, a gafael yn dynn yn y fainc o'i blaen. Closiodd y ferch fud ati. Er yr ofn oedd yn amlwg ar ei hwyneb, gwenodd ar Ina cyn swatio wrth ei hochr, yn agos, agos. Doedd ar y ferch ddim ofn Ina rhagor, p'un bynnag. Ddim ar ôl iddi ganu'r hwiangerdd. Gwenodd Ina 'nôl gorau y medrai.

Roedd y môr yn berwi. Wyddai Ina ddim fod posib i donnau fod mor anferth. Pan oedd y cwch yn disgyn, roedd y tonnau o'u cwmpas yn uwch na'r *villa*, a rhai hyd yn oed yn uwch na'r hen fedwen ger yr afon roedd Ina mor hoff ohoni. A phan oedd y cwch yn codi, roedd yn teimlo fel eu bod ar ben bryncyn, a'r môr o'u cwmpas yn berwi ac yn tasgu fel lafa.

Erbyn hyn roedd panig llwyr wedi lledaenu dros y cwch – y morwyr a'r caethion yn sgrechian a bloeddio fel ei gilydd, yn gweddïo ac yn ymbilio. Roedd nifer yn chwydu a rhai wedi gwlychu eu hunain mewn ofn, ond doedd neb yn sylwi. Roedd pawb yn rhy brysur yn ceisio peidio syrthio i'r môr. Pawb heblaw Garbhán, Garw-un Pen-goch y cawr, oedd yn rhythu ar Ina.

Y peth nesaf, roedd yn camu tuag ati, yn sathru dros bawb oedd yn y ffordd. Cyn i Ina fedru ymateb, cydiodd yn ei braich a'i chodi i'w thraed, gan weiddi rhywbeth arni'n gandryll. Roedd fel petai yn ei beio hi am y storm. Efallai ei fod yn iawn. Efallai mai'r pibgorn a'i hachosodd ... A bod Duw yn flin gyda hi am dorri ei llw, meddyliodd Ina, gyda braw. Ac efallai hefyd am feiddio trin cleddyf.

Pan welodd y dyn fod ei llaw dde yn rhydd, aeth yn fwy dig fyth, a'i thynnu mor galed ofnai Ina y byddai'n rhwygo ei braich oddi ar ei hysgwydd. Pe bai Bleiddyn yma, byddai wedi ceisio ei helpu. Ond doedd neb yno i'w hachub. Neb, heblaw'r ferch eiddil wrth ei hochr. Cododd y dyn Ina nes ei bod hi oddi ar y llawr. Roedd mor gryf ac mor dal, pendiliai'r ferch fud yn yr awyr wrth ei hochr hefyd – y ddwy ohonynt fel dwy iâr ar fachyn cigydd.

Disgynnodd y cwch yn sydyn eto, a gollyngodd y dyn y ddwy. Dim ond am eiliad. Gafaelodd ym mraich Ina eilwaith, a dechrau ei thynnu at ochr y cwch. Deallodd Ina'r foment honno beth oedd ei fwriad. Ei thaflu i'r môr. A'r ferch fud gyda hi. Dyma fyddai ei chosb am dorri ei llw. Dyma oedd ei haeddiant.

Yr eiliad y rhoddodd Ina'r gorau i geisio gwrthsefyll nerth Garbhán, daeth fflach arall eto a chlec gwbl fyddarol. Y peth nesaf, dyma'r hwylbren yn torri yn rhydd, a chwipio ar draws y cwch gan daro'r cawr barfog pengoch, a'i sgubo dros ymyl y cwch i'r môr, yn un symudiad taclus, llyfn. Anghofiai Ina fyth yr olwg ar ei wyneb. Nid braw, ond syndod.

Yna clywodd Ina sŵn yr hwylbren yn hollti. Clywodd sgrechfeydd a theimlodd y cwch yn codi o dan ei thraed. A'r peth nesa, cafodd hi hefyd ei hyrddio'n bendramwnwgl i'r tonnau, a'r ferch fud ar ei hôl.

Trawodd y dŵr yn galed, a dechrau suddo i'r dyfnder du.

XIX

Roedd y môr mor oer daliodd Ina ei gwynt. Pe byddai wedi ceisio anadlu o dan yr wyneb a llenwi ei hysgyfaint â'r dŵr hallt, efallai y byddai wedi boddi yn y fan a'r lle – ac efallai na fyddai'r hyn a ddigwyddodd nesaf wedi gwneud unrhyw wahaniaeth.

Teimlodd Ina rywbeth yn ei chodi yn ôl i'r wyneb. Roedd uwchben y tonnau eto, a llyncodd yr aer yn ddiolchgar. Gwelodd mai'r hyn a'i hachubodd oedd mast y llong, oedd rhywsut wedi mynd yn sownd rhwng y gadwyn oedd yn cysylltu hi a'r ferch. Yr eiliad nesaf daeth honno i'r golwg, a llusgo ei hun ar ben yr hwylbren, gan eistedd arno fel petai'n eistedd ar gefn ceffyl. Cydiodd yng nghlogyn Ina a'i llusgo hithau i fyny ar yr hwylbren hefyd. Doedd dim syniad gan Ina o ble cafodd y ferch y nerth.

Diflannodd honno o dan y dŵr eto, ac ofnai Ina ei bod wedi'i cholli, ond daeth i'r wyneb yr ochr draw i'r trawst oedd yn dal yr hwyl. A sylweddolodd Ina beth oedd ei bwriad, sef lapio'r gadwyn o gwmpas y trawst, fel bod y ddwy yn ddiogel ac yn medru lled-orwedd ar yr hwyl heb i'r tonnau eu taflu ymaith. Rhaid ei bod yn medru nofio'n eithriadol o gryf i fedru gwneud a'i dwylo mewn cyffion, meddyliodd Ina, wrth helpu'r ferch 'nôl i fyny.

Roedd yr awyr mor ddu, a'r tonnau mor enfawr, doedd dim posib gweld y cwch. Doedd dim posib gweld dim. Ar y cwch, roedd Ina wedi derbyn bod ei bywyd ar ben. Ond ar ôl plymio i'r dŵr, sylweddolodd nad oedd yn barod i farw wedi'r cwbl. Roedd wedi gweddïo am faddeuant, ac ar i Dduw ei chadw hi – a'r ferch – yn ddiogel.

Gafaelodd Ina yn y trawst yn dynn. Codai a disgynnai'r hwylbren gyda'r tonnau, heb geisio torri ei gwrs ei hun. Daeth yn amlwg i Ina'n fuan iawn nad oedd yr hwylbren yn mynd i suddo, a bod yr hwyl yn hen ddigon cryf i ddal pwysau dwy ferch ifanc. Ac wrth iddi feddwl hyn, sylweddolodd fod y pibgorn o gwmpas ei gwddf o hyd. Efallai nad digio Duw trwy ganu'r offeryn wnaeth hi wedi'r cwbl, ond ei blesio, a'i fod wedi codi storm nid er mwyn ei chosbi ond er mwyn ei hachub. Efallai fod Uinseann wedi cael gair yn ei glust ar ei rhan.

Heb fedru esbonio sut, gwyddai Ina i sicrwydd y byddent yn goroesi. A'r foment honno, teimlai mor ddiolchgar gallai hi sgrechian mewn llawenydd. Dechreuodd lafarganu, fel roedd Gwrgant wedi dysgu iddi wneud, gan foli'r Bod Mawr.

"Efe yw ceidwad y fforest, penteulu'r carw sy'n teyrnasu dros greaduriaid eraill y goedwig. Efe yw'r gwynt sy'n suo'r adar a'r gwenyn. Efe yw'r afon, cartref yr eog. Efe yw'r pridd sy'n cynnal ein cnydau. Efe yw'r tân sy'n cynnal yr aelwyd. Efe yw arglwydd yr holl greadigaeth, a chenir ei glod gan y rhai mawr a'r rhai bychain ar y ddaear ac yn y nefoedd."

Syllodd Ina i fyny i'r ffurfafen. Roedd y cymylau duon wedi dechrau gwasgaru a'r gwynt wedi dechrau gostegu.

"Ry'n ni'n mynd i fod yn iawn, ti'n clywed?" bloeddiodd Ina wrth y ferch, yn hapus.

Edrychodd hithau arni fel petai wedi mynd o'i chof yn llwyr.

+ + +

Doedd gan Ina ddim syniad faint o amser oedd wedi mynd heibio ond roedd y ffydd a ddaeth o rywle yn dechrau edwino. Doedd hi erioed wedi bod mor oer yn ei bywyd, a gallai deimlo'r nerth yn llithro o'i chorff yn araf. Roedd y ferch wrth ei hochr hefyd wedi mynd yn swrth a difywyd.

Yna gwelodd Ina'r clogwyni. Muriau anferthol yn codi o'r môr. Cynhyrfodd drwyddi.

"Edrycha!"

Trodd y ferch ei phen a sioncio pan welodd y clogwyni oedd yn prysur agosáu. Rhaid bod llif wedi cydio yn yr hwylbren a'u tynnu tuag at y lan.

Pryder nesa Ina oedd y creigiau o dan y clogwyni. Ond roedd yn ymddangos fel petai'r llif yn eu tywys tuag at draeth oedd i'r chwith i'w dannedd miniog. Pan oeddent o fewn cyrraedd i'r lan, nofiodd y ferch o dan y trawsbren er mwyn rhyddhau'r gadwyn, rhag iddynt fynd yn sownd yn y mast a chael eu llusgo o dan y dŵr wrth geisio glanio. Yna neidiodd y ferch i'r dŵr eto, yn amlwg yn disgwyl i Ina ei dilyn. Petrusodd Ina.

"Fedra i ddim nofio."

Cydiodd y ferch ynddi a'i llusgo i'r tonnau'n ddiseremoni. Dechreuodd Ina floeddio a thaflu ei breichiau yn yr awyr, ac aeth o dan yr wyneb cyn codi eto. Roedd y ferch yn ei chynnal, yn nofio i'r lan ar ei chefn, gan gadw pen Ina uwch y dŵr.

Yn syndod o sydyn, chwydodd y môr y ddwy ferch ar y tywod. Roedd Ina eisiau aros lle'r oedd hi ond gafaelodd y ferch yn ei llaw, ei chodi, a'i llusgo i fyny'r traeth. Yr eiliad nesa, hyrddiwyd yr hwylbren i'r lan yn yr union le. Pe na fyddai'r ferch wedi mynnu eu bod yn symud, byddai'r mast wedi'u taro a'u hanafu.

"Diolch eto," dwedodd Ina wrthi, cyn syrthio ar ei gliniau.

Y peth diwethaf a welodd cyn i'r blinder ei llorio'n llwyr oedd y pibgorn oedd yn dal o gwmpas ei gwddf.

✦   ✦   ✦

Pan ddaeth Ina ati ei hun, roedd yr awyr yn las a'r gwynt wedi gostegu'n llwyr. Roedd y ferch yn cysgu wrth ei hochr, ac yn edrych yn fwy eiddil a bregus nag oedd hi ar y llong, hyd yn oed. Eto, diolch iddi hi, roedd y ddwy ohonyn nhw'n dal yn fyw.

Y tro diwethaf roedd hi ar draeth, Bleiddyn oedd wrth ei hymyl, meddyliodd Ina, y ffrind gorau a gafodd erioed. Ei hunig ffrind. Heblaw am Lluan, os oedd chwaer yn medru cyfri fel ffrind. Roedd y ddau'n bethau gwahanol, siawns: chwaer o waed, a ffrind o ddewis ...

Torrodd llais Gwrgant ar ei thraws yn ei phen yn ei rhybuddio nad dyma'r amser i ddechrau sgwrs arall gyda'i hun, er mor ddiddorol oedd y cwestiwn. Rhaid iddi adael y traeth mor gyflym â phosib, rhag ofn bod rhai o'r Gwyddelod hefyd wedi goroesi'r storm.

"Ti'n iawn," dwedodd Ina'n uchel, heb sylweddoli ei bod wedi gwneud, a rhoi ysgydwad fach i'r ferch, i'w deffro. Agorodd honno ei llygaid yn llawn braw.

"Fi sydd yma," dwedodd Ina'n gysurlon. "Well i ni fynd, ond yn gyntaf, rhaid i ni dorri'r gadwyn."

Helpodd Ina'r ferch i godi. Roedd rhaid iddyn nhw gydgerdded am fod y gadwyn yn eu clymu. Daeth Ina o hyd i garreg finiog o fewn dim. Gosododd y merched y gadwyn ar garreg fawr arall. Trawodd Ina'r gadwyn gyda'r garreg yn ei llaw â'i holl nerth, fel gof. Tonc. Tonc. Tonc. A thorrodd y gadwyn. Tynnodd Ina ei chyffion yn rhydd ohoni, a gwnaeth y ferch yr un fath. Trodd at y ferch.

"Tyrd."

Syllodd y ferch arni heb wneud yr ymdrech leiaf i symud.

"Rhaid i ni fynd."

Eto, parhaodd y ferch i sefyll yn stond. Beth oedd yn bod arni? Pwyntiodd Ina i fyny'r llethr serth oedd yn arwain i'r traeth.

"Y ffordd acw. Yn gyflym!"

Amneidiodd y ferch ei phen i ddangos ei bod wedi deall o'r diwedd, a cherddodd i gyfeiriad y llethr, heb edrych 'nôl. Efallai fod y ferch fymryn yn fyddar, meddyliodd Ina, ac mai dyna pam na ddeallodd hi. Roedd rhywfaint o glyw ganddi, roedd hynny'n amlwg, neu fyddai hi ddim wedi medru clywed y pibgorn. Ond roedd y pibgorn mor swnllyd, medrai'r meirw ei glywed. Byddai rhaid iddi gofio wneud stumiau wrth siarad â hi o hyn ymlaen ...

Sylwodd Ina fod y ferch wedi cyrraedd y llethr ac wedi dechrau dringo i fyny, felly brysiodd ar ei hôl. Bu rhaid i Ina redeg i fyny'r llethr i ddal fyny â hi.

"Hei!"

Trodd y ferch. Roedd fel bod syndod arni fod Ina wedi'i dilyn.

"Do't ti ddim yn meddwl y byddwn i'n dy anfon bant, do's bosib?"

Syllodd y ferch arni â'i llygaid mawr. Oedd hi wedi clywed digon i ddeall? Sut allai Ina wneud iddi ddeall y byddai'n edrych ar ei hôl? Cododd ei breichiau a'u gosod dros ben y ferch, a rhoi cwtsh iddi gorau y medrai ag un llaw mewn cyffion. Roedd hi'n teimlo braidd yn chwithig yn gwneud, yn enwedig am fod y ferch yn edrych arni mor syn. A doedd hi heb roi cwtsh i neb ers ... ers blynyddoedd. I Bleiddyn, do, ond nid i berson. Yna lledodd y wên fwyaf hyfryd ar draws wyneb gwelw'r ferch. Gorffwysodd ei phen ar ysgwydd Ina a dechrau crio.

"Hei, paid ..." dwedodd Ina'n dyner, gan dynnu ei breichiau 'nôl dros ben y ferch. "Wna i ddim dy adael di. Ti'n deall?"

Er mawr ryddhad i Ina, daeth y wên 'nôl ar ei hwyneb. Sychodd y ferch y dagrau gyda'i braich yn drwsgl, cyn arwain y ffordd i fyny'r llethr eto'n benderfynol. Diolch byth fod hynna wedi'i sortio, meddyliodd Ina, a'i dilyn yr un mor benderfynol.

Ar ôl cyrraedd y copa roedd y ddwy wedi colli eu gwynt, ac arhoson nhw am eiliad i ddod atyn nhw eu hunain. Wrth iddyn nhw orffwys, clywodd Ina ryw sŵn gwan yn cael ei gario'n simsan ar yr awel. Prin ei fod yn bosib ei glywed o gwbl, ond roedd e yno. Gwrandawodd Ina'n astud. Sŵn anifeiliaid yn brefu yn y pellter.

"Glywi di'r sŵn?"

Syllodd y ferch arni heb ddweud dim. Difarodd Ina ofyn y fath gwestiwn twp. Gwnaeth Ina sŵn brefu, yn uchel yng nghlust y ferch. Camodd honno 'nôl mewn braw. Doedd gan Ina ddim syniad sut i gyfleu'r ffaith fod anifeiliaid yn y pellter felly cydiodd Ina yn ei braich, a cherdded yn frysiog i gyfeiriad y brefu.

O fewn dim, daethant ar draws praidd o ddefaid ac yn eu canol safai bugail. Doedd e heb sylwi ar y ddwy ohonyn nhw eto. Petrusodd Ina cyn camu tuag ato, a llusgo'r ferch – oedd yn edrych yn ddrwgdybus iawn arno – gyda hi.

"Dydd da!"

"Dydd da i chwi," atebodd y bugail, yn amlwg wedi'i synnu i weld y ddwy, yn arbennig am fod cyffion amdanynt. Rhoddodd Ina ochenaid o ryddhad. Dwy i fod yn fanwl gywir. Y gyntaf am ei fod yn siarad yr un iaith â hi. A'r ail am mai hen ddyn diniwed yr olwg oedd e. Go brin y byddai hwn yn ceisio eu herwgipio.

"Pa le yw hwn?"

"Pa le? Y tir mewr."

Roedd yr acen yn hen gyfarwydd i Ina bellach; roedden nhw'n ddiogel, yn Nyfnonia!

"Pa dir mawr?" holodd Ina, er mwyn bod yn hollol saff.

"Yr enys fewr, on'd e?"

Ynys? Suddodd calon Ina. Nid rhywle ar arfordir teyrnas Dyfnaint felly.

"Enys fewr Silan," ychwanegodd y bugail, gan feddwl iddo fod efallai ychydig yn rhy swta wrth ateb y tro cyntaf.

Roedd yr enw'n canu cloch. Ynys Silan? Yna, cofiodd Ina iddi glywed yr enw gan Gwrgant, yn yr iaith Ladin. *Scillonia Insula*. Ynys i'r de o benrhyn eithaf teyrnas Dyfnaint, sef Cernyw. Ond, os cofiai'n iawn, dim ond un ynys oedd ar y map. Ai dyma'r un lle, felly?

Ar ôl holi'r bugail, cafodd gadarnhad mai dyma'n wir oedd

y lle. Esboniodd hwnnw mai un ynys a fu Silan unwaith, ond bod lefel y môr wedi codi yn raddol dros y degawdau diwethaf i greu sawl ynys. Roedden nhw'n sefyll ar y brif ynys – yr 'enys fewr', fel roedd e'n ei galw.

"O ba le y daethoch chi? Dros y dowr, o'ch golwg chi."

"Ie. Dros y dŵr. Cawson ni ein cipio i'n gwerthu fel caethferched. Daeth y storm. Suddodd y llong. Ond llwyddon ni i nofio i'r lan."

"Diolch i Dduw. Clodforwn ei enw."

Gwnaeth y bugail siâp y groes, ei lygaid yn pefrio. Ymgroesodd Ina hefyd. Bu rhaid iddi lygadu'r ferch er mwyn ei phrocio i wneud yr un fath. Gwridodd honno, a'u copïo, er ychydig yn betrusgar. Rhaid ei bod hi'n dal mewn sioc, meddyliodd Ina.

"Mi welais longau'n agosáu cyn y storm," ychwanegodd y bugail. "Posib eu bod wedi'u hangori o hyd. Efallai cewch hwylio ar un ohonynt."

"Ble mae'r llongau?" holodd Ina'n gynhyrfus.

Cododd y bugail ei fraich a phwyntio ei law esgyrnog i gyfeiriad yr awel.

"Y ffordd ena! Y porth mewr ar ochr drew'r enys."

Craffodd Ina i'r pellter. Os byddai'n anelu at y graig acw, a chario 'mlaen yn syth mi fyddai hi'n mynd i'r cyfeiriad cywir. Cydiodd Ina ym mraich y ferch eto a dechrau rhedeg. Bu bron i'r ferch faglu, ond llwyddodd i gadw ar ei thraed, a rhedeg yr un mor gyflym ag Ina.

"Duw bo gyda chi!" bloeddiodd y bugail ar eu holau.

Ond doedd dim amser i'w gyfarch yn ôl. Doedd dim eiliad i'w cholli.

XX

Gorweddai Ina a'r ferch ar eu boliau yn edrych dros ymyl clogwyn i lawr at yr harbwr naturiol o'u blaenau. Yn y bae, yn y dŵr dwfn, roedd dwy long fawr. Roedd siâp i'w weld ar hwyliau un ohonynt. Croes? Craffodd Ina'n fwy manwl. Ie. Heb os. Croes. Llamodd ei chalon. Cristnogion! Nid Saeson oedd berchen y llongau, felly – nac unrhyw baganiaid eraill. Ond ai Brythoniaid oedden nhw? Doedd ond un ffordd o wneud yn siŵr.

Dilynodd Ina a'r ferch fud lwybr cul i lawr i'r traeth. Ar ôl cyrraedd y gwaelod, cuddiodd Ina y tu ôl i bentwr o gerrig, a'r ferch wrth ei hochr. Roedd y ferch wedi mynd i'w chragen eto, am fod ofn arni, mae'n siŵr, meddyliodd Ina.

Sbeciodd Ina dros y cerrig, a gweld dau ddyn yn llusgo cwch rhwyfo i'r tonnau. Deallodd Ina'n syth beth oedd yn digwydd a bod rhaid gwneud penderfyniad. Cymryd risg, neu golli cyfle. Neidiodd Ina ar ei thraed.

"Henffych!"

Ond chymerodd y dynion ddim sylw. Naill ai nad oedden nhw'n ei deall neu ddim wedi ei chlywed. Amneidiodd Ina ar y ferch i godi. Siglodd honno ei phen yn ffyrnig. Llusgodd Ina hi ar ei thraed.

"Does dim dewis gyda ni!"

Gan afael yn dynn yn llaw y ferch, rhedodd Ina at y dynion gan weddïo eu bod yn gyfeillgar.

"Henffych!" bloeddiodd eto.

Trodd un o'r dynion a dweud rhywbeth wrth y llall. Trodd hwnnw hefyd, a'u gweld. Arafodd Ina wrth agosáu atynt, a'i gwynt yn ei dwrn.

"Dydd ... da ... i chi. Yn enw'r ... Arglwydd, yr Hollalluog."

Syllodd y dyn ifancaf ati, â gwen ddireidus ar ei wyneb.

"A ddaethoch i'n bendithio? Os felly, does dim rhaid. Bu'r mynachod yma eisoes yn gofalu am ein heneidiau."

Yna gwelodd y dyn eu cyffion. Diflannodd y wên.

"Daethon ni i ofyn am gymorth," esboniodd Ina, "a lle ar un o'r llongau. Nid yma yw ein cartref. Cawson ni ein cipio, a does gyda ni neb i'n hamddiffyn."

"Mae'r llongau'n llewn," dwedodd y dyn arall mewn acen debyg i'r bugail.

Trodd y dyn cyntaf ato.

"Dydi'r ddwy'n pwyso fawr mwy na sach o wenith. Siawns nad oes lle. Fedrwn ni ddim eu gadael yma. Edrycha arnyn nhw, o ddifri calon."

"Efel allon ni wobod nad oys rhyw glefed arnyn nhw? Neu'n waeth, y pla?" gofynnodd y llall, a gwneud siâp y groes yn frysiog.

"Paid bod mor wirion. Clefyd, wir. Eisiau bwyd sydd arnyn nhw, dyna'r oll."

"Fe weithiwn ni am ein taith," dwedodd Ina'n frysiog. Doedd hi ddim yn siŵr iawn beth yn union allai hi na'r ferch ei wneud i helpu ar long, ond roedd yn werth cynnig.

"Ha! Dwy fyrch dila fel chitha?" ebychodd yr ail ddyn yn amheus.

"Dewch," dwedodd y cyntaf, gan anwybyddu'r llall. "Neidiwch i'r cwch."

Camodd Ina i'r tonnau, ond roedd y ferch arall yn gwrthod dod.

"Ond os dod – dewch ar eich hunion. Fedrwn ni ddim oedi mwy," ychwanegodd y morwr.

"Tyrd. Paid bod ofn," sibrydodd Ina wrth y ferch, gan synhwyro na fyddai colli ei thymer yn helpu'r tro hwn. Camodd y ferch i'r tonnau. Sgrafangodd y ddwy i mewn i'r cwch wrth i'r dynion ei wthio drwy'r tonnau, cyn neidio arno eu hunain yn chwim a dechrau rhwyfo.

"Mawr yw ein diolch," dwedodd Ina yn gwrtais.

"Bonheddig iawn, fel dy wisg a dy glogyn ar dy fraich. Pa beth yw dy enw?" holodd y dyn yn gyfeillgar.

"Ina ferch Nudd."

"A phwy yw hon? Dy lawforwyn?"

"Na. Fy ffrind," dwedodd Ina, gan synnu ei hun ei bod wedi rhoi ateb mor bendant.

"Oes enw ganddi?"

Edrychodd Ina draw at y ferch ddistaw, oedd yn syllu ar ei thraed, yn osgoi llygaid pawb.

"Mudan," atebodd Ina, gan feddwl bod hwn yn enw da iawn iddi.

"Bedo ap Dyfrig, at eich gwasanaeth. A'r lwmpyn sarrug yna ydi Artheg ap Cador."

Ceisiodd Artheg edrych yn flin ond heb fawr o lwyddiant. Efallai nad oedd mor ddrwg ei dymer â hynny wedi'r cwbl.

Roedd y rhyddhad o gael eu hachub yn dechrau treiddio trwy gorff Ina. Ochneidiodd, yn uwch nag oedd hi wedi bwriadu.

"Na phoena. Rydych chi'n ddiogel nawr," dwedodd Bedo.

Trodd Ina at y ferch – neu Mudan fel y dylai feddwl amdani o hyn ymlaen – a cheisio rhoi gwên gefnogol iddi. Ond roedd Mudan yn edrych tua'r gorwel, fel petai'n chwilio am rywbeth, yn union fel y ddynes ar y cwch caethion. Aeth ias drwy Ina wrth gofio am y bobl anffodus ar y cwch. Fel dwedodd y bugail, roedd yn wyrth ei bod hi a'r ferch wedi goroesi.

"Faint o daith ydi hi i deyrnas Dyfnonia?" holodd Ina.

"Ychydig o oriau," atebodd Bedo.

Diolch byth, meddyliodd Ina.

"Ond nid i Ddyfnonia fyddwn yn hwylio. Nac unman arall ar Ynys Prydain. I Frythonia."

"Brythonia?" Ble mae hwnnw? Ar bwys Llydaw?"

Chwarddodd Artheg.

"Predain Bychan? Mi fasen ni ena erbyn hano."

"*Heno* mae e'n feddwl," esboniodd Bedo. "Fedrith e ddim help. O Gernyw y daw'r truan."

"Gwell Cernyw na rhyw doll o le fel Caerloyw!" atebodd Artheg yn syth.

"*Twll*, Artheg. Twll o le. Nid 'toll'."

Roedd hyn yn amlwg yn destun sbort cyson rhwng y ddau. Ond doedd dim amynedd o gwbl gan Ina i'r fath ffwlbri. Roedd pethau llawer pwysicach ar ei meddwl.

"Pryd byddwn yn cyrraedd Brythonia, felly?"

"Dradwy. Neu'r dydd wedi hynny," atebodd Artheg.

Tri neu bedwar diwrnod ar y môr mawr! Suddodd calon Ina – a'i stumog – at ei thraed.

"Ble mae'r Brythonia yma? Yr Aifft?" holodd Ina eto, yn bryderus.

"Ddim mor bell â hynny," dwedodd Bedo'n garedig, gan weld bod Ina wedi'i dychryn. "Hispania."

Hispania? Ond roedd hwnnw y tu hwnt i deyrnas y Ffrancod, hyd yn oed! Waeth eu bod yn hwylio i'r Aifft ddim! Ac er mwyn cyrraedd Hispania, roedd rhaid croesi Môr Gwasgwyn. Roedd Gwrgant wedi dweud wrthi pa mor beryglus oedd y llwybr môr hwn. Heblaw am wyntoedd cryfion cyson, roedd seirff y môr a bwystfilod erchyll eraill yn llechu yn y dŵr. Sigodd Ina yn ei sedd. Beth oedd y pwynt cael eu hachub, ond i lanio ym mhen draw'r byd? Os bydden nhw'n cyrraedd y lan o gwbl, hynny yw.

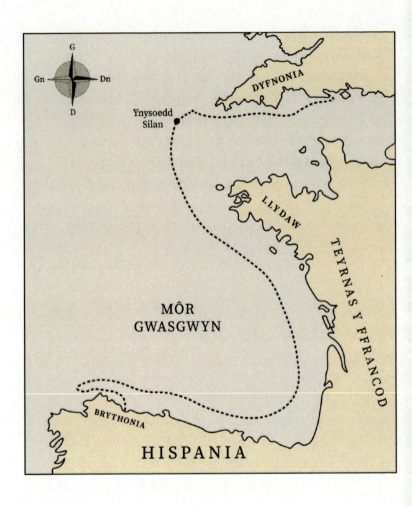

XXI

Syllodd Ina i fyny at y sêr. Welodd hi erioed gymaint. Roedd y
ffurfafen yn fwy llawn na'r noson honno ar y feranda, hyd yn
oed. Y noson olaf cyn iddi adael. Y tro olaf iddi weld Gwrgant.
A'r tro olaf y byddai'n ei weld byth.

Oedd mwy o sêr i'w cael dros y môr, neu oedd posib eu
gweld yn well? Dyna'r fath o gwestiwn y byddai'n arfer gofyn
iddo, ac y byddai e wedi mwynhau ei ateb – ac os na fyddai'n
gwybod, byddai wedi holi'r naill a'r llall tan ei fod wedi cael
ateb boddhaol. Dyna'r fath o berson oedd Gwrgant, yn
chwilfrydig er gwaethaf ei oed mawr. Roedd Ina mor
ddiolchgar iddo am bob dim, ac yn ei golli gymaint. Ond
roedd yn gysur o fath gwybod y byddai'n falch iawn ohoni –
sut roedd wedi llwyddo i ddianc o'r Saeson, a goroesi'r storm.
Trueni nad oedd wedi sôn wrthi am y Brythonia hyn, chwaith.
Sut wlad oedd hi, tybed? Yn fawr a phwerus fel Gwynedd neu
Dyfnonia, neu'n fechan ond gwaraidd fel Gwent?

Setlodd Ina, gan bwyso 'nôl yn erbyn ymyl y llong, y
pibgorn o gwmpas ei gwddf o hyd. Roedd wedi tyngu llw arall
na fyddai hi'n ei dynnu tan iddi gyrraedd pen y daith. Doedd
hi ddim yn siŵr a fyddai'n dal yn gweithio ar ôl ei drochi yn y
môr. A doedd hi chwaith ddim yn siŵr pryd y byddai'n ei godi
i'w gwefusau eto, os o gwbl. Ond dyma'r unig beth oedd

ganddi ar ôl o eiddo Gwrgant, ac roedd hynny ynddo'i hun yn ddigon o reswm i'w drysori.

Cysgai Mudan wrth ei hochr. Doedd hi heb symud cam o'i hymyl ers dod ar fwrdd y llong. Roedd rhywun wedi trefnu ei bod yn cael gwisg well a chlogyn yn fuan ar ôl hynny, er y bu rhaid i Ina ddwyn tipyn o berswâd arni i'w derbyn. Am ryw reswm roedd Mudan yn amharod iawn i gymryd y dillad, ac ar ôl eu gwisgo, bu'n byseddu'r wisg a'r clogyn yn amheus am oesoedd. Druan â hi. Efallai ei bod yn dod o deulu mor dlawd chafodd hi erioed wisgo pethau mor raenus o'r blaen. Efallai mai llawforwyn rhywun oedd hi go iawn, neu gaethferch. A pham lai? Efallai ei bod unwaith yn eiddo i rywun ar y cwch ...

"Rho'r gorau i hel meddyliau, ferch!" dwedodd wrthi ei hun, fymryn yn rhy uchel. Byddai rhaid iddi fod yn ofalus i beidio siarad â'i hun gymaint, nawr ei bod ymysg pobl eraill. Doedd y bobl ar y cwch ddim yn gwybod eto ei bod yn rhyfedd, a doedd dim rheswm iddyn nhw ddod i wybod, chwaith.

Edrychodd ar y môr llonydd a cheisio ymdawelu'i meddwl. Tra oedd yn dal yn olau, bu'n edrych yn ddrwgdybus naill ai at yr awyr yn chwilio am gwmwl du, neu ar hwyl y llong i weld a oedd y gwynt yn codi, neu ar y môr i weld a oedd y tonnau'n ymchwyddo. Ond ofer fu'r gwylio pryderus. Doedd dim arwydd o storm, na sarff y môr.

Roedd y llong yn dipyn mwy na chwch y Gwyddelod ac yn ymddangos yn fwy solet hefyd am ei bod wedi'i gwneud o bren. Ond doedd fawr mwy o le arni oherwydd ei bod mor llawn o bobl a'u heiddo, ac o nwyddau o bob math – sachau o wenith cynta'r tymor, bwndeli o ledr, bwndeli o wlân, a bariau o dun neu alcam o fwynfeydd teyrnas Dyfnonia.

Ond er bod y llong dan ei sang, roedd pawb yn gwneud pwynt o fod yn gyfeillgar, a phawb hefyd yn llawn cynnwrf ynghylch y daith a'u cartref newydd dros y dŵr, yn hytrach na phoeni am eu ffawd, fel y caethion ar gwch y Gwyddelod. Rhai yn dianc o'r Saeson. Eraill wedi dewis gadael popeth ar eu hôl – a digon llwm oedd sawl lle bellach yn sgil y pla. Ond oll yn llawn gobaith am fywyd gwell dramor. Pawb yn yr un cwch. Ddim yn llythrennol, wrth gwrs, oherwydd roedd y llong arall yn cydhwylio â nhw.

Roedd Bedo – ac Artheg, chwarae teg – ar ôl eu cyflwyno i'r person yng ngofal y fordaith, un o fynachod mwyaf blaenllaw Brythonia o'r enw Maelog, wedi gwneud yn siŵr eu bod yn gyfforddus a sicrhau eu bod yn cael digon o fwyd a diod.

Ond y peth cyntaf a wnaeth Bedo oedd eu rhyddhau o'u cyffion, gyda help Artheg, oedd yn wir mor gryf â'r anifail a roddodd ei enw iddo. Roedd croen y ddwy wedi'i farcio lle bu'r haearn, a rhoddodd ddynes garedig eli ar arddyrnau'r ddwy i'w gwella.

I gychwyn, gwrthododd Mudan fwyta dim. Roedd hi mor amharod i gymryd y bwyd ag oedd hi i gymryd y dillad. Ond ar ôl syllu ar Ina'n cnoi'n hapus ar ddarn mawr o fara a thocyn o gaws, doedd hi ddim yn medru ymwrthod rhagor. Sniffiodd y caws yn ddrwgdybus a chnoi'r bara yn ofalus. Ac ar ôl dechrau, doedd dim pall arni. Roedd rhywbeth anifeilaidd am y ffordd roedd Mudan yn rhwygo'r bara gyda'i dannedd ac yn ei lyncu heb ei gnoi yn iawn. Yn union fel hi ei hun, meddyliodd Ina, pan larpiodd gig y gwningen yr un mor awchus, ac yn union fel Bleiddyn. Daeth pang o hiraeth ofnadwy drosti wrth gofio amdano. Ac efallai y byddai'r hiraeth wedi gwaethygu pe na bai Mudan wedi dyblu mewn poen a griddfan. Bu rhaid iddi fod yn sâl dros ochr y llong, ac Ina'n gorfod ei helpu i aros ar ei thraed.

Roedd hynny oriau yn ôl bellach. Syllodd Ina ar y gangen o ferch oedd yn dal i gysgu'n dawel wrth ei hochr. Mudan. Beth bynnag fu hi gynt – boed o deulu tlawd, neu'n llawforwyn, neu hyd yn oed yn gaethferch – doedd dim ots. Roedd bellach yn ffrind iddi. Roedd Ina wedi dweud hyn ar goedd, a rhoi enw iddi.

Ond roedd *dweud* ei bod yn ffrind a *bod* yn ffrind yn ddau beth gwahanol. Wyddai Ina ddim yn iawn sut roedd ffrind i fod i ymddwyn. Os gwnaeth hi smonach llwyr o fod yn foneddiges ifanc, roedd yn benderfynol o fod yn ffrind gwell, ac roedd Mudan i'w gweld yn hoff ohoni. A pha ots chwaith nad oedd yn medru siarad? Wnaeth hynny erioed atal hi a Bleiddyn rhag dod yn ffrindiau gorau a chael lot fawr o hwyl gyda'i gilydd ...

"Ina fach ..." ochneidiodd, fel y byddai Briallen yn arfer gwneud. Dyna hi wedi gadael i'w meddwl garlamu eto!

Edrychodd Ina i fyny i'r ffurfafen. Dwedodd Briallen wrthi unwaith mai llygaid yr angylion oedd y sêr, yn disgleirio wrth iddynt edrych i lawr ar y Ddaear gyda'r nos. Efallai eu bod i gyd yno'n edrych i lawr arni. Gwrgant. Ei mam. Lluan. Teimlai Ina'r siŵr y byddai ei chwaer yn falch fod ganddi ffrind newydd, ac roedd hynny'n deimlad braf.

Craffodd Ina ar y sêr a rhyfeddu at eu nifer.

✦　✦　✦

Y diwrnod canlynol, dechreuodd y môr o gwmpas y llong gorddi, er nad oedd y gwynt wedi codi. Edrychodd Ina i'r cyfeiriad roedd pawb yn ystumio. Fferrodd ei gwaed. Yno, i'w weld yn glir o dan yr wyneb roedd siâp dychrynllyd yn gwibio trwy'r dŵr yn anhygoel o gyflym heibio'r llong – o fewn cyffwrdd, bron. Siâp syfrdanol o hir a llyfn. Siâp sarff y môr.

Yn sydyn, cododd stêm o gefn y bwystfil. Ffrwd bwerus fel ffynnon fawr â'i ben i waered. Ffrwd oedd bron mor uchel â hwylbren y llong. Dechreuodd pawb sgrechian. Pawb heblaw'r criw. Dyma fyddai'r diwedd, felly. Mi fyddai'r sarff yn dryllio'r llong, a byddai pawb yn boddi, neu'n cael eu bwyta'n fyw gan y bwystfil.

Aeth y sgrechfeydd yn uwch wrth i'r sarff droi yn ôl at gyfeiriad y llong a nofio tuag atynt. Teimlodd Ina'r nerth yn llifo o'i choesau. Yna gwelodd Mudan yn syllu ar y siâp, wedi'i chyfareddu, er gwaetha'r ofn. Cododd yr anghenfil o'r dŵr, fel pysgodyn wedi'i fachu gan bysgotwr, ei gorff gloyw enfawr yn sgleinio yn yr haul. Roedd yn anferth. Yn wirioneddol anferth. Pen hir ar gorff main. Cefn llwyd a bola gwyn, a cheg oedd yn ddigon mawr i lyncu buwch yn gyfan.

Trodd yr anifail yn yr awyr. Roedd fel petai amser ei hun wedi arafu. Edrychodd y bwystfil arni ag un llygad fawr. Llygad syndod o brydferth, gyda rhimyn tenau tywyll yn mynd o'i hochr yn ôl ar hyd gefn yr anifail, fel colur llygaid wedi smwtsio. Edrychodd Ina yn ôl i fyw ei lygad. Syllodd ar y creadur yn gegrwth. Nid anifail oer ei waed, diddeall oedd y tu ôl i'r llygad o gwbl. Ond anifail oedd yn medru meddwl, a theimlo. Fel hi.

Plymiodd y creadur 'nôl i'r dŵr – sblash! – gan wlychu

hanner y bobl ar y llong. Dechreuodd pawb floeddio'n uwch. Ymysg yr holl gythrwfl, clywodd Ina rywbeth nad oedd wedi'i clywed o'r blaen. Sŵn Mudan yn chwerthin.

✦ ✦ ✦

Bore arall, a bore arall mwyn, meddyliodd Ina, gan ymestyn ei choesau a'i breichiau ar ôl noson dda o gwsg. Dyma'r ail noson o'r bron iddi gysgu'n drwm a heb ddeffro unwaith gydol y nos. Rhaid bod awel y môr yn llesol. Doedd dim ofn y môr arni rhagor – nid ar ôl gweld y bwystfil. Roedd Mudan wedi codi'n barod ac yn syllu dros ochr y cwch.

Yn sydyn trodd Mudan a rhedeg ati yn llawn cynnwrf, gan amneidio arni i godi. Dyma'r tro cyntaf i Mudan drio dweud dim wrthi – heb eiriau, wrth reswm – ond roedd Ina'n sylweddoli bod hyn yn gam arall ymlaen, yr un fath â'i chwerthin ddoe. Cododd Ina a phwyntiodd Mudan at y gorwel. Yn y pellter gwelai fynyddoedd. O gil ei llygaid, gwelodd Bedo yn cerdded heibio a galwodd arno.

"Brythonia?"

"Hispania, ie, ond nid Brythonia, mae arna i ofn. Mae diwrnod arall o hwylio o'n blaenau cyn cyrraedd yno."

Diwrnod cyfan? Rhaid bod Hispania yn fawr, felly. Edrychodd Mudan ar Ina'n dreiddgar, cystal â gofyn ai at y mynyddoedd ro'n nhw'n hwylio. Ysgydwodd Ina ei phen. Aeth Mudan i eistedd i lawr. Roedd y siom yn amlwg ar ei hwyneb. Syllodd Ina at y mynyddoedd eto, heb ddweud dim, cyn troi at Bedo.

"Os nad Brythonia yw acw, yna beth?"

"Gwlad y Basgiaid."

Basgiaid? Doedd Gwrgant erioed wedi sôn am rheiny.

"Pobol anwar, wyllt. Amhosib i'w concro," esboniodd Bedo. "Er, a bod yn deg, mae'r Basgiaid yn forwyr penigamp."

Sylwodd Bedo fod Ina'n edrych yn bryderus.

"Does dim posib gweld y llong o'r tir. Fyddwn ni'n cadw ein pellter tan i ni gyrraedd Brythonia."

"Ydi tir y Basgiaid yma yn ymestyn mor bell â hynny?"

"Nac ydi, ond mae'r holl arfordir yn beryglus, a'r mynyddoedd y tu cefn hefyd. Dyma ddarn mwyaf afreolus Hispania gyfan."

Syllodd Ina ar hyd yr arfordir, mor bell ag y medrai cyn i'r amlinell ddiflannu'n ddim ar y gorwel, a cheisio dychmygu pa fath o anwariaid eraill oedd yn byw yno. Pwyntiodd Bedo i'r cyfeiriad roedd Ina'n edrych.

"Llwyth y Cantabri sydd acw. Dydyn nhw fawr gwell na'r Basgiaid a dweud y gwir, er mai Lladin yw iaith y mwyafrif. Yna daw'r Astwriaid. Pobl falch, ryfelgar, ond mymryn yn fwy gwaraidd na'r Cantabri, serch hynny."

"Wrth gwrs, does dim un ohonynt cynddrwg â phobl Caerloyw," dwedodd rhywun y tu ôl iddyn nhw. Artheg oedd yno, yn tynnu coes Bedo, fel arfer. Chwarddodd Bedo, a cheisiodd Ina wneud hefyd. Ond roedd yn poeni gormod ynghylch beth roedd newydd glywed i wneud mwy na gwenu'n dila. Doedd y triawd yna o bobloedd ddim yn swnio fel cymdogion llawer gwell na'r Saeson – os o gwbl.

Syllodd Ina i fyny. Roedd yr awyr yn las o hyd, a dim cwmwl i'w weld yn unman. Gallai ond gobeithio y byddai'r tywydd yn parhau i fod yn drugarog. Doedd wybod beth fyddai eu tynged pe byddai rhaid i'r llong angori yn rhywle cyn cyrraedd Brythonia.

XXII

Ar y trydydd bore, trodd y llong a hwylio am y tir. Roeddent wedi cyrraedd mor bell ag arfordir Brythonia rywdro yn ystod y nos. Ond gan nad oedd yn beth doeth ceisio glanio yn y tywyllwch, fe benderfynodd y criw hwyldroi yn hamddenol gyda'r gwynt tan i'r wawr dorri. Erbyn hyn roedd yr haul wedi codi, a'r tir sych i'w weld yn glir o'u blaenau. Roedd y llong arall wedi cychwyn am y lan ynghynt, a bron o'r golwg yn llwyr.

Welodd Ina erioed y fath glogwyni. Roeddent ddwywaith – na, theirgwaith – yn fwy na chlogwyni mawr Ynys Silan, yn fur o fryniau cadarn wedi'u gosod yn un rhes yn y môr, eu llethrau'n llwyd a'u copâu'n wyrdd llachar. Trodd at Mudan, oedd yn syllu arnynt hefyd yn llawn rhyfeddod.

"Efallai fod cewri yn byw yma."

Difarodd Ina ddweud y fath beth yn syth am nad oedd eisiau codi ofn arni. Roedd awyrgylch digon rhyfedd ar y llong p'un bynnag, pawb ar bigau drain, yn pendilio rhwng bod yn gynhyrfus a phryderus am yr hyn oedd o'u blaenau.

Yn lle hwylio'n syth at y clogwyni, dyma'r llong yn gwyro i'r chwith. O'r pellter hwn, gallai Ina weld bod rhannau o gopâu'r clogwyni yn garped o eithin a grug – y melyn a'r porffor fel coron liwgar ar ben y creigiau. Yn reit debyg i arfordir teyrnas Dyfnonia, meddyliodd Ina, dim ond yn llawer mwy.

Cyn hir, roedd clogwyni'r cewri y tu ôl iddynt, a'r lan yn fwy croesawgar yr olwg. Hwyliodd y cwch heibio i draeth bychan. Arno, roedd pentwr o gerrig mawr du siâp wy – fel nyth draig, meddyliodd Ina, a phenderfynu peidio rhannu hyn gyda Mudan, oedd wedi dechrau edrych yn bryderus eto.

"Paid poeni. Bydd Maelog yn siŵr o edrych ar ein holau ni."

Roedd hi hefyd braidd yn bryderus, er nad oedd hi am ddangos hyn i Mudan. Cydiodd honno yn y pibgorn, oedd yn dal i hongian yn ffyddlon o gwmpas gwddf Ina, a'i godi at ei gwefusau.

"Dim nawr."

Ysgydwodd Ina ei phen i wneud yn siŵr fod Mudan wedi deall. Y peth diwethaf oedd arni eisiau oedd tynnu sylw ati ei hun – at y ddwy ohonynt – a phawb ar binnau fel hyn. Tynnodd y ferch ar y strap, cystal â dweud 'plis'.

"Na, Mudan!"

Trodd Mudan i ffwrdd. Doedd Ina ddim wedi bwriadu bod mor siarp. Rhoddodd ei braich ar ysgwydd y ferch. Trodd honno i'w hwynebu a gwnaeth Ina ymdrech i wenu.

"Rhywbryd eto, iawn?"

Doedd Ina wir ddim yn siŵr a fyddai'n mentro i ganu'r offeryn eto o gwbl, ond doedd hi ddim eisiau siomi ei ffrind. Ceisiodd y ferch wenu hefyd, heb lawer o lwyddiant. Roedd hi'n nerfus. Yr unig wahaniaeth oedd bod Ina'n medru ei guddio'n well.

Hwyliodd y cwch ymhellach. Daeth ceg afon i'r golwg.

Edrychai'r aber yn lle delfrydol i lanio am fod harbwr naturiol yno. Ond cafodd Ina ei siomi. Er iddi ddisgwyl yn eiddgar i'r llong wyro, parhaodd ar ei chwrs.

"Yr harbwr nesa," dwedodd Bedo wrthi, fel pe bai'n darllen ei meddwl. "Mi fyddwn yno cyn bo hir."

Gwenodd Ina arno'n ddiolchgar, cyn troi at Mudan yn llawn cynnwrf, a phwyntio at y lan.

"Glywaist di, Mudan? Fyddwn ni yno toc."

Edrychodd Mudan arni fel pe na bai wedi deall.

"Bron yno," dwedodd Ina, yn uwch y tro hwn.

Gwenodd Mudan mewn rhyddhad. Roedd wedi deall yr eildro, yn amlwg. Ond ddwedodd hi ddim gair. Roedd Ina'n dal i obeithio y byddai hi'n cychwyn siarad rhywbryd – efallai ar ôl cyrraedd Brythonia – a dechrau setlo.

"Well imi ei throi hi, neu bydd Artheg yn flin," dwedodd Bedo, gan fynd i ymuno â'i ffrind i baratoi'r llong at lanio.

Hwyliodd y llong heibio traethau gwynion. Ar un ohonynt roedd creigiau trawiadol. I lygaid Ina, roedden nhw'n edrych fel adfeilion temlau Rhufeinig, fel y rhai gwelodd wrth ddianc rhag y Saeson. Dim ond ychydig yn llai nag wythnos oedd ers hynny, ond teimlai fel misoedd lawer yn ôl.

Roedd Bedo cystal â'i air, oherwydd o fewn dim gwelodd Ina aber arall o'i blaen. Roedd hwn yn fwy na'r llall o dipyn, fel petai'r afon wedi blino'n lân ar ôl ei thaith i'r môr ac yn dylyfu gên yn llydan.

A dyma'r llong – o'r diwedd – yn troi am y lan.

✦   ✦   ✦

Roedd y traeth yn llawn bwrlwm, a'r llong arall eisoes wedi glanio ac arllwys yr holl deithwyr a'r nwyddau ar y traeth. Roedd nifer wedi cychwyn ar ail ran y daith yn barod i'r gwahanol dreflannau oedd wedi'u dotio ar draws Brythonia, gan gynnwys y bencaer, sef prif dref y Brythoniaid. Yno y byddai Ina a Mudan yn teithio, gyda'r ail gwmni, o dan arweiniad Maelgwn. Doedd neb yn cymryd mymryn o sylw o Ina a Mudan oherwydd fod pawb yn llawer rhy brysur yn dadlwytho.

Nid bod ots gan Ina o gwbl. Roedd hi'n falch o'r cyfle i ymestyn ei choesau a cherdded ar hyd y traeth, a throi ei chefn ar yr holl brysurdeb. Cerddai Mudan yn dynn wrth ei sodlau, yn union fel yr arferai Bleiddyn wneud, meddyliodd Ina.

Ffurfiai'r traeth un ochr o'r harbwr naturiol. Gyferbyn, ar ochr draw'r aber, roedd cytiau pren a chychod. Pysgotwyr oedd yn byw yno, efallai. Codai'r tir yn serth o gwmpas yr harbwr fel crochan. Yn y pellter, o ble llifai'r afon, roedd posib gweld ambell gopa. Rhaid bod y mewndir yn fynyddig, meddyliodd Ina, wrth gyrraedd diwedd y traeth. Safodd yno am eiliad neu ddwy yn edrych ar yr haul yn dawnsio ar donnau'r harbwr.

Sylwodd nad oedd Mudan wrth ei hochr rhagor, a gweld ei bod yn crafu rhyw siapau ar y tywod gyda darn o bren. Aeth Ina i gael pip. Ond y foment sylwodd Mudan arni'n agosáu, dechreuodd grafu ar draws y siapau fel nad oedd posib gweld yn iawn beth oeddynt. Heblaw am y siâp olaf un. Yn wahanol i'r siapau eraill, roedd hwn yn debyg i lythyren. Y llythyren 'M'. Crafodd Mudan dros y llythyren yn frysiog.

"Pam oeddet ti ddim eisiau i fi weld?"

Syllodd Mudan ar y llawr yn fud, eto fyth.

"M am Mudan, ie? Neu efallai dy enw go iawn. Ydi e'n dechrau gyda 'M' hefyd?"

Cipiodd Ina'r darn o bren oddi arni, a chrafu siâp 'M' ei hun yn y tywod.

"Dyna beth wnest ti, on'd e? Beth yw dy enw di? Os wyt ti'n methu ei ddweud e – sgrifenna fe!"

Rhoddodd Ina'r darn o bren yn ôl i Mudan, ond yn lle ysgrifennu, taflodd honno'r pren i'r dŵr.

"Beth yn y byd sy'n bod arnat ti?" holodd Ina'n ddig. Cerddodd y ferch at ochr y dŵr. Pwy *oedd* y ferch ryfedd hon? Os oedd wir yn medru ysgrifennu, yna nid caethferch neu forwyn oedd hi. Efallai ei bod o deulu da wedi'r cwbl. Ond, os felly, pam fod y fath olwg druenus arni?

Dechreuodd Ina ddifaru arthio arni. Dylai fod yn fwy gofalgar ohoni. Wedi'r cwbl, roeddent yn ffrindiau bellach, yn swyddogol. Pa syndod ei bod ychydig yn od ar ôl popeth roedd wedi bod drwyddo. Efallai fod Ina'n ymddangos yn rhyfedd i bobl eraill hefyd.

Y tu ôl iddi, clywodd Ina lais yn galw.

"Henffych well!"

Bedo oedd yno, ac Artheg wrth ei ochr fel rhyw gysgod mawr afrosgo.

"Bedo, ydw i'n od?"

Chwarddodd Bedo.

"Wn i ddim am 'od'. Ond wyt reit ... anghyffredin."

Doedd Ina ddim yn siŵr beth oedd y gwahaniaeth. Efallai ei fod ond yn air mwy cwrtais oedd yn golygu'r un peth.

"Dowch, y ddyw ohonoch," dwedodd Artheg.

"Y *ddwy* ohonoch," esboniodd Bedo.

"Dyna a leferais," atebodd Artheg. "Bu Maelog yn gofen amdanoch."

Roedd Ina'n medru dyfalu mai *gofyn* amdanynt oedd Artheg yn ei feddwl. Ond, am unwaith, wnaeth Bedo ddim sylw.

"Mudan!" galwodd Ina. Edrychai'r ferch dros yr harbwr, heb syllu 'nôl.

"Dydi hi ddim yn clywed yn dda iawn," esboniodd Ina wrth y lleill, cyn gweiddi'n uwch. "Mudan! Rhaid i ni fynd!"

O'r diwedd trodd y ferch a gwnaeth Ina arwydd bod rhaid iddyn nhw adael. Dechreuodd Mudan gerdded tuag atynt. Sylwodd Ina ei bod yn cadw ei phellter. Sylwodd hefyd fod y ddau ddyn yn edrych yn eithaf chwithig.

"Daeth yn amser i ni ffarwelio," dwedodd Bedo.

"Dydych chi ddim yn aros?" holodd Ina, wedi'i siomi.

"Nag ydyn. Rydyn ni'n hwylio ymlaen i Fôr y Canoldir. Down yn ôl wedi'r gwanwyn, ac yna adre am Brydain."

"Gawn ni ddod gyda chi bryd hynny?" gofynnodd Ina'n fyrbwyll.

"Bosib y bydden ni'n mynd i drafferth gyda Maelog. P'un bynnag, efallai na fyddwch chi eisiau gadael," dwedodd Bedo.

Roedd yn anodd gan Ina gredu hynny. Cerddodd y pedwar ymlaen, heb ddweud dim. Yna, gofynnodd Ina rywbeth yng nghlust Bedo.

"A beth am Mudan? Wyt ti'n meddwl ei bod hi'n rhyfedd?"

"Dwedwn ei bod hi hefyd yn ... anghyffredin," atebodd yntau gyda gwên fach.

Syllodd Ina ar Mudan, oedd yn cerdded ychydig y tu ôl iddi. Y corff bachgennaidd. Y pen wedi'i gneifio. A'r llygaid yn gwibio 'nôl ac ymlaen, fel anifail bychan ofnus. Efallai'n wir ei bod hi'n anghyffredin, meddyliodd Ina, yn y modd roedd hithau'n anghyffredin. Efallai fod y ddwy'n gweddu i'w gilydd i'r dim, ac yn ffodus o fod yn ffrindiau.

Efallai na fyddai neb arall eisiau bod yn ffrindiau gyda nhw beth bynnag.

XXIII

Dim ond ar ôl hwylio o'r traeth, a gadael yr harbwr am y foryd – y darn hwnnw nad oedd yn fôr nac yn afon – y sylwodd Ina ar ei maint. Ymestynnai'r foryd am filltiroedd, y bryniau'n codi bob ochr iddi, a'r mynyddoedd y gwelodd Ina gip ohonynt yn gynharach bellach yn ymsythu eu hunain o'u blaenau.

Roedd Ina a Mudan ar gwch arall. Ond y tro hwn roedd Mudan wedi gwneud pwynt o gadw pellter rhyngddi ac Ina – cymaint o bellter ag oedd yn bosib ar gwch o'r fath. Cwch tebyg i'r cwch fferi a hwyliai dros afon Hafren oedd hwn, cwch ysgafn â gwaelod fflat oedd yn addas ar gyfer hwylio'n agos i'r lan neu ar afonydd.

Roeddent yn anelu at yr afon ar ben pella'r foryd. Unwaith byddent yn ei chyrraedd, y gobaith oedd defnyddio grym y llanw i'w tywys i fyny'r afon mor bell â phosib cyn gorfod dibynnu'n llwyr ar fôn braich y rhwyfwyr, neu ei wthio os byddai'r dŵr yn rhy fas. Ar ôl teithio i fan penodol i fyny'r afon, mi fyddent yn angori ac yn dadlwytho, gyda help rhywrai o'r gymuned a fyddai yno'n eu disgwyl gyda bwyd a diod, ac asynnod i gario'r nwyddau.

Maelog oedd wedi esbonio hyn i gyd wrth Ina, wedi iddo fynnu bod y ddwy yn teithio ar yr un cwch ag e, chwarae teg. Roedd rhywbeth amdano oedd yn atgoffa Ina o Gwrgant, er ei fod dipyn yn iau. Yr un dull didwyll o siarad â hi, a'r teimlad ei fod yn gwrando – nid rhyw esgus gwrando, fel roedd llawer o oedolion yn ei wneud, ond gwrando go iawn.

Roedd Ina wedi ymgolli'n llwyr yn yr olygfa o'i blaen, a sylwodd hi ddim ar Maelog yn dod ati a sefyll wrth ei hochr.

"Wyt ofn?"

Trodd Ina i'w wynebu.

"Ychydig."

"Mi gewch gartref da. Y ddwy ohonoch. Mae gennyf rywun mewn golwg."

"Pwy?"

"Dynes fonheddig. Ni chofiaf ei henw. Roedd hi ar y llong arall. Ond mae hithau hefyd wedi dioddef. Collodd bob dim. Mi fydd yn llawn cydymdeimlad atoch."

"Diolch am feddwl amdanon ni."

Gwenodd y mynach, a syllu o'i flaen yn feddylgar. Gollyngodd Ina ochenaid dawel o ryddhad. Fyddai hi a Mudan ddim yn cael eu gwahanu, felly. Doedd dim pwynt dweud hyn wrthi nawr achos roedd yn amlwg wedi pwdu gyda hi, am y tro. Neu'n flin. Neu'n drist. Roedd mor anodd gwybod beth oedd hi'n ei deimlo. Oedd bod yn ffrind wastad mor anodd â hyn, tybed?

Cyrhaeddodd y cwch yr afon, a hwylio'n ddidrafferth o gwmpas troad llydan. Roeddent bellach mewn dyffryn, a dolydd eang bob ochr. Yn fuan, trodd y dyffryn yn gwm cul, coediog. Hwyliodd y cwch heibio i foncyff coeden oedd wedi hen syrthio. Ar y boncyff roedd tri o blant yn chwarae. Cododd Ina ei llais a'u cyfarch. Yn lle ateb, syllodd y plant arni'n sarrug. Trodd at Maelog.

"Gobeithio nad ydi pawb mor anghyfeillgar yma."

"Nid ein plant ni oedd y rheina, ond plant y Galaesiaid."

Y Galaesiaid? Pwy ar wyneb y ddaear oedd y rhain? Soniodd Bedo ddim gair amdanynt.

"Ond ro'n i'n meddwl mai ni Frythoniaid oedd yn byw yma!"

"Ie. Ond rydym yn rhannu'r tir â'r brodorion. Mae Brythonia felly yn rhan o Galaesia, a'r wlad honno yn ei thro yn rhan o deyrnas y Swabiaid, sy'n rheoli'r darn hwn o Hispania. Y Gothiaid sydd bia'r gweddill. Pobl ddŵad yw'r Swabiaid, fel y Gothiaid hwythau. Ellmyn, o Germania yn wreiddiol, ond Cristnogion ... o fath."

Cafodd Ina fraw o glywed hyn.

"Ellmyn ydyn nhw? Fel y Saeson?"

"Na phoena. Rydym ar delerau da â nhw, a'r Galaesiaid hefyd, ar y cyfan."

Roedd yn anodd gan Ina gredu bod ei phobl yn gyfeillgar gyda'r Swabiaid hyn, a'r rheiny yn Ellmyn, ond, dyna fe. Os oedd Maelog yn dweud ... Ac roedd Ina'n ymddiried ynddo, er nad oedd prin yn ei adnabod.

"Weli di'r mynyddoedd?" gofynnodd Maelog.

"Gwnaf."

"Dyna Arfynydd. Bydd dy gartref newydd yn Argoed. Enw'r rhan o Frythonia yr hwylion ni heibio gyda'r bore yw Arfor. A dyna dair rhan Brythonia."

"Mae tri yn rhif pwerus," dwedodd Ina, gan ailadrodd rhywbeth a chlywodd rywbryd gan Gwrgant.

"Ydi wir. Yn fwy pwerus nag y mae'r rhan fwyaf o bobl yn ei ddeall."

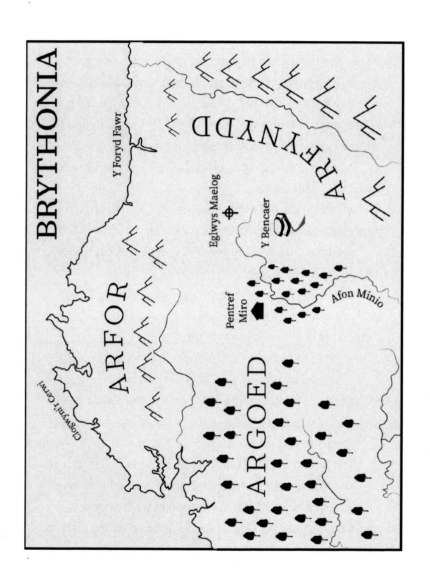

BRYTHONIA

ARFOR

ARGOED

AREFYNYDD

Y Foryd Fawr

Clogwyn᾽ i Cerwi

Eglwys Maelog

Y Bencaer

Pentref Miro

Afon Minio

Edrychodd Maelog arni'n chwilfrydig. Roedd Ina'n amlwg wedi gwneud cryn argraff arno.

"Hoffwn glywed mwy o dy hanes."

Roedd Ina'n falch o'r cyfle i sôn wrtho am Gwrgant, a'i theulu, a'i bywyd yng Ngwent. A'i thaith ryfeddol. Yr unig beth adawodd allan oedd y ffaith iddi fod mor gas wrth Sulien, am fod arni gywilydd am hynny o hyd. Siaradodd Ina'n ddi-baid, a gwrandawodd Maelog yn astud.

"*Dominus tecum* ... Duw bo gyda thi," dwedodd Maelog yn dawel ar ôl iddi orffen.

Syllodd y ddau yn ei blaenau am sbel, yn edrych tua'r mynyddoedd, heb ddweud dim.

"Pam fod Duw wedi fy achub?" gofynnodd Ina'n sydyn, "A hynny fwy nag unwaith?"

"Dim ond efe a ŵyr hynny, 'ngeneth i. Mae ganddo gynlluniau ar dy gyfer, rwy'n siŵr o hynny, a bydd ef yn eu datgelu wrthot. Yn ei amser ei hun."

Amneidiodd Maelog at y pibgorn o gwmpas ei gwddf.

"A maes o law, mi wnei di ailgydio yn yr offeryn go iawn. A'i ganu eto o'r galon, fel roeddet ti yn ei ganu gyda dy fam. Rwy'n siŵr o hynny hefyd."

"Pryd?" holodd Ina'n daer.

"Pan fydd yr amser yn iawn. Mi fyddi'n gwybod bryd hynny."

Roedd Ina ychydig yn amheus, ond doedd hi ddim am ddadlau gyda'r dyn hynaws hwn. Roedd wedi mwynhau sgwrsio â Maelog gymaint, cafodd syndod o weld y cwch yn paratoi i angori mewn man cyfleus ar y lan. Teimlai'n chwithig o fod wedi esgeuluso Mudan, ond doedd hi ddim i'w gweld yn malio llawer.

Ar ôl glanio a dadlwytho, gwnaeth Maelog yn siŵr fod pawb yn cael digon o fwyd a diod. Aeth Mudan i eistedd ar ei phen ei hun ar foncyn uwchben yr afon. Dilynodd Ina hi. Roedd yn ddiwrnod poeth arall ond diolch byth roedd hi wedi dechrau cymylu ac felly doedd yr haul ddim yn brathu.

Chymerodd Mudan ddim sylw ohoni. Teimlai Ina'n lletchwith iawn. Yna cafodd syniad sut i godi gwên ar wyneb y ferch unwaith yn rhagor. Tynnodd Ina'r pibgorn o'i strap, a'i godi i'w gwefusau. Doedd hi ddim yn siŵr a fyddai'r offeryn yn gweithio, hyd yn oed, ar ôl bod yn nŵr y môr. Gwlychodd y gorsen â'i phoer. Dododd ei bysedd ar gorff yr offeryn. Roedd rhan ohoni'n dal i feddwl na ddylai fentro, ond gwyddai gymaint fyddai'r ferch yn hoffi clywed yr hwiangerdd. Doedd hyn ddim yn golygu ei bod am ailgychwyn ei ganu *go iawn*, o ddefnyddio geiriau Maelog. Ond doedd dim byd o'i le â chanu'r hwiangerdd nawr ac yn y man – cân roedd y ddwy ohonynt yn ei thrysori – doedd bosib.

Cymerodd Ina anadl ddofn a chwythu. Oedd, roedd yn dal i weithio! Dechreuodd Ina ganu'r hwiangerdd yn araf, a cheisio ei mwynhau'r tro hyn. Roedd y ferch yn esgus peidio gwrando, ond doedd hi ddim yn medru smalio am hir. Trodd i wynebu Ina, gan hymian y dôn yn isel o dan ei gwynt.

Lwyddodd Ina ddim i ganu llawer. Chyrhaeddodd hi mo'r cytgan, hyd yn oed. Roedd wedi anghofio cymaint o anadl oedd ei hangen i ddeffro'r offeryn a chynnal alaw. Roedd ei hysgyfaint yn llosgi a'i bochau'n brifo, a doedd ei ganu ddim wir ddim yn teimlo'n iawn, rhywsut, ond roedd Mudan yn amlwg yn falch am nad oedd yn gwgu rhagor.

Estynnodd Ina ddarn o fara iddi. Am eiliad, roedd yn

ymddangos fel pe bai Mudan am ddweud rhywbeth, ond ddaeth dim smic o'i cheg. Cnoiodd Ina ar grwstyn caled y darn o fara yn ei llaw, ac yna clywodd lais bach cryg yn ei chlust.

"Eba."

Trodd Ina a syllu'n syn ar Mudan.

"Ddwedaist ti rywbeth?" gofynnodd yn syfrdan.

"Eba," dwedodd Mudan eto, gan glirio'i gwddf, fel pe bai'r broses o ddweud y gair yn achosi poen iddi. Roedd Ina wedi cynhyrfu gymaint roedd yn cael trafferth siarad ei hun.

"Eba? Dwi ... dwi ddim yn deall."

"I-na," dwedodd Mudan, yn herciog, gan bwyntio at Ina, cyn troi ei bys i'w chyfeiriad ei hun. "Eba."

"Eb ... Efa! Dyna yw dy enw! Efa!"

Gwyddai Ina nad un o enwau'r Brythoniaid oedd Eba. Rhaid ei bod wedi'i chamglywed. Neu fod y ferch yn cael trafferth ynganu ar ôl bod yn fud cyhyd. Ond roedd hi wedi siarad – o'r diwedd! Gwenodd Ina i'w hun. Pe byddai Gwrgant yma buasai'n taeru mai'r pibgorn hud oedd yn gyfrifol.

Edrychodd y ferch ar Ina fel petai am ei chywiro, cyn pwyntio ati eto a dweud 'I-na', a gwenu fel giât.

"Efa," dwedodd Ina, gan bwyntio 'nôl ati, a gwenu yr un mor wirion.

"I-na," dwedodd Efa eto, yn piffian chwerthin.

"Efa," dwedodd Ina, a hithau hefyd yn piffian.

"I-na!"

"Efa!"

A dyma'r ddwy yn dweud enwau ei gilydd 'nôl a 'mlaen, dro ar ôl tro, yn cyflymu a chyflymu nes eu bod yn siarad dros ei gilydd, cyn syrthio ar y llawr a chwerthin yn hollol afreolus, tan fod ei boliau'n brifo.

✦　✦　✦

Herciodd Ina ar un goes at ochr y llwybr, cyn eistedd a chael gwared o'r garreg fach finiog oedd yn sownd yng ngwaelod ei throed chwith. Roedd y droed arall yn brifo hefyd ar ôl bod yn cerdded am oriau ar hyd llwybr cul rhwng y coed, a'r llwybr hwnnw'n dringo'n serth y rhan fwyaf o'r ffordd. Doedd Ina ddim yn gyfarwydd â cherdded heb ddim ar ei thraed.

"Gobeithio gaf i sandalau newydd yn fuan," dwedodd o dan ei gwynt, cyn sylwi bod Efa yno, yn syllu i lawr arni. Cogiodd Ina ei bod yn siarad â hi yn hytrach nag â'i hunan.

"Gobeithio y cei di hefyd."

Ddwedodd y ferch ddim gair. Estynnodd ei llaw a helpu Ina'n ôl i'w thraed. Roedd yn anodd gan Ina feddwl am y ferch fel 'Efa' ac nid Mudan. Ond dyna oedd ei henw, felly byddai rhaid dod i arfer. Er i Ina geisio denu sgwrs â hi mwy nag unwaith ar y daith, ddwedodd Efa ddim mwy na'i henw. A phan geisiodd Ina am y tro olaf – wrth orffwys ar ôl cerdded i fyny darn arbennig o serth o'r llwybr – aeth Efa i'w chragen, felly penderfynodd Ina roi'r gorau iddi. Byddai Efa'n siŵr o ddechrau siarad yn ei hamser ei hun. Tan hynny, byddai rhaid i Ina aros yn amyneddgar, er ei bod yn gwybod yn well na neb nad oedd hyn yn un o'i chryfderau.

O'r diwedd, daeth y llwybr serth i ben. Ymunon nhw â llwybr arall, mwy gwastad, ac yna, roedden nhw allan o'r goedwig. O'u blaenau roedd tir eang moel, a darnau o'r tir hwnnw'n amlwg yn cael ei ffermio. Reit yn y canol, roedd twmpath enfawr hirgrwn, wedi'i oleuo gan yr haul oedd yn prysur fachlud. Craffodd Ina. Na, nid twmpath. Bryngaer.

Safodd Ina'n stond. Bron y gallai gredu ei bod 'nôl yng Ngwent, er bod y fryngaer hon yn debycach o ran maint i Gaer Faddan gadarn na'r fryngaer oedd ger y *villa*. Safodd Efa'n stond hefyd, fel petai heb weld y fath beth erioed o'r blaen.

"Dyma eich cartref newydd," dwedodd Maelog, cyn ychwanegu gyda thinc o falchder, "Nid yw mor ysblennydd â rhai o gaerau mwyaf y famwlad efallai, ond dyma ein pencaer ninnau, Frythoniaid Hispania. Fe welwch ar ôl cyrraedd fod pob cyfleuster yma, ac y byddwch yn gyfforddus iawn eich byd."

Trodd Ina at Efa.

"Glywest ti?" holodd yn gyffrous, ond parhau i syllu ar y twmpath wnaeth Efa. Doedd dim posib i Ina ddyfalu beth oedd yn mynd trwy ei meddwl, ond roedd yn ddigon hawdd gweld beth oedd ymateb y newydd-ddyfodiaid eraill, am fod pawb wedi dechrau parablu ymhlith ei gilydd yn gynhyrfus a cherdded yn fwy cyflym.

Yn fuan, roedd cloddiau allanol y gaer o fewn tafliad carreg. Doedd dim posib gweld yn syth sut roedd modd mynd i mewn i'r gaer – ond roedd mynedfa yno, dim ond ei bod wedi'i chuddio'n rhannol gan ongl glyfar y mur pridd uchel, oedd o leiaf pedair neu bum gwaith maint dyn. Sylwodd Ina fod Efa'n cerdded hyd yn oed yn fwy agos iddi nag arfer wrth iddyn nhw gerdded i mewn trwy'r bwlch. Cydiodd Ina yn ei llaw a rhoi gwên fach galonogol iddi.

Ar y chwith roedd corlan, a'r gwartheg eisoes tu ôl y ffens yn ddiogel am y nos. Ar y dde, stordy mawr o ryw fath, a thu ôl i hwnnw man tyfu llysiau, a pherllan. Y tu hwnt i'r berllan gwelodd Ina res o gychod gwenyn, tebyg i'r rhai oedd gan Gwrgant ar dir y *villa*. Roedd wir fel bod 'nôl ym Mhrydain.

Yn syth o'u blaenau roedd cloddiau anferth eraill o bridd – i gyd bellach wedi'u gorchuddio gyda glaswellt – a'r llwybr yn anelu'n syth at fwlch yn eu canol. Dyma oedd y brif fynedfa i'r gaer fewnol, mae'n rhaid.

Ond chafodd neb gyfle i'w chyrraedd oherwydd daeth torf o bobl allan i'w croesawu'n swnllyd. Daeth yn amlwg i Ina fod nifer o drigolion y gaer yn cyfarch rhai o'r teithwyr fel pe baent yn hen ffrindiau neu'n deulu. Yn sicr roedd llawer o chwerthin, ac ambell ddeigryn hapus hefyd. Safai'r lleill, nad oedd yn adnabod neb, i un ochr yn chwithig, gan gynnwys Ina ac Efa.

Sylwodd Ina ar Maelog yn siarad â dynes. Doedd dim posib gweld ei hwyneb am fod ei chefn tuag ati, ond roedd rhywbeth cyfarwydd amdani serch hynny. A phan drodd honno i'w hwynebu, deallodd Ina pam. Dyna'r ddynes oedd wedi ceisio prynu Pennata y diwrnod syrthiodd Caersallog, cyn ceisio llusgo Ina oddi ar y ceffyl!

Dechreuodd Maelog a'r ddynes gerdded tuag at Ina ac Efa'n bwrpasol. Doedd Ina ddim yn gwybod lle i droi.

"Ferched, dyma Morwenna. Mae hi, yn garedig iawn, wedi cytuno i gymryd gofal ohonoch."

Roedd Ina mewn gormod o sioc i ddweud gair. Gwenodd y ddynes arni, a rhoi gwên fach i Efa hefyd. Efallai nad oedd yn ei chofio, meddyliodd Ina, ac efallai nad oedd hi cynddrwg â hynny. Ond pan drodd Maelog ei ben a chwifio at rywun arall, diflannodd y wên ar wyneb y ddynes a syllodd yn oeraidd ar y ddwy, ac yn arbennig o oeraidd ar Ina.

"Mi'th gofiaf yn bur dda fy myrch, rhag ofn dy fo'n tybio nad o'n i'n d'adnabod," dwedodd, a gwên fach arall yn lledu ar ei gwefusau, ond un annymunol iawn y tro hwn.

Suddodd calon Ina i'w sodlau. O bawb yn y byd, pam hon?

XXIV

Syllodd Ina ar y tŷ crwn bychan a'i do gwellt yn syn. Ai dyma eu cartref newydd? Roedd yn debycach i dwlc mochyn, neu stabl! I'r ochr, roedd cwt o gerrig o'r un dull. Efallai mai dyna lle byddent yn cysgu. Doedd dim drws go iawn, dim ond ffrâm wedi'i chreu gan dri slab mawr o garreg. Gwelodd Ina'n syth y byddai rhaid iddi blygu i fynd mewn trwy'r bwlch. Doedd y muriau cerrig ddim yn fawr iawn chwaith, ond o leiaf roedd y to gwellt, siâp côn, yn uchel.

"Doma ni. Ein tŷ," dwedodd Morwenna gan amneidio ar y ddwy i fynd mewn. Doedd dim posib peidio clywed y tinc chwerw yn ei llais.

Camodd Ina trwy'r drws ac Efa'n dynn wrth ei sodlau. Roedd yn dywyll y tu mewn. Doedd dim ffenest. Deuai'r unig olau – heblaw am y bwlch lle dylai'r drws fod – o dân trist yr olwg gyferbyn â'r drws. Yng nghanol y stafell roedd postyn trwchus, uchel oedd yn cadw'r to i fyny. O'r postyn hwnnw, roedd pyst eraill llai yn mynd i lawr at y wal i gadw'r to gwellt yn ei le. Ar un ohonynt, uwchben y tân, roedd cadwyn a chrochan yn hongian ohoni. Pridd oedd y llawr, a gallai Ina deimlo fod hwnnw'n damp. Roedd brwyn wedi'u taenu drosto, a phentwr mawr o wellt rhwng y tân a'r drws. Ar bwys y pentwr gwellt roedd cwdyn teithio lledr, tebyg i'r un gafodd Ina'n anrheg gan Gwrgant, a phentwr o ddillad.

"Efi bia 'na," dwedodd llais y tu ôl iddi'n siarp, gan bwyntio at ei phethau. Rhaid bod Morwenna wedi dod i mewn heb iddi sylwi. Gwelodd nad oedd Ina wedi'i deall.

"Fy mhethau sy ena. Canfyddi?"

Amneidiodd Ina ei phen. Roedd yr acen yn swnio mor hoffus pan y'i clywodd gan y bugail ar Ynys Silan ac Artheg y morwr, ond o geg y ddynes sarrug hon roedd yn mynd ar ei nerfau'n barod.

"Pa beth yw dy anow, eto? Irwen?"

"Ina ... Ina ferch Nudd."

Trodd Morwenna at Efa.

"Dy anow ditha?"

Syllodd Efa arni heb ddweud dim.

"Wyt foddar?"

"Ydi, rhyw ychydig," atebodd Ina drosti.

"Dibwys gen i, cyn belled nad oes arni ofn gweith. Bo rheid i ti hefyd lafurio, Ina ferch Nudd. Gwn dy fod yn rhyw fath o fonheddwreig o dras. Ond oma, wyt ddim. Wyt eiddo imi."

Suddodd calon Ina'n is fyth. Roedd yn amlwg y byddai'r ddynes yn gwneud iddi dalu'n ddrud am ei herio'r diwrnod hwnnw. Fyddai hi ddim llawer gwell na morwyn iddi. Nac Efa chwaith.

Diolch byth, daeth rhywun i'r drws i roi taw arni. Adnabyddodd Ina'r pen moel yn syth: Elfryn ap Berddig, swyddog y gaer. Roedd wedi cwrdd ag e gynnau gyda Maelog. Yr Elfryn yma oedd yn gwneud yn siŵr fod pawb oedd newydd gyrraedd yn setlo'n iawn. Roedd Ina wedi cymryd yn ganiataol mai Maelog oedd pennaeth y fryngaer, neu o leiaf yng ngofal y newydd-ddyfodiaid. Ar ôl deall, doedd e ddim hyd yn oed yn byw yma go iawn ond yn hytrach ychydig filltiroedd i ffwrdd ger prif eglwys y Brythoniaid.

"Henffych, bererinion hoff!" dwedodd y dyn pen moel yn siriol, gan gamu i mewn yn cario bwndel mawr o grwyn blew anifeiliaid a sach yn llawn o rywbeth.

"Wele grwyn i'ch cadw'n gynnes gyda'r nos, a wele fwyd a diod yn swper."

Dododd y pethau ar y llawr, cyn troi at Morwenna.

"Hoffwn bwysleisio mai dros dro'n unig y byddwch yma yn y tŷ hwn, hybarch foneddiges, gan eich bod, yn hynod garedig, wedi ymrwymo i gymryd gofal o'r ddwy eneth annwyl yma."

Dyna pam roedd Morwenna'n barod i'w gwarchod, felly – er mwyn cael rhywle gwell i fyw! Roedd Ina eisoes wedi amau nad gwneud hyn er eu lles nhw oedd hi. Aeth Elfryn yn ei flaen, yn ei iaith ffurfiol, flodeuog.

"Gresynaf at y ffaith ein bod yn anarferol o brysur yr haf hwn oherwydd y digwyddiadau anffodus yn yr henwlad, ond hyderaf y bydd annedd deilwng wedi'i hadnewyddu ar eich cyfer o fewn y flwyddyn."

"Bloydden?" taranodd Morwenna. "Mae'n rhaid i ni aros yn y toll hwn am floydden gron?"

"Yn iach i chi, fenywod glandeg!" oedd unig ateb Elfryn, wrth iddo gamu 'nôl allan gan foesymgrymu. Siŵr ei fod yn falch o adael. Byddai Ina wedi hoffi gwneud hefyd yn fwy na dim yn y byd. Ond doedd unman arall ganddi i fynd.

✦   ✦   ✦

Deffrodd Ina i sŵn chwyrnu o ochr draw'r stafell. Morwenna oedd wrthi. A doedd hi heb beidio drwy'r nos, ar ôl iddi yfed yr holl fflasg o'r gwin a ddaeth gyda'r swper o fara a chaws. Aeth yn fwy blin, ac yn fwy hunandosturiol po fwyaf yr yfai – a dechrau paldaruo am sut roedd hi wedi colli pob dim, a pha mor wych oedd ei bywyd cyn iddi orfod ffoi o'r Saeson. Yna roedd hi wedi gorchymyn y merched i baratoi'r gwellt yn wely iddi a disgyn arno'n un swp anhapus. O leiaf cafodd Ina ac Efa ychydig o amser i'w hunain cyn mynd i gysgu. Nid eu bod nhw, chwaith, wedi aros ar ddihun yn hir iawn wedi hynny am eu bod wedi blino gymaint.

Yn ystod y nos, bu Efa'n troi a throsi yn ei chwsg, yn cwynfan fel anifail bychan. Sibrydodd Ina yn ei chlust fod pob dim yn iawn, ei bod yn gwbl ddiogel bellach. Ond doedd dim modd ei deffro o'i thrwmgwsg. Daeth synau sinistr ohoni, fel petai'n ail-fyw rhyw brofiad erchyll – synau dieithr, cras, fel sŵn y Saeson. Cydiodd Ina ynddi'n dynn, a rhoi'r garthen o groen blew drosti. O'r diwedd, tawelodd y ferch, a llwyddodd Ina i fynd 'nôl i gysgu, er gwaethaf chwyrnu Morwenna.

Roedd yn dal wrthi, fel hwch ag annwyd. Doedd dim pall arni!

"Wyt ti wedi deffro?" sibrydodd Ina wrth Efa, oedd wrth ei hochr ar bentwr o wellt, o dan y garthen croen blew. Trodd Efa i'w hwynebu.

"Ina," sibrydodd yn ôl.

"Beth am i ni godi, a gadael yr hwch i chwyrnu yn ei thwlc?"

Cododd Ina, gan geisio gwneud cyn lleied o sŵn â phosib. Dilynodd Efa ei hesiampl. Cerddodd y ddwy ar flaenau eu traed at y drws, oedd wedi'i gau o'r tu mewn gan ffrâm o frigau wedi'u plethu a bwysai yn erbyn y mur. Wrth i Ina fynd ati i symud y ffrâm ddigon iddyn nhw wasgu eu hunain drwyddi, daeth llais cryg, dig o gyfeiriad y pentwr arall o grwyn.

"Ina ferch Nudd! Oma, ar d'union!"

A dyna ddiwedd ar hynny. Bu rhaid i'r merched gasglu'r gwellt i gyd a'i roi yn un pentwr taclus allan o'r ffordd, tra oedd Morwenna'n helpu ei hun i frecwast. Gadawodd ddau ddarn o grwstyn caled yn unig yn weddill i'r merched.

Wedyn, roedd disgwyl i Ina wneud gwallt Morwenna, tra bod Efa'n ysgwyd y crwyn a'u plygu'n ddestlus. Yn lwcus i Ina, roedd Briallen y forwyn wedi'i dysgu sut i drin gwallt, er nad oedd erioed disgwyl i Ina wneud ei hun, am mai gorchwyl Briallen oedd hynny.

Plethodd Ina wallt Morwenna gorau a fedrai. Doedd hyn ddim yn hawdd am fod y ddynes yn twt-twtian bob munud ac yn gwneud pwynt o wingo'n ddramatig bob tro y byddai Ina'n gafael yn ei gwallt fymryn yn rhy galed.

"Gofal!" bloeddiodd Morwenna, wrth i Ina weithio un blethen ychydig yn dynnach na'r lleill. Crafangodd Morwenna am wallt Ina, cydio mewn talp a thynnu'n galed, nes iddi wichian mewn poen. Mewn braw, gollyngodd Efa'r croen roedd hi wrthi'n ei blygu.

"Weli? Brifo y mae."

Trodd y ddynes ei sylw at Efa.

"Cod y croen 'na ar d'union. Pe byddai gennyt wollt o werth baswn yn cydio ynddo a'i dynnu hefyd!"

Plygodd Efa'n frysiog i gasglu'r croen oedd ar y llawr.

Roedd Ina'n dal mewn sioc, ei llygaid yn dyfrio a'i phen cyfan yn llosgi.

"Henffych fore, ferched hoffus!" cyfarchodd llais cyfarwydd o'r tu allan. "A ydych weddus?"

"Munud fechan!" atebodd Morwenna mewn llais orgyfeillgar, a thwtio ei gwallt, cyn hisian ar Ina mewn llais nad oedd yn gyfeillgar o gwbl. "Ymddygiad gorau! Agor y drâs!"

Deallodd Ina mai *drws* oedd Morwenna'n ei feddwl, ac aeth i symud y ffrâm bleth i'r ochr. Gwenodd wyneb crwn arni'n garedig. Elfryn oedd yno, gyda mwy o bethau ar eu cyfer. Camodd i fewn i'r tŷ yn sionc. Roedd chwant ar Ina ddweud wrtho beth oedd newydd ddigwydd, ond efallai na fyddai'n gweld dim o'i le. Roedd pob hawl gan Morwenna eu disgyblu, gwaetha'r modd.

"A fu *Somnus* yn garedig wrthoch neithiwr?" holodd Elfryn.

Cafodd Ina syndod o'i glywed yn cyfeirio at un o dduwiau'r Rhufeiniaid, ac yntau yn Gristion. Somnus oedd duw cwsg.

"Diolch i *Bacchus*," atebodd Morwenna, gan biffian chwerthin. Chwarddodd Elfryn hefyd, yn gwrtais. Bacchus oedd duw gwin.

"A beth sydd gen *Hercules* ar ein cyfer heddiw?" holodd Morwenna mewn llais bach merchetaidd. Hercules oedd duw cryfder. Sylweddolodd Ina ei bod hi'n fflyrtio gydag Elfryn. Am embaras!

"Ni wn am *Hercules*, ond mae gennyf ginio ar eich cyfer," dwedodd hwnnw, gan roi sach yn llawn llysiau i Morwenna.

"Hoffwn hefyd estyn y croeso cynhesaf a mwyaf didwyll i wledd heno yn y neuadd fawr i'ch croesawu chwi a phawb arall sydd yn newydd i'r gaer hon," ychwanegodd.

"Rydych yn rhy garedig," atebodd Morwenna, gan laswenu. Roedd hi'n amlwg wedi penderfynu y byddai ceisio swyno Elfryn yn fwy effeithiol na chwyno.

"Yn iach!" dwedodd Elfryn yn harti, gan ffarwelio.

Parhaodd y wên ar wyneb Morwenna tan fod Elfryn o'r golwg, a dim mymryn yn fwy. Rhoddodd y sach o lysiau i Ina.

"Cynnwch y tân, a gwnewch foyd."

Trodd Morwenna ei chefn at y merched, cymryd un o'r crwyn ac eistedd i lawr. Gallai Ina gynnau tân, ond y drafferth oedd, doedd ganddi ddim syniad sut i goginio. Cydiodd Efa yn y sach heb ddweud dim a dechrau torri a chrafu'r llysiau. Yn amlwg roedd hi'n medru, diolch byth. Aeth Ina ati i gynnau'r tân, ac i gasglu dŵr o fasn pwrpasol y tu allan i'r drws. Cyn hir roedd y crochan yn berwi, ac oglau da'r cawl yn llenwi'r stafell.

Bwytaodd Morwenna fwy na'i siâr, er iddi gwyno am safon y cawl. Ar ôl bwyd, gorchmynnodd y merched i gadw'n dawel tra oedd hi'n gorffwys. Pan ofynnodd Ina a fyddai'n iawn iddynt fynd allan i chwarae, 'na' oedd yr ateb swta, ac felly bu rhaid i Ina ac Efa eistedd yno'n gwneud dim. O leiaf roedd ganddyn nhw'r wledd heno i edrych ymlaen ati. Byddai'n gyfle i weld Maelog, ac i esbonio wrtho nad oedd Morwenna'n addas o gwbl fel ceidwad, a hefyd i gwrdd â phlant eraill. Wedi'r cwbl, doedd neb yn gwybod ei hanes yma. Neb yn gwybod ei bod wedi goroesi'r pla. Ei bod yn 'wahanol'.

Ond pan ddaeth yn amser i fynd, daeth yn amlwg nad

oedd Morwenna am ganiatáu iddyn nhw ddod gyda hi i'r
wledd, er i'r tair ohonon nhw gael gwahoddiad. Wrth iddi
gamu at y drws, trodd Morwenna at Ina.

"Ar ôl meddwl … gwell gen i dy fantell ditha. Fe'i
benthycaf gennyt. A'r froetsh. Tyrd â nhw imi."

Doedd Ina ddim yn hoffi'r syniad o gwbl, ond gwell peidio
gwrthod, rhag ei gwylltio eto.

"Mi fyddwch yn ofalus, y byddwch? Broetsh fy mam ydi
hi."

"Bydd yn gweddu'n berffeith, felly, oni fydd?"

Ymledodd gwên gam dros ei hwyneb. Rhoddodd Ina ei
chlogyn a'r froetsh iddi'n anfoddog.

"Gwnewch yn siŵr fod pob dim wedi'i olchi ac yn daclus
erbyn dof yn ôl. Peidiwch â mynd mês, a pheidiwch â gwneud
sŵn. Yn enwedig gyda'r hen offeryn 'na," dwedodd
Morwenna, gan bwyntio at y pibgorn.

Gyda hynny, rhoddodd Morwenna glogwyn Ina dros ei
hysgwyddau a chamu allan o'r tŷ.

Roedd Ina'n falch o'i gweld yn mynd. Doedd hi wir ddim
yn gwybod sut byddai yn medru dioddef diwrnod arall yng
nghwmni Morwenna, heb sôn am flwyddyn gyfan.

XXV

Deffrodd Ina i sŵn chwyrnu. Eto. Syllodd ar y ffigwr oedd yn gorweddian gyferbyn â hi. Roedd Morwenna'n ei dillad o hyd, gan gynnwys ei chlogyn – neu'n hytrach, clogyn Ina – a'i gwallt, oedd mor drwsiadus neithiwr, yn disgyn dros ei hwyneb yn flêr. Roedd ei cheg ar agor yn llydan, fel petai'n disgwyl i rywun ei bwydo. Deuai'r rhochian mwyaf dychrynllyd ohoni – yn waeth o lawer na'r bore blaenorol.

Roedd Morwenna wedi dod 'nôl yn hwyr iawn neithiwr ar ôl y wledd a'u deffro, gan ymffrostio pa mor awyddus oedd pawb i ddod i'w hadnabod, cyn syrthio i'w gwely yn dal i falu awyr am hwn a'r llall. Ddeallodd Ina ddim llawer. Roedd yn anodd gwybod ai acen gref Morwenna oedd ar fai, neu'r holl win roedd yn amlwg wedi'i yfed. Efallai cyfuniad o'r ddau.

Trodd Ina ar ei hochr a symud yn agosach at Efa.

"Wyt ti wedi deffro?" sibrydodd.

Atebodd Efa ddim. Felly rhoddodd Ina siglad fach iddi. O'r diwedd, dyma Efa'n troi i'w hwynebu. Roedd ei gruddiau'n wlyb a'i llygaid yn llawn dagrau.

"Efa fach ... Does dim rhyfedd dy fod yn drist, nag oes? Tyrd. Ewn i roi stop ar hyn i gyd reit nawr."

Unwaith byddai Maelog yn clywed pa mor wael roedd Morwenna'n eu trin byddai'n siŵr o'u rhoi dan ofal rhywun mwy addas. Doedd Morwenna ddim ffit i edrych ar ôl ieir, heb sôn am blant.

Cododd Ina, gan wneud cyn lleied o sŵn ag y gallai. Efa hefyd. Cerddodd y ddwy ar flaenau eu traed at y drws. Cydiodd Ina yn y ffrâm bleth oedd yn pwyso yn ei erbyn, a'i symud mymryn i'r ochr. Ond y tro hwn, ddeffrodd Morwenna ddim. Roedd yn cysgu fel twrch. Neu'n hytrach, fel hwch.

Camodd Ina allan o'r tŷ ac Efa ar ei hôl. Dyma'r tro cyntaf i'r ddwy ohonynt fod allan ar eu pennau eu hunain ers cyrraedd. Roedd eu tŷ nhw ar gyrion y gaer fewnol, gefn wrth gefn â'r clawdd amddiffynnol fewnol. Lle nad oedd adeiladau yn cefnu ar y clawdd, roedd yn bosib gweld bod mur cadarn o gerrig yn ei atgyfnerthu. O flaen y tŷ roedd llwybr, a hwnnw'n mynd mewn cylch o gwmpas terfyn y rhan ganolig hon o'r gaer. Amneidiodd Ina ar Efa i'w dilyn, a dechrau cerdded yn gyflym ar hyd y llwybr i gyfeiriad y brif fynedfa.

Roedd adeiladau o bob maint a siâp ar hyd y llwybr. Rhai crwn, fel eu tŷ nhw. Rhai hirgrwn, a rhai sgwâr. Roedd y rhan fwyaf o adeiladau mewn grwpiau o ddau neu dri neu bedwar, a'r rheiny wedi'u cysylltu â'i gilydd ac yn amlwg at ddibenion gwahanol – yn gartrefi pobl, stordai, gweithdai a llefydd i gadw ieir a moch.

Er ei bod yn gynnar, roedd tipyn o bobl o gwmpas a rhai wrth eu gwaith yn barod. Glynai Efa ati'n glòs. Sylwodd Ina fod llwybr yn mynd tuag at ganol y gaer, a dilynodd hwnnw, heibio adeiladau crand gyda thoeau teils coch, yn debyg iawn i'r rhai ar y *villa* a fu unwaith yn gartref iddi.

"Bore da," dwedodd rhywun o'r tu mewn i un o'r adeiladau. Dyn oedd yno, tua'r deugain oed. Roedd ganddo

forthwyl yn ei law, a mwstásh enfawr uwch ei wefus. Daeth
Sulien a'i fwstásh sudd mwyar duon i gof Ina mwyaf sydyn.
Feddyliodd Ina erioed y byddai ychydig yn chwith ganddi ar ei
ôl.

"Ni welais chwi o'r blaen. A ddaethoch ar y llongau
dwethaf?"

"Do. Ydych chi'n gwybod ble mae Maelog?" holodd Ina.
"Ry'n ni angen siarad ag e."

"Maelog? Gadawodd gyda'r wawr."

Suddodd calon Ina.

"A weloch Elfryn y bore 'ma eto?"

"Mae hwnnw'n dal i chwyrnu ar ôl y wledd neithiwr, am wn
i," atebodd y dyn. Nid Elfryn oedd yr unig un, meddyliodd Ina.

"Diolch. Duw bo gyda chi," dwedodd Ina wrth y dyn yn
gwrtais.

"Duw bo gyda chwi hefyd," atebodd hwnnw, a rhoi'r fath
wên roedd ei fwstásh yn dawnsio.

Byddai rhaid ceisio cael gair ag Elfryn nes ymlaen, felly.
Ond am nawr, gwell oedd mynd adre rhag i Morwenna
ddeffro. Daethant at lwybr arall mwy llydan, a gwelodd Ina
mai prif lwybr oedd hwn oedd yn mynd yr holl ffordd o'r brif
fynedfa trwy ganol y gaer i'r fynedfa gefn. Yn syth o'u blaenau
roedd adeilad crand – y mwyaf a welodd eto. Rhaid mai hwn
oedd neuadd fawr y gaer. Trueni na chawson nhw fynd i'r
wledd neithiwr. Corddai Ina wrth feddwl pa mor annheg oedd
hynny. Pa mor annheg oedd pob dim.

Daeth criw o blant i lawr y llwybr, yn chwarae'n swnllyd.
Tawodd yr holl weiddi a'r chwerthin pan welon nhw Ina ac
Efa. Edrychon nhw ar y ddwy yn ddrwgdybus.

"Helô," dwedodd Ina'n gyfeillgar.

Cerddodd y plant heibio iddynt heb ddweud gair. Yn union fel plant y fryngaer adre yng Ngwent, meddyliodd Ina.

"Tyrd," dwedodd wrth Efa, gan geisio cuddio'r ffaith ei bod wedi cael siom, a cherdded yn gyflym i gyfeiriad y tŷ bychan crwn.

Gwthiodd Ina ei hun trwy'r bwlch cul yn y drws. Doedd dim arwydd o Morwenna. Yn sydyn, dyma law yn cydio yn ei gwallt ac yn ei thynnu i mewn i'r stafell. Roedd Morwenna wedi bod yn llechu wrth ochr y drws, yn disgwyl amdanynt. Gwingodd Ina mewn poen a syrthio ar ei gliniau wrth i Morwenna dynnu'i gwallt yn galetach fyth a'i droi'n ddidrugaredd.

"Pyw roddodd ganiatâd i ti fynd mês?"

"Neb," atebodd Ina, a'i llais yn crynu, gan ddicter yn fwy nag ofn.

Y peth nesa, dyma Morwenna'n baglu wrth i Efa, yn hollol annisgwyl, hyrddio ei hun yn ei herbyn a'i gwthio. Gollyngodd Morwenna ei gafael yn Ina, cydio yn y ferch eiddil a rhoi'r fath slap iddi nes i Efa faglu hefyd a syrthio ar y llawr. Roedd llygaid Morwenna'n wenfflam. Safodd uwchben Efa'n fygythiol, fel pe bai am ei chicio. Yna daeth llais o du allan y drws, ac fe bwyllodd.

"Henffych! Hyfryd fore!"

Nid Elfryn oedd yma'r tro hwn, ond rhywun arall. Gwthiodd Morwenna'r ffrâm bleth bant o'r drws. Yn sefyll yno roedd dyn tenau, a dau fochyn tew.

"Sadwrn ap Tangwyn. At eich gwasanaeth. Byddwch angen rhywbeth i'ch cynnal. Caniatewch imi roi'r ddau fochyn hyn i chwi."

Gwenodd Morwenna arno â'i gwên ffals, gan oleuo ei wyneb yntau. Roedd yn amlwg yn meddwl bod Morwenna'n hardd iawn, er gwaetha'r ffaith mai newydd godi oedd hi ac yn edrych braidd yn simsan a blêr ar ôl y wledd neithiwr.

"Hybarch ŵr, mawr yw fy niolch. Rhowch funud imi."

Trodd Morwenna at Ina a'i gorchymyn i wneud eu gwallt heb oedi. Gwnaeth Ina ei gorau, er bod ei phen yn dal i losgi ar ôl i Morwenna ei thrin mor giaidd, a doedd hi'n sicr ddim am roi rheswm arall iddi daro Efa.

"Gwneith y tro," dwedodd Morwenna'n swta gan syllu arni ei hun yn y drych. Ar ôl rhoi ychydig o golur ar ei hwyneb, gwahoddodd Morwenna y dyn i'r tŷ. Bu'n sefyll tu allan yn amyneddgar yr holl amser, heb ddweud gair.

"Braint a phleser fyddai croesi'r trothwy," dwedodd Sadwrn, cyn camu i'r tŷ. Roedd ganddo bastwn mawr yn ei law.

"Mi fydd hwn o ddefnydd i gadw trefn ar y moch," dwedodd, gan estyn y darn hir o bren i Morwenna.

"Ac i gadw trefn ar y ddyw 'ma," dwedodd hithau'n ysgafn, fel pe bai'n tynnu coes y merched. Tynnodd Morwenna ei llaw dros wallt Ina, fel pe baent yn ffrindiau mawr. Ond gwyddai Ina'n iawn mai rhybudd tawel oedd hwn i'r ddwy ohonynt.

Bu Morwenna a Sadwrn yn sgwrsio am hydoedd, a Morwenna'n defnyddio'i llais mwyaf melfedaidd i greu argraff dda ar y dyn. Doedd Ina ddim yn hoffi Sadwrn o gwbl, oherwydd nid yn unig roedd yn syllu ar Morwenna fel na bai wedi gweld neb tebyg iddi o'r blaen, roedd hefyd yn ei llygadu hi, yn slei bach. Sylwodd Ina nad oedd e'n cymryd dim sylw o

Efa, oedd yn eistedd yn ei chwrcwd yn syllu ar y llawr.

O'r diwedd, gadawodd y dyn, ond nid cyn addo galw eto. Unwaith iddo fynd, trodd Morwenna atynt.

"Gobeithio eich bod wedi desgu eich gwers. Cewch â'r moch i'r goedwig iddynt gael chwilio am foyd. A phan fyddwch yn dychweled, dowch ar eich union i'r tŷ. Nid oes hawl gennych ymhél â neb."

Cydiodd Morwenna yn y pastwn a'i estyn i gyfeiriad Ina.

"Nid oes rheid imi leferu pa beth fo'n digwydd os nad y'ch chwi'n gwrando, mi dybiaf?"

Ysgydwodd Ina ei phen. Nid bygythiad gwag oedd hwn, fel rhybuddion di-ri Briallen annwyl. Roedd Ina'n gwybod yn iawn y byddai Morwenna'n eu curo gyda'r pastwn heb betruso eiliad. Ond cyn gadael, roedd Ina eisiau codi mater pwysig. Cliriodd ei gwddf.

"Ga i fy nghlogyn yn ôl, os gwelwch yn dda."

"Na chei. Mi a'i gadwaf. A'r froetsh. Nid wyt yn eu haeddu."

Gwyddai Ina nad oedd pwynt dadlau. Nid morwyn oedd hi i Morwenna, ond ei chaethferch. Nid yn swyddogol efallai, ond waeth iddi fod ddim, ac Efa hefyd.

Rhoddodd Ina'r pibgorn dros ei gwddf, amneidio ar Efa i'w dilyn, a cherdded allan gan afael yn dynn yn y pastwn heb ddweud gair.

✦ ✦ ✦

Bu Ina'n ergydio'r awyr yn ddu-las gyda'r pastwn wrth gerdded trwy'r goedwig, yn gwneud y gwahanol symudiadau ymladd roedd Gwrgant wedi dysgu iddi, nes oedd ei breichiau'n brifo a'r chwys yn llifo. Yn ei dychymyg, roedd yn anelu'r pastwn at Morwenna, ac yn rhoi cweir go iawn iddi. Roedd wedi colli'i gwynt yn llwyr, ond yn teimlo'n llawer gwell o wneud.

Roedd wedi addo i'w hun na fyddai Morwenna'n cael y gorau ohoni ac Efa. Doedd hi ddim yn siŵr sut eto, ond gwyddai y byddai'n rhaid iddi fod yn ofalus y tro hwn, a pheidio gwneud dim byd byrbwyll. Dwy ferch amddifad oedden nhw, heb ddim, felly byddai rhaid bod yn amyneddgar.

Cerddai Efa y tu ôl iddi gyda'r moch, yn ddigon pell o ergydion y pastwn. Roedd wedi stopio er mwyn gadael i'r anifeiliaid dyrchu am fwyd ar lawr y goedwig.

"Diolch am drio amddiffyn fi gynnau, ond paid gwneud eto. Dwi ddim am iddi hi dy frifo," dwedodd Ina.

Edrychodd Efa arni heb ddweud dim. Roedd wedi mynd i'w chragen eto ar ôl i Morwena ei tharo. Daeth un o'r moch a rhwbio ei drwyn yn erbyn coes Efa – fel roedd Bleiddyn yn arfer gwneud iddi hi, meddyliodd Ina. Roedd rhywbeth eithaf annwyl am y moch. Un â'i glustiau du yn syrthio'n llipa dros ei drwyn, a'r llall ag un llygad gam, oedd yn gwneud i'r anifail edrych fel petai pob dim yn syrpréis mawr. Nid eu bai nhw oedd e mai'r dyn anghynnes hwnnw, Sadwrn, oedd eu perchennog ar un adeg.

Chafodd y merched ddim trafferth dod o hyd i'r goedwig am ei bod i'w gweld o'r gaer, ac roedd llwybr cyfleus yn arwain o'r fynedfa gefn yn syth ati. Syllodd Efa ar y llawr yr holl ffordd yno. Er i Ina wneud ei gorau i'w chael i wenu, doedd dim yn tycio, ddim hyd yn oed pan gafodd y syniad o enwi'r moch yn 'Mora' a 'Wenna'.

Gyrrodd Ina'r moch ymhellach i fewn i'r goedwig. Cerddai Efa y tu ôl iddi, mor dawel nes oedd rhaid i Ina wneud yn siŵr o bryd i'w gilydd ei bod yn dal yno.

Yna, clywodd Ina sŵn brigau'n siffrwd, fel sŵn rhywun yn eu dilyn drwy'r coed. Stopiodd yn stond a gafael yn dynn yn y pastwn. Efallai mai Sadwrn ei hun oedd yno, wedi dod i fusnesu. Anesmwythodd Ina drwyddi, a bu bron iddi alw enw Bleiddyn, cyn cofio ei fod yn gorwedd yn gelain ar draeth yn bell i ffwrdd. Brasgamodd Ina ymlaen, gan annog Efa i gerdded yn fwy cyflym.

Ar ôl ychydig, daethant at afon. Yno roedd hen goeden fawr – bedwen – a thraeth bychan o gerrig oddi tani, a brwyn yn tyfu'n drwch ar lan yr afon. Syllodd Ina'n syfrdan. Roedd hwn yn union fel ei hoff le yn y byd ger ei chartref yng Ngwent. Heb oedi, aeth Ina i eistedd o dan y goeden.

Yn y man daeth Efa ati. Amneidiodd at y pibgorn o gwmpas gwddf Ina. Siglodd hithau ei phen.

"Does dim hwyliau arna i ganu heddi."

Roedd y siom yn amlwg ar wyneb y ferch, ond ildiodd Ina ddim.

Yn sydyn dyma sŵn pibgorn arall yn atseinio drwy'r coed. Sain dreiddgar ond â thinc cynnes, llai cras na phibgorn Ina. Syllodd y ddwy ar ei gilydd yn syn. Roedd yr alaw'n hyfryd a'r pibydd yn fedrus. Bron y medrai Ina weld y nodau'n plethu drwy'i gilydd.

Tawodd y gân. Daliodd Ina ei gwynt. Distawrwydd. Roedd llygaid Efa fel soseri, a'i gruddiau gwelw am unwaith yn gochlyd. Clapiodd ei dwylo'n llawen.

"Mora," dwedodd Efa, gan bwyntio at un o'r moch, cyn pwyntio at y llall. "Wenna." A dechrau chwerthin.

Dyna Efa wedi dweud dau air newydd. Efallai fod hud yn perthyn i'r pibgorn dieithr hefyd.

"Dydd da!" galwodd Ina'n uchel wrth y pibydd anweledig, heb wybod i ble'n union y dylai gyfeirio ei llais.

Ond ddaeth dim smic yn ôl, ac er i'r ddwy chwilio'n ddyfal, doedd dim golwg o bwy bynnag oedd wedi canu'r pibgorn. Roedd fel petai'r goedwig wedi'i lyncu yn fyw.

XXVI

Roedd yn anodd gwybod pwy oedd yn cadw mwy o sŵn, y ddau fochyn yn y cwt bach wrth ochr y tŷ, neu Morwenna. O leiaf os oedd Morwenna'n chwyrnu allai hi ddim eu dwrdio, meddyliodd Ina, oedd newydd ddeffro. Roedd Efa ar ddihun hefyd, yn dal ei dwylo dros ei chlustiau.

Roedd hwyliau gwell ar Morwenna pan gyrhaeddon nhw 'nôl o'r goedwig ddoe. Daeth Elfryn, y dyn caredig, â swper draw eto – a phiser o laeth ar gyfer brecwast – am nad oedd disgwyl iddyn nhw fedru cynnal eu hunain mor fuan ar ôl cyrraedd y wladfa. Chafodd Ina ddim cyfle i gael gair bach tawel yn ei glust i gwyno am Morwenna.

Roedd Ina'n methu'n lân â gorwedd yno'n llonydd, ac nid dim ond oherwydd chwyrnu Morwenna. Roedd clywed y pibgorn ddoe wedi'i chyffroi mewn modd na allai ei ddisgrifio'n iawn. Daeth rhyw angen drosti mwyaf sydyn i weld wyneb Lluan, ei chwaer, eto. A chafodd syniad sut.

Cododd Ina, a chripian ar flaenau ei thraed i ochr gwely Morwenna a nôl y drych bychan, cyn dychwelyd yr un mor dawel i'w phentwr gwellt hithau. Efallai os byddai'n edrych yn y drych y byddai'n gweld Lluan ynddo, fel y gwnaeth pan wisgodd ei ffrog lliw emrallt am y tro cyntaf. A'r tro hwn, fyddai hi ddim yn edrych i ffwrdd.

"Un, dau, tri …" sibrydodd Ina, cyn codi'r drych. Ond er iddi edrych arno o sawl cyfeiriad, doedd dim sôn o wyneb tlws Lluan. Dim ond wyneb merch denau deuddeg oed a welai, a'i llygaid yn rhy bell oddi wrth ei gilydd, a'i gwddf yn rhy hir. Gollyngodd Ina'r drych yn ei siom, a gwylltio gyda'i hun am gael y fath syniad gwirion.

Bu Efa'n ei gwylio'r holl amser. Cododd honno'r drych a syllu ynddo'n betrusgar. Daliodd ei gwynt ac edrych yn gegrwth, fel pe na bai'n adnabod ei hun o gwbl. Dododd ei llaw ar ei phen moel a'i fwytho. Dechreuodd y dagrau bowlio i lawr ei gruddiau. Gwnaeth hyn i Ina deimlo hyd yn oed yn waeth. Cymerodd Ina'r drych oddi arni'n gyflym heb ddweud gair.

Croesodd Ina'r llawr pridd tamp a gosod y drych yn ei briod le. Syllodd i lawr ar Morwenna. Hyd yn oed yn ei chwsg, a'i gwallt yn flêr a'i cheg ar agor, doedd dim gwadu'r ffaith ei bod yn brydferth. Sut allai rhywun mor hardd ei gwedd fod mor hyll ei hymddygiad?

✦   ✦   ✦

Bara ddoe wedi'i socian mewn dysgl fawr o laeth oedd i frecwast. Gorfod i Ina ei fwyta fesul tipyn gan sefyll i fyny am fod Morwenna eisiau iddi wneud ei gwallt mor gynnar â phosib, rhag ofn y byddai dyn y moch, Sadwrn ap Tangwyn, yn galw. (Neu 'Sochyn ap Twrchyn' o roi'r enw roedd Ina wedi'i fathu iddo.)

"Henffych! Hyfryd fore!" dwedodd llais main y tu allan. Ar y gair. Twtiodd Morwenna ei gwallt ac agor y drws. Roedd

Sadwrn yn gwisgo ei ddillad gorau, oedd yn rhy fawr iddo, ac yntau mor denau. Ceisiodd wenu. Crychodd ei drwyn fel sgwarnog nerfus.

"Tybed a gaf y pleser o'ch tywys o gwmpas y gaer, foneddiges deg?"

Estynnodd Morwenna ei llaw ato.

"Cewch."

Wrth i Sadwrn ei chymryd, taflodd hwnnw wên fach gam i gyfeiriad Ina, ond gwnaeth hi ei gorau glas i'w anwybyddu. Trodd Morwenna at y merched.

"Ewch â'r moch i'r gôdwig. Nid oes rhaid dychweled tan soper."

Yna gwenodd yn ffug swil ar Sadwrn, oedd yn edrych fel pe bai newydd ennill y wobr fwyaf gwerthfawr yn Hispania gyfan.

✦ ✦ ✦

Roedd Ina ac Efa wedi bod yn eistedd o dan y fedwen ar lan yr afon am hydoedd yn gobeithio clywed y miwsig hud eto heddiw. Ond ddaeth dim smic o'r goedwig. Yr unig sŵn i'w glywed oedd rhochian brwdfrydig y ddwy hwch, Mora a Wenna.

Syllodd Ina i'r awyr. Roedd yr haul yn isel a byddai'n rhaid mynd 'nôl cyn bo hir. Gobeithio byddai hwyliau gweddol ar Morwenna. Roedd yn amlwg fod Sadwrn yn ceisio ei chael yn wraig iddo, a'r un mor amlwg – i Ina beth bynnag – nad oedd Morwenna'n ei hoffi rhyw lawer. Eto i gyd, roedd yn hawdd credu y byddai Morwenna'n ei ddefnyddio er mwyn gwella ei byd. A beth petai'n mynd mor bell â'i briodi? Roedd yn gas gan Ina feddwl am orfod rannu tŷ gyda'r fath ddyn anghynnes â'i lygaid prysur.

Cododd Ina ar ei thraed. Trodd at Efa, oedd erbyn hyn yn chwarae gyda'r cerrig mân wrth ochr y dŵr. Roedd y cerrig wedi'u gosod mewn rhyw drefn arbennig – yn debyg i'r siapau dynnodd Efa ar y traeth pan laniodd y llong – ond doedd Ina ddim yn medru gweld unrhyw batrwm call. Efallai mai dim ond creu patrymau del oedd hi.

"Tyrd, well i ni fynd."

Ciciodd Efa'r pentyrrau cerrig yn deilchion, cyn dringo i fyny glan yr afon.

Yna, atseiniodd nodyn trwy'r coed. Un nodyn unig yn arnofio ar awel las y goedwig, rhwng yr afon a'r dail. Daeth ail nodyn i'w ddilyn, a hwn eto'n hir a chwareus. Y pibydd dirgel oedd yno, ond doedd neb i'w weld yn y coed ar y lan gyferbyn.

Cydiodd Efa yn y pibgorn a'i wthio i ddwylo Ina. Oedodd Ina am eiliad, yna cododd y pibgorn i'w gwefusau, a chanu union yr un nodyn fel ateb. Daeth nodyn arall, a gwnaeth Ina yr un peth. Ac eto. Ac eto. Deallodd Ina fod y pibydd yn ei thywys ar hyd llwybr cân, un nad oedd Ina'n ei hadnabod, ond un gyfarwydd o ran naws, ac un y gallai ei mam fod wedi medru ei chyflwyno iddi. Rhaid mai Brython oedd y pibydd. Fel hi.

Teimlai Ina'r nodau'n crynu drwyddi, yn dod yn rhan ohoni. Am wefr! Doedd hi heb deimlo dim byd tebyg ers canu'r offeryn gyda'i mam flynyddoedd lawer yn ôl. Ond pan gofiodd am ei mam, aeth ei llwnc yn sych, a thynnodd yr offeryn o'i gwefus. Roedd ei chalon yn curo'n galed.

Daeth y gân i ben. Doedd Efa'n amlwg ddim yn

ymwybodol o'r cynnwrf ym mrest Ina. Roedd ei llygaid ar gau, ac yn gwenu'n braf, wedi ymgolli yn llwyr yn y gân, er ei bod wedi gorffen.

"Dydd da!" galwodd Ina dros yr afon. Yr unig ateb gafodd hi oedd nodyn cynta'r gân eto. Byddai Ina wedi hoffi ymuno ag e'r eildro, ond roedd arni ofn gwneud. Ofn y wefr. Ofn y boen o gofio ei mam. Canodd y pibydd ar ei ben ei hun, a'r nodau'n dawnsio tuag at y merched dros wyneb y dŵr, diolch i'w fysedd medrus.

Yn sydyn dyma Efa'n rhoi sgrech fach ac yn cuddio y tu ôl i Ina. Yno, rhwng y coed dros yr afon, syllai ffigwr arnynt.

O edrych yn fwy manwl, bachgen tua'r un oed ag Ina oedd yno. Yn ei ddwylo roedd pibgorn. Nid yr union fath o bibgorn oedd gan Ina ond un digon tebyg. Y gwahaniaeth mwyaf, o be welai Ina, oedd bod y bib yn sownd wrth rhyw fath o gwdyn.

"Dydd da!" galwodd Ina, wedi'i synnu o weld rhywun mor ifanc.

"*Salve!*" atebodd y bachgen.

A chafodd Ina mwy fyth o syndod o'i glywed yn siarad Lladin. Nid Brython oedd e wedi'r gwbl, ond un o'r Galaesiaid!

Cyn i Ina fedru ymateb yn iawn, trodd y bachgen ei ben, fel carw yn codi trywydd heliwr ar y gwynt, cyn diflannu o'r golwg.

Teimlodd Ina yr ofn yn cripian i fyny ei chorff. Beth oedd wedi achosi'r bachgen i ddianc? Gwyddai un peth yn sicr – doedd hi ddim eisiau sefyllian o gwmpas i ddarganfod y rheswm.

✦ ✦ ✦

Roedd Ina ac Efa newydd yrru Mora a Wenna trwy ddrws clawdd amddiffynnol cynta'r gaer, a dechreuodd y moch wichian yn swnllyd. Aeth Ina'n agosach at y ddau i weld beth oedd yn bod, gan feddwl efallai eu bod wedi anafu eu hunain rhywsut.

"Ina!" bloeddiodd Efa ar ei thraws.

Trodd Ina a gweld ceffyl ifanc yn carlamu tuag ati. Dyna pam roedd y moch wedi dechrau gwneud sŵn. Falle nad oedden nhw'n medru gweld yn dda iawn ond roeddent yn medru arogli peryg – yn llythrennol.

Roedd pob gewyn o gorff Ina eisiau rhedeg i ffwrdd, ond gwyddai hi o brofiad – o'r adeg pan oedd yn dysgu sut i drin Pennata – mai'r peth gorau i'w wneud oedd dal eich tir. A dyna a wnaeth. Arafodd y ceffyl, ond roedd ei lygaid led y pen ar agor, a dechreuodd guro'r llawr â'i garnau blaen.

Er braw i Ina, camodd Efa ymlaen a rhoi ei hun rhyngddi a'r ceffyl. Dechreuodd y ceffyl guro'r llawr yn galetach, a bygwth codi ar ei goesau ôl. Pe bai'n gwneud hynny, byddai Efa mewn peryg go iawn.

Cerddodd Efa at y ceffyl, rhoi ei llaw ar ei ffroen yn dyner, a sibrwd rhywbeth yn ei glust. Peidiodd y ceffyl strancio. Siglodd ei ben a gweryru, ac yna sefyll yn hollol lonydd. Dechreuodd Efa fwytho ei wddf hir, gan barhau i sibrwd yn ei glust, cyn plygu yn ei blaen a rhoi ei thalcen ar ei drwyn, gan sefyll yno'n hollol lonydd.

Syllodd Ina arni'n gegrwth. Sut ar wyneb y ddaear llwyddodd hi i ddofi'r anifail?

"Rwyt ti'n medru siarad yn iawn pan wyt ti eisiau, felly!"

Ond atebodd Efa ddim. Naill ai bod hi heb ei chlywed,

neu roedd yn ei hanwybyddu. Sylwodd Ina ddim ar berchennog y ceffyl oedd yn brysio atynt, a'i wynt yn ei ddwrn.

"Nid oes neb yn cael dod yn agos at Valens fel arfer, heb sôn am ei gyffwrdd," dwedodd yn llawn rhyfeddod.

Valens oedd enw'r march pwerus hwn, felly. Enw Lladin yn golygu 'cryf ac iach'. Chymerodd Efa ddim sylw o'r dyn. Roedd hi mewn byd arall, byd lle dim ond hi a'r ceffyl oedd yn bodoli. Efallai nad oedd hi wedi'i chlywed wedi'r cwbl, meddyliodd Ina. Trodd a gweld mai'r dyn â'r mwstásh oedd yno.

"Roedd Maelog yn llygad ei le. Rydech chi'n ddwy eneth arbennig iawn."

Gwenodd y dyn arni'n garedig cyn syllu draw ar Efa'n llawn edmygedd, a theimlodd Ina'r tinc lleiaf o eiddigedd, er ei bod yn gwybod na ddylai. Aeth y dyn at y ceffyl, a dechreuodd hwnnw weryru. Chwarddodd y dyn, gan wneud i'w fwstásh ddawnsio unwaith yn rhagor.

"Credaf nad yw am dy adael," dwedodd y dyn wrth Efa, cyn troi at y ceffyl a siarad mewn llais cysurlon. "Tyrd. Cei weld yr eneth rhywdro eto."

Wrth i'r dyn arwain y ceffyl ffwrdd, aeth Ina i sefyll ar bwys Efa, oedd yn chwifio ffarwél ar yr anifail.

"Pam na all rywun fel fe ddod i ganlyn Morwenna, yn lle'r Sochyn ap Twrchyn twp yna?"

Ddwedodd Efa yr un gair, dim ond syllu'n hiraethus ar y ceffyl. Roedd y ffaith bod Efa'n ei hanwybyddu yn dechrau mynd ar nerfau Ina.

"Os fedri di siarad gyda'r ceffyl, mi fedri di siarad gyda fi, siawns!"

Syllodd Efa i'r llawr, fel y gwnâi mewn sefyllfaoedd anodd bob tro.

"Iawn. Paid siarad gyda fi 'te."

Cerddodd Ina i ffwrdd, wedi colli ei hamynedd yn llwyr. Thrafferthodd Ina ddim edrych i weld a fyddai Efa'n ei dilyn. Roedd yn siŵr o wneud, fel cysgod. Waeth mai cysgod oedd hi ddim. Dyma hi wedi cael ffrind – o'r diwedd – ond un oedd yn gwrthod siarad â hi, er ei bod yn ddigon bodlon siarad ag anifeiliaid! Am ffrind!

Trodd Ina ei sylw at y dyn â'r mwstásh. Os oedd e mor garedig ag yr oedd yn ymddangos, byddai hwn yn ŵr llawer gwell i Morwenna na Sadwrn y llipryn tenau, ac yn sicr yn geidwad llawer gwell i'r ddwy ohonynt ...

Yna fe gafodd Ina syniad. Ond roedd dau beth i'w ddatrys. Yn gyntaf, rhaid darganfod a oedd y dyn yn briod, ac os nad oedd, sut oedd modd sicrhau bod yntau a Morwenna'n cwrdd, a hynny cyn gynted â phosib.

XVII

Doedd dim mymryn o awydd ar Ina fod yn agos i'r tŷ pan fyddai Sadwrn yn galw, felly sicrhaodd fod gwallt Morwenna wedi'i drin yn gynnar iawn y bore canlynol, er mwyn iddynt fedru gadael cyn iddo ddod draw. Pan soniodd Morwenna ei fod yn dod heibio, bu bron i Ina gyfeirio ato fel Sochyn, ond diolch byth, cywirodd ei hun mewn pryd.

Yn lle'r gyrru'r moch yn syth at y fynedfa gefn, anelodd Ina tuag at dŷ y dyn â'r mwstásh, yn y gobaith y byddai'n medru dod i wybod mwy amdano. Gwyddai Ina'n iawn nad oedd i fod i wneud hyn, ac y byddai pris i'w dalu os byddai Morwenna'n dod i wybod, ond roedd hyn yn bwysig. O'r golwg ddryslyd ar ei hwyneb, doedd Efa ddim yn deall beth oedd yn digwydd.

"Dim ond gofyn sydd yn rhaid i ti."

Am eiliad roedd yn ymddangos fel bod Efa am ddweud rhywbeth. Agorodd ei cheg a'i gau eto. Roedd rhywbeth yn ei hatal, rhywbeth na allai ei reoli.

Pe byddai hwyliau gwell ar Ina, mi fyddai wedi tosturio wrthi, ond doedd noson o gwsg heb wneud dim i dymheru ei hwyliau drwg, felly cerddodd Ina yn ei blaen yn ddiamynedd. Dilynodd Efa hi fel cysgod.

Doedd dim golwg o'r dyn, felly penderfynodd Ina sefyllian

o gwmpas am ychydig. Yna gwelodd rywun yn dod allan o'r tŷ. Nid y dyn, ond dau o blant. Ochneidiodd Ina mewn siom. Roedd yn briod, felly. Dyna drueni. Na, nid trueni. Trychineb. Syllodd y plant arnynt yn chwilfrydig.

"Ai ti swynodd y ceffyl?" gofynnodd un ohonynt i Ina.

"Na, hi," atebodd, gan bwyntio at Efa.

Gwenodd hithau ar y plant yn swil. Safodd pawb yno'n dweud dim am eiliad neu ddwy. Roedd yn un o'r adegau hynny lle roedd yn amlwg fod pawb eisiau dweud rhywbeth ond neb yn siŵr iawn beth yn union i'w ddweud.

Yna daeth criw swnllyd o blant i lawr y llwybr i'w cyfeiriad – yr un criw o blant ddaeth ar eu traws o'r blaen. Cyn gynted ag y sylwodd y plant ar Ina ac Efa, dechreuon nhw rochian yn uchel – "Soch! Soch! Soch!" – a chwifio eu breichiau yn yr awyr fel pe baent am yrru Ina ac Efa, ac nid y moch Mora a Wenna, yn eu blaenau.

Cydiodd Ina ym mraich Efa'n a'i harwain i ffwrdd yn gyflym, gan yrru'r moch i gyfeiriad y fynedfa gefn, a synau'r criw o blant yn dal i'w gwatwar o bell.

"Soch! Soch! Soch!"

+ + +

Cnoc! Clep! Cnoc! Trawodd Ina'r pastwn yn erbyn y goeden yn ddidrugaredd tan fod y rhisgl yn tasgu. Rhuodd â phob ergyd, ei llais yn taranu drwy'r goedwig. Clep! Cnoc! Clep! Trawodd y goeden eto ac eto ac eto. Fe'i trawodd nes bod ei chorff yn gwingo o'r ymdrech. Gydag un floedd olaf, anelodd Ina ergyd filain a thorri un o'r canghennau'n rhacs.

Gollyngodd y pastwn a rhwbio ei dwylo. Roedden nhw'n goch – mor goch â'i hwyneb, oedd yn diferu o chwys.

Aeth Ina i'r afon i olchi. Roedd y dŵr yn hyfryd o oer. Cymerodd lwnc neu ddau ohono hefyd. Sylwodd ar ba mor dawel oedd y goedwig. Efallai ei bod wedi codi ofn ar yr adar. Ac yna sylweddolodd nad oedd yn medru clywed rhochian y moch. Rhoddodd y pibgorn 'nôl o gwmpas ei gwddf, gafael yn y pastwn, a cherdded yn gyflym i'r llecyn lle y gadawodd Efa'n edrych ar eu holau.

Ond doedd y moch ddim yno. Nac Efa chwaith. Rhaid eu bod wedi dechrau crwydro, a bod Efa wedi'i mynd gyda nhw. Fydden nhw ddim yn bell. Yna clywodd Ina sblash. Roedd yn dod o gyfeiriad y fedwen fawr. Efa oedd yno, yn taflu cerrig i mewn i'r dŵr, gan edrych yn hiraethus yr ochr draw'r afon. Mae'n disgwyl am y pibydd dirgel, mae'n siŵr, meddyliodd Ina. Roedd wedi anghofio pob dim amdano, ac roedd Efa, yn ôl pob golwg, wedi anghofio pob dim am y moch.

"Ble mae Mora a Wenna?"

Edrychodd Efa arni mewn braw. Cododd Ina ei llais.

"Y moch! Ble maen nhw?"

Gwelwodd Efa, a dringodd i fyny o'r afon a cherdded heibio i Ina heb feiddio edrych arni.

"Mora! Wenna! Mora!" galwodd Efa mewn llais crynedig.

"Wenna! Mora! Wenna!" gwaeddodd Ina'n groch, gan redeg 'nôl a 'mlaen i weld a fedrai gael cip o'r anifeiliaid rhwng y coed. Daeth Efa ati, a'r pryder wedi'i naddu ar ei hwyneb.

"Roeddet ti i fod i gadw llygad arnyn nhw!"

Syllodd Efa ar y llawr, a dweud dim.

"Dy fai di ydi hyn, wyt ti'n clywed?!"

Trodd Ina ar ei sawdl a cherdded i ffwrdd, ac er iddi edrych ym mhobman, doedd dim arwydd o'r moch. Efallai fod beth bynnag a gododd ofn ar y pibydd ifanc wedi codi ofn arnyn nhw ... neu hyd yn oed eu lladd a'u llarpio.

✦　✦　✦

"Y moch! Ar goll?!" poerodd Morwenna, a'i llygaid yn fflamio. Roedd Ina wedi disgwyl y byddai'n mynd yn benwan, felly doedd dim ofn ei geiriau hallt arni, ond medrai Ina weld bod Efa'n crynu.

"Yn rhê brysur yn cana'r hen offeryn ena, dybiwn i. Neu oedd *hi* yn cosgu?" hisiodd Morwenna, gan bwyntio at Efa.

"Doedd Efa ddim yn cysgu."

Rhythodd Morwenna ar Ina.

"Ti sy ar fai, felly?"

Y tro hwn, syllodd Ina 'nôl arni. Y tro hwn, doedd hi ddim yn mynd i ildio, ac yn sicr, doedd hi ddim yn mynd i feio Efa, er eu bod nhw wedi cweryla.

Heb rybudd, cydiodd Morwenna yn y pibgorn.

"Paid!" bloeddiodd Ina'n reddfol, gan ddifaru'n syth iddi ateb mor heriol.

"Peid?" ailadroddodd Morwenna'n anghrediniol. "A leferaist 'peid' wrthyf?"

"Peidiwch ..." dwedodd Ina'n gyflym gan gywiro ei hun. "Os gwelwch yn dda ... peidiwch â'i gymryd oddi arna i. Un Gwrgant oedd y pibgorn. Dyna'r unig beth sydd gen i ar ôl."

"Mi glewais hen ddigon am dy deulu. Efi yw dy deulu yn awr!"

"Efallai, ond fyddwch chi ddim byth yn fam i fi!" bloeddiodd Ina yn ôl, gan fethu rheoli ei hun rhagor.

Disgynnodd distawrwydd llethol. Doedd Ina ddim yn medru credu ei bod wedi gweiddi ar Morwenna. Na hithau chwaith, o'i golwg hi. Nac Efa, oedd yn dal ei gwynt. Roedd fel petai amser ei hun wedi arafu, yr un fath â phan gododd y bwystfil o'r môr ar y daith draw i Frythonia. Syllodd y tair ar ei gilydd yn fud.

Ac yna trodd Morwenna ar ei sawdl a tharo'r pibgorn yn erbyn y crochan haearn gyda'i holl nerth. Chwalodd y pibgorn yn deilchion, a rhan o Ina hefyd.

"Na ...!" sgrechiodd Ina.

Dechreuodd Efa grio.

"Mi gefaist dy haeddiant," dwedodd Morwenna'n oeraidd, cyn troi at Efa. "Gad y nadu ena, ar d'union!"

Gafaelodd Morwenna yn y pastwn a'i godi, yn barod i'w tharo. A'r eiliad honno, fedrai Ina ddim dioddef mwy. Hyrddiodd ei hun at Morwenna. Roedd yn rhy ysgafn i'w tharo i'r llawr ond roedd yn gwybod sut i ymladd, felly defnyddiodd ei thaldra i afael yn y pastwn a throi Morwenna fel top cyn ei thaflu hithau yn erbyn y crochan â'i holl nerth – mor galed nes y daeth y crochan yn rhydd o'r gadwyn a disgyn i'r llawr. Syrthiodd Morwenna ar ei ben, gan riddfan mewn poen. Trodd Ina at Efa.

"Tyrd!"

Rhuthrodd Ina at y drws, ond roedd rhywun yn sefyll yn ei ffordd. Sadwrn ap Tangwyn. Ffyrnigodd Ina o'i weld.

Camodd ato'n fygythiol gan godi'r pastwn. Roedd yn siŵr y gallai ddelio â llipryn fel hwn. Camodd Sadwrn yn ôl a hyrddiodd Ina amdano, ond llwyddodd Sadwrn i afael yn y pastwn a'i rwygo'n rhydd o ddwylo Ina. Am rywun mor denau roedd Sadwrn yn syndod o gryf. Cyn iddi gael cyfle i gamu 'nôl, roedd Sadwrn wedi'i baglu gyda'r pastwn, a syrthiodd Ina ar y llawr. Cododd Sadwrn y pastwn i'w tharo. Yn galed.

"Na! Peid!" galwodd Morwenna, gan geisio codi.

Rhythodd Sadwrn ar Ina, cyn gollwng y pastwn.

"Rwyt ti'n ffodus iawn, iawn, 'ngeneth i," dwedodd, cyn brysio at Morwenna a'i helpu ar ei thraed.

Doedd gan Ina ddim syniad pam bod Morwenna wedi'i atal, ond roedd yn falch iawn ei bod wedi gwneud. Byddai Sadwrn wedi'i churo'n ddidrugaredd.

Gan afael yn dynn yn Sadwrn, cerddodd Morwenna allan o'r tŷ yn simsan, heb hyd yn oed edrych i gyfeiriad Ina. Oedd arni ei hofn? Aeth gwefr drwy Ina. Roedd yn bosibilrwydd melys iawn.

Cododd Ina ar ei thraed, yn diawlio ei hun ei bod wedi anwybyddu un o reolau euraid arall Gwrgant – na ddylai rhywun byth golli ei dymer mewn brwydr. Edrychai Efa arni gyda chymysgedd o fraw ac edmygedd.

Yna daeth sŵn o'r tu allan y tŷ. Sŵn rhochian. Aeth Efa allan, a dod 'nôl i mewn bron yn syth.

"Mora! Wenna!" dwedodd wedi cynhyrfu, cyn diflannu trwy'r drws eto i roi'r moch yn eu cwt.

Roedd y moch wedi dychwelyd ar eu liwt eu hunain, felly. Pe baent wedi cyrraedd ddeg munud ynghynt ... ond roedd Ina'n gwybod yn well na neb nad oedd modd troi amser yn ôl.

Plygodd i gasglu darnau'r pibgorn. Doedd dim posib ei drwsio. Trawodd y sylweddoliad hi'n drymach nag unrhyw bastwn. Sigodd i'r llawr, a throi i wynebu wal garreg oer y tŷ. Caeodd ei llygaid. Roedd yn teimlo'n wag, yn hollol wag.

Yna clywodd lais yn suo'r hwiangerdd – ei hwiangerdd hi – yn ddistaw, ddistaw – fel petai'n dod o bell, bell. A dechreuodd y llais ganu'r geiriau – geiriau nad oedd Ina wedi'u clywed ers blynyddoedd maith.

"Mae'r mochyn dan y derw
Yn rhochian, fel ei enw,
Ar ôl bod yn y coed am dro
Mae wedi blino'n arw.
Nos da, Ina,
Nos da ..."

Roedd y llais yn fendigedig. Yn arallfydol. Yn boenus o swynol. A'r geiriau cyfarwydd yn lapio o'i chwmpas yn glyd.

"Mae corwg y pysgotwr
Ar lannau nant Caletwr,
A'r daliwr gyda'i chwedlau mawr
Wrth danllwyth mawr y coediwr.
Nos da, Ina,
Nos da ..."

"Lluan ..." sibrydodd Ina, gan agor ei llygaid, ond Efa oedd yno a hi oedd yn canu. Roedd ei llygaid gwyrddlas yn pefrio, a'i hwyneb wedi'i drawsnewid, yn llachar fel ei llais.

"Paid stopio ..." sibrydodd Ina.

Oedodd Efa. Yna, gyda gwên fach swil, canodd y pennill olaf.

"Mae llygaid yr afonydd
Yn cau dan dalcen mynydd
A niwl y nos fel carthen wlân
Dros adar mân y meysydd
Nos da, Ina,
Nos da ..."

Daeth y gân i ben. Cliriodd Efa ei gwddf. "Ina. Paid. Trist," dwedodd, yn herciog.

Cafodd Ina hyd yn oed mwy o syndod. Roedd Efa wedi dweud mwy nag un gair ar y tro. O'r diwedd.

"Ina paid trist," dwedodd Efa eto, cyn ychwanegu. "Efa yma."

"Wyt, rwyt ti yma, a diolch am hynny. Fy ffrind," atebodd Ina, y cweryl wedi'i hen anghofio.

"Efa nid ffrind," dwedodd yn daer. "Chwaer."

Ac ar hynny dyma Efa'n ei chofleidio. Er ei bod yn gwasgu'n dynn, roedd ei chyffyrddiad mor ysgafn â phluen. Efallai mai angel oedd hi, meddyliodd Ina. Seren, oedd wedi syrthio i'r Ddaear.

XXVIII

Roedd y llwybr trwy'r goedwig yn fwy mwdlyd na'r arfer oherwydd bu'n bwrw gydol y nos. Gwyddai Ina hyn am iddi ddeffro sawl gwaith a chlywed y glaw'n pitran-patran ar do gwellt y tŷ. Methodd yn lân â chysgu'n iawn, ac nid yn unig oherwydd y glaw. Doedd Morwenna ddim wedi dod 'nôl ac roedd ar Ina ofn cysgu'n rhy drwm rhag ofn iddi ddychwelyd a dial arni. Unwaith daeth y wawr, penderfynodd Ina mai'r peth callaf fyddai mynd â'r moch i'r goedwig yn gynnar ac osgoi gweld Morwenna y bore hwnnw.

Roedd Ina'n difaru colli ei thymer erbyn hyn. Byddai rhaid byw gyda'r canlyniadau, beth bynnag fyddai rheiny. Roedd rhan ohoni'n dal yn gynddeiriog â Morwenna am dorri'r pibgorn, a rhan arall yn llawn cyffro llawen, er gwaetha'r amgylchiadau, am fod Efa o'r diwedd wedi dechrau siarad mewn brawddegau – o fath. Chwaer. Dyna a ddwedodd oedd hi. Chwaer i Ina. Chwyrlïai'r gair yn ei phen. Chwaer. Oedd ganddi hawl i feddwl am y ferch hon, nad oedd Ina mewn gwirionedd yn gwybod fawr ddim o'i hanes, fel rhywbeth mwy na ffrind? Fyddai ddim ots gan Lluan, roedd Ina'n siŵr o hynny, ond oedd hyn gam yn rhy bell?

"Wenna! Paid!" galwodd Efa, a thorri ar draws llif meddwl Ina, wrth i'r hwch â'r llygad gam ddechrau rholio yn y llaid. Prociodd Efa'r mochyn gyda brigyn.

"Amser codi!"

Ond roedd Wenna yn mwynhau ei hun llawer gormod i ufuddhau. Prociodd Efa'r anifail yn galetach.

"Merch drwg! Amser codi!"

O'r diwedd, cododd yr hwch.

"Merch da," dwedodd Efa, gan wenu. Roedd hi'n siarad gyda'r mochyn yn union fel byddai rhywun yn siarad â phlentyn bach.

Ond y cyfan a wnaeth Wenna oedd ymuno â Mora, oedd erbyn hyn hefyd yn rholio yn y mwd yn ddedwydd. O weld hyn, chwarddodd Ina'n uchel. Ymunodd Efa yn y chwerthin.

"Mochyns wirion!" pwffiodd.

Doedd Efa ddim wedi peidio parablu ers cyrraedd y goedwig, ond roedd yn amhosib peidio sylwi nad oedd yn siarad yn hollol gywir. Roedd y geiriau unigol yn swnio'n rhyfedd hefyd, fel pe baent wedi rhydu y tu mewn iddi. Penderfynodd Ina beidio sôn dim, rhag ofn iddi fynd i'w chragen eto. Doedd Ina chwaith ddim am holi mwy am ei hanes, na hanes ei theulu. Rhaid bod beth bynnag ddigwyddodd i Efa wedi'i hysgwyd gymaint doedd y geiriau ddim eto'n dod yn hawdd iddi.

"Merch diog! Amser codi!" dwedodd Efa, mor llym ag yr oedd hi'n medru – oedd ddim yn llym o gwbl – a chwifio'r brigyn. Dyma'r ddwy hwch yn codi ar eu hunion a dechrau rhedeg nerth eu coesau byrion i gyfeiriad yr afon.

"Mochyns gwrando Efa."

Gwenodd Efa'n browd i gyd, a dechrau rhedeg ar eu holau.

"Dim rhyfedd. Mi fyddwn i dy ofn hefyd," galwodd Ina'n

gellweirus, yn dynn wrth ei sodlau. Ond os oedd Efa wedi deall y jôc, wnaeth hi ddim arwydd o fod wedi gwneud.

Wyddai Ina ddim fod moch yn medru rhedeg mor gyflym. Erbyn cyrraedd yr afon doedd hi nac Efa prin yn medru anadlu, ond doedd Mora a Wenna ddim gwaeth a dechreuon nhw dyrchu'n fodlon rhwng y coed.

Wrth i Ina gael ei gwynt 'nôl ati seiniodd pibgorn dros yr afon. Yn sgil yr holl drafferth gyda Morwenna roedd Ina wedi anghofio am y pibydd ifanc yn llwyr. Dyma fe wedi dychwelyd, a'i phibgorn hi'n deilchion ... Roedd clywed Efa'n canu'r hwiangerdd wedi deffro rhywbeth yn ddwfn y tu mewn iddi, a byddai wedi caru medru cydganu â'r bachgen heddiw. Ond roedd yn rhy hwyr i hynny.

Brysiodd Ina at lan yr afon ac Efa gyda hi. Yno, gyferbyn, roedd y bachgen, yn canu'r un alaw a ganodd y tro diwethaf. Dechreuodd Efa suo'r gân yn gyfeiliant, ei llais mor llachar â'r heulwen ar wyneb y dŵr. Ac roedd nodau'r pibydd yr un mor chwim â golau'r haul a ddawnsiai ar yr afon. Rhyfeddai Ina at ddawn y bachgen. Gwyddai o brofiad pa mor anodd oedd creu sain mor llawn a chyfoethog.

Daeth yr alaw i ben. Gwelodd Ina'r cerddor anarferol o fedrus yn toddi o flaen ei llygaid, a bachgen cyffredin yn ymddangos yn ei le. Yr un modd ag oedd yn anodd credu bod Efa'n perthyn ar lais canu mor hudolus, roedd yn anodd credu bod gan y llanc hwn y fath allu.

"*Salve!*" galwodd y bachgen, gan eu cyfarch yn Lladin a chodi ei law.

"*Ave! ... Henffych!*" atebodd Ina. "*Quis est tuum nomen?*" Beth yw dy enw?

"Mi wyt ti'n medru Lladin!" dwedodd y bachgen yn syn, yn Lladin, gan anghofio ddweud ei enw.

"Ydw. Dydw i ddim yn farbariad."

"Mae hynny'n amlwg. Rwyt ti'n siarad yr iaith fel boneddiges! Pwy yw'r ferch ar dy bwys? Dy chwaer? Mae ganddi lais hyfryd."

Oedodd Ina cyn ateb.

"Ie. Fy chwaer, Efa."

Dyna hi, wedi'i ddweud, yn uchel, ac roedd yn teimlo'n hollol naturiol. Tynnodd Efa ar ei llewys.

"Beth Ina dweud?"

"Dwyt ti ddim yn siarad Lladin, felly?" gofynnodd Ina.

Ysgydwodd Efa ei phen.

"Dwedais i wrtho fe ... dy fod yn chwaer imi," esboniodd Ina. Roedd yn teimlo'n fwy o beth rhywsut, ei ddweud yn ei hiaith ei hun. Gwenodd Efa mor galed roedd ofn ar Ina y byddai'i bochau'n rhwygo.

"Salve!" galwodd y bachgen at Efa.

"Salbe!" atebodd Efa'n ansicr, gan geisio dynwared yr hyn oedd y bachgen wedi'i ddweud, yn aflwyddiannus.

"Dydi hi ddim yn siarad Lladin," esboniodd Ina.

"Pam?"

"Stori hir."

"Hoffwn ei chlywed rhywdro."

"Fory? Yr un amser?"

"Yr un amser fory," cadarnhaodd y bachgen, gan godi ei law yn barod i ffarwelio.

"Dwyt ti heb ddweud dy enw eto!" bloeddiodd Ina.

"Rodomiro. Ti?"

"Meum nomen Ina est." Ina yw fy enw.

"*Vale!*" galwodd Miro, gan ffarwelio go iawn y tro hwn.

"*Vale! ... Yn iach!*" atebodd Ina.

Diflannodd y bachgen i'r coed. Gwelodd Ina fod llygaid mawr gwyrddlas Efa hyd yn oed yn fwy o faint nag arfer. Doedd Ina ddim yn siŵr ai clywed cymaint o Ladin neu gweld y bachgen oedd y rheswm, ac roedd ganddi syniad go lew na fyddai Efa'n dweud wrthi hyd yn oed petai'n gofyn iddi.

✦ ✦ ✦

Doedd Morwenna ddim yno pan gyrhaeddodd Ina ac Efa y tŷ. Fedrai Ina ddim meddwl am y lle fel cartref iddi. Os oedd yn anodd gwneud cynt, roedd yn amhosib ar ôl neithiwr. Doedd dim golwg bod Morwenna wedi dod 'nôl o gwbl. Roedd y crochan yn dal ar y llawr a'r lle tân yn oer.

Aeth Ina ati i gynnau'r tân, ac Efa i baratoi'r hyn o lysiau oedd ar ôl yn y sach. Roedd Ina ar ei chwrcwd pan gerddodd Morwenna i mewn i'r tŷ, a Sadwrn gyda hi. Yn reddfol, neidiodd Ina i'w thraed.

"Pwylla, 'ngeneth i. Nid oes gennyt reswm i gynhyrfu," dwedodd Sadwrn, gan gadw ei bellter.

"Dydw i ddim wedi cynhyrfu," atebodd Ina, er bod ei chalon yn curo'n galed.

"Da hynny. Achos nid oes neb am i'r hyn ddigwyddodd ddoe ddigwydd eto."

Gwelodd Ina gyda braw o gil ei llygad fod Efa hefyd wedi codi ac yn gafael yn dynn yn y gyllell roedd hi'n ei defnyddio i grafu'r llysiau. Gwnaeth arwydd arni i bwyllo. Gostyngodd Efa'r gyllell.

"Meddyliais i mai dim ond un neidr wenwynig oedd oma, ond y mae dyw," dwedodd Morwenna wrth Ina'n bigog.

"F'anwylyd," dwedodd Sadwrn, gan geisio ei ffrwyno, "pa bwrpas corddi'r dyfroedd? Rydym yma ar berwyl llawen."

Gwenodd Sadwrn ar Morwenna'n ddisgwylgar, a chael gwên yn ôl.

"Gras Duw am fy atgoffa, f'enaid. Oes, mae gennym nowydd da o lowenydd mewr. Rydym am briodi."

Suddodd calon Ina i'w sodlau. Roedd Morwenna wedi llwyddo i gael ei chrafangau yn Sadwrn, felly. A byddai hi ac Efa yn gorfod byw o dan yr un to â'r snichyn – neu'r sochyn – annifyr. Nid yn unig annifyr, ond treisgar hefyd. Cyn i neb gael cyfle i ddweud dim byd arall, daeth rhywun i'r drws.

"Henffych well!" galwodd llais dyn yn harti.

Aeth Morwenna i weld pwy oedd yno.

"Ai dyma gartref Ina ac Efa?"

"Am y tro, ie," atebodd Morwenna. "Pa ddrôg maent wedi'i wneud?"

"Ni wnaethant ddim drwg. I'r gwrthwyneb. Mawr yw fy nyled iddynt. Ni chefais gyfle i ddiolch iddynt yn iawn pa ddiwrnod."

"Os felly, dowch i mewn."

Camodd Morwenna o'r neilltu a daeth dyn talsyth i'r golwg. Y dyn â'r mwstásh.

"Caradog ap Meurig, at eich gwasanaeth."

"Morwenna ferch Peder," atebodd hithau, gan estyn ei llaw ato iddo ei chusanu.

"Rydym am briodi," dwedodd Sadwrn yn falch, gan roi ei fraich o gwmpas Morwenna.

"Llongyfarchion," dwedodd y dyn gan wenu. "Pe byddwn yn gwybod buaswn wedi dod ag anrheg i chwi hefyd."

Dyma'r dyn yn estyn cwdyn lledr i Ina, gan mai hi oedd agosaf. Ynddo roedd llechen a dau set o gerrig bach llyfn – rhai gwyn a rhai du. *Ludus latrunculorum*! Y gêm roedd hi'n arfer chwarae gymaint gyda Gwrgant. Ei hoff gêm erioed.

"Wyt yn gyfarwydd â *latrones*?" gofynnodd Caradog.

"Ydw," dwedodd Ina, yn wen o glust i glust. "Diolch."

"I'r plant mae'r diolch. Y nhw fynnodd fy mod yn eich anrhegu. Ond rydych chi'ch dwy yn llwyr haeddu'r fath wobr."

"Diolch," dwedodd Efa hefyd, yn swil. Syllodd Morwenna a Sadwrn arni'n syn. Doedd Caradog ddim callach fod hyn yn rhywbeth anarferol.

"Yn iach!" ffarweliodd, gan fynd allan.

Roedd Ina'n hanner disgwyl i Morwenna gymryd y cwdyn lledr oddi arni yr eiliad fyddai'r dyn yn gadael, ond wnaeth hi ddim. Yn lle hynny, trodd at Ina a phwyntio at Efa.

"Ers pa bryd y mae *hi* yn lleferu?"

"Gofynnwch iddi eich hunan," atebodd Ina'n swta, yn methu helpu ateb 'nôl.

"Efallai fod y bonclust a roddais iddi wedi gwneud lles, felly. Efallai na ddyliwn wedi atal Sadwrn rhag dy ddornu ddê."

"Rhag fy *nyrnu ddoe* ydych chi'n ei olygu, ie?" gofynnodd Ina'n haerllug.

"Dena a leferais."

"Nid wyt wedi rhannu'r newyddion i gyd â'r merched, fy nhrysor," dwedodd Sadwrn yn frysiog, oedd – am ba reswm bynnag – yn awyddus i bethau beidio dirywio eto.

"Gwir, fy nhresor innau," dwedodd Morwenna wrtho'n siwgraidd, cyn troi at Ina ac Efa. "Ni fyddwch yn dod i few gyda ni ar ôl i ni briodi. Credwn nad da fyddai hyn. I neb. Lleferaf ag Elfryn yn ystod y deddiau nesaf, iddo drefnu cartref arall mwy addas ar eich cyfer."

Am unwaith, doedd Ina ddim yn gwybod beth i'w ddweud.

"Mi fyddaf yn swpera gyda fy narpar ŵr heno. Cig carw, mi dybiaf. Mwynhewch eich llosiau."

Crechwenodd Morwenna, cymryd braich Sadwrn, a diflannu trwy'r drws.

"Glywaist ti, Efa? Fyddwn ni ddim yn gorfod byw gyda Morwenna a Sochyn!"

Doedd hi ddim yn ymddangos fel bod Efa'n rhy siŵr beth i'w wneud o hyd.

"Efa! Mae hyn yn newyddion gwych! Dim Morwenna, a dim Sochyn."

Goleuodd llygaid Efa. Roedd yn amlwg wedi deall o'r diwedd.

"Efa gwneud llosiau," dwedodd, gan wenu.

"Cei wneud â chroeso. Cyn belled dy fod yn dweud 'llysiau' o hyn ymlaen," dwedodd Ina'n gellweirus. Gwenodd Efa'n ansicr, fel pe na bai wedi deall y jôc yn iawn, a mynd ôl i baratoi swper.

Fedrai Ina ddim credu'r peth. Dim Morwenna unwaith y byddai'n priodi! Gallai ei dioddef tan hynny. Gwell peidio sôn dim amdani wrth Elfryn chwaith, nes bod pob dim wedi'i drefnu a'r ddwy yn ddiogel yn rhywle arall, rhag ofn.

Dechreuodd y posibiliadau gronni yn ei meddwl. Nid cyd-ddigwyddiad oedd y ffaith mai Caradog oedd enw'r dyn a'r mwstásh, doedd posib? Caradog oedd enw brenin Caersallog. Caradog oedd i fod i'w gwarchod, ac y byddai wedi, oni bai fod y Saeson wedi dod a dinistrio popeth. Ar y barbariaid rheiny oedd y bai am bopeth. Tybed a fyddai'r Caradog hwn yn eu mabwysiadu?

Efallai'n wir bod y rhod yn dechrau troi.

✦ ✦ ✦

Deffrodd Ina'n sydyn a synhwyro'n syth fod rhywbeth o'i le. Gwrandawodd yn astud, ond chlywodd hi ddim byd. Ddim hyd yn oed Efa'n anadlu wrth ei hymyl.

"Efa?"

Ymestynnodd amdani yn y tywyllwch, ond roedd ei gwely'n wag.

"Efa?"

Ddaeth dim ateb y tro hwn chwaith. Doedd hi ddim yno.

Dechreuodd Ina boeni. Roedd hi i'w gweld yn iawn pan aethon nhw i'r gwely, a hyd yn oed wedi dweud 'cysga'n dawel' wrth Ina. Ond roedd gan Ina ryw gof iddi ddeffro'n gynharach a chlywed Efa'n troi a throsi. Efallai nad oedd yn medru cysgu.

Rhwbiodd Ina ei hwyneb yn frysiog gyda'i dwylo a gorfodi ei chorff blinedig i godi. Aeth at y drws, a sylwi bod y ffrâm bren wedi symud. Camodd allan o'r tý. Roedd y nos yn glir a digwmwl a'r sêr i'w gweld yn eu holl ogoniant.

Edrychodd Ina o'i chwmpas, a gweld Efa'n sefyll yno'n stond, yn edrych i fyny i'r awyr. Aeth Ina draw ati. Cafodd gysgod o wên ganddi, ond roedd Efa wedi ymgolli'n llwyr yn y ffurfafen. Roedd ei hwyneb yn llachar yng ngolau'r lloer, ei llygaid yn wyrdd disglair a'r dagrau ar ei boch yn sgleinio.

"Meddwl am adre?" gofynnodd Ina'n ofalus.

Nodiodd Efa ei phen, heb edrych arni. Roedd ei llygaid wedi'u hoelio ar y sêr. Syllodd Ina i fyny hefyd. Daeth yr awydd drosti mwyaf sydyn i ddod o hyd i Seren y Gogledd. Daeth o hyd i glwstwr sêr siâp coron Caer Arianrhod heb drafferth. Gwnaeth linell gyda'i bys nes cyrraedd stribyn llaethog Caer Gwydion, ac, o fewn y gaer, cytser Llys Dôn ...

Ond aeth hi ddim pellach. Wrth weld y clwstwr sêr siâp 'M' hwnnw, cofiodd am y llythyren a grafodd Efa ar y traeth, a daeth rhyw gryndod drosti. Efallai mai angel yw hi go iawn, meddyliodd, ac mai Lluan oedd wedi'i hanfon.

Syllodd Ina arni o gil ei llygad, ond chymerodd Efa ddim sylw ohoni. Roedd hi'n bell, bell i ffwrdd.

XXIX

Roedd Rodomiro gystal â'i air. Y diwrnod canlynol roedd yno wrth lan yr afon. Nid yn unig hynny, roedd wedi croesi'r dŵr ac yn disgwyl amdanynt o dan y goeden fedwen fawr.

"*Salve!*"

"*Ave! Quo modo venisti huc?*" gofynnodd Ina'n syn. Henffych! Sut ddest ti yma?

"*Volavi,*" atebodd, gyda wyneb syth. Hedfanais i.

Chwarddodd Ina. Tynnodd Efa ar lewys ei gwisg.

"Pam Ina chwerthin?"

Cyfieithodd Ina iddi, a chwarddodd Efa hefyd.

"*Ble mae dy bibgorn?*" gofynnodd y bachgen i Ina.

Eisteddodd Ina ar ei bwys ac Efa wrth ei hochr hithau.

"*Gan ein bod ni gyd yn eistedd yn gyfforddus, mi ddwedaf wrthot ti, Rodomiro.*"

"*Miro mae pawb yn fy ngalw i. Cei di wneud hefyd.*"

"*Iawn. Miro. Yr un stori yw hi â pham nad ydi Efa'n medru Lladin.*"

Edrychodd Efa ar Ina cystal â gofyn pam ei bod wedi dweud ei henw. Esboniodd Ina iddi, a hefyd ei bod am adrodd eu hanes wrth Rodomiro, neu Miro fel y dylent ei alw o hyn ymlaen. A dyma Ina'n dechrau yn y dechrau: ei noson olaf yn y *villa*, sut yr oedd i fod i ymuno â llys y brenin Caradog fel plentyn maeth, a phob dim a ddigwyddodd wedi hynny ...

Gwrandawodd Miro'n astud, ac Efa hefyd, er nad oedd yn deall dim heblaw ei henw hi, ac enwau'r lleill roedd hi'n eu hadnabod. Wrth i'r stori ddirwyn i ben, roedd Miro'n rhyfeddu.

"*Felly dydych chi ddim yn chwiorydd go iawn? Ti ac Efa?*"

Tynnodd Efa ar lewys gwisg Ina eto. Esboniodd Ina iddi. Gwgodd Efa.

"Efa chwaer Ina."

"Wyt," atebodd Ina'n gysurol, cyn troi at Miro ac ychwanegu yn Lladin. "*Chwiorydd o ddewis. Nid o waed, ond chwiorydd yr un fath ... A beth amdanat ti?*"

Chwarddodd Miro.

"*Prin bod gwerth adrodd fy hanes. Pitw iawn o'i gymharu, ond cyn gwneud, beth am i ni fwyta? Dwi ar lwgu ar ôl gwrando ar y fath epig.*"

Wrth i Miro osod bara, caws a ffrwythau ar garreg fawr gerllaw, dechreuodd Ina lafoerio, ac Efa hefyd. Doedd yr un o'r ddwy heb gael dim heblaw llysiau wedi'u berwi ers diwrnodau.

"Bwyd!" ebychodd Efa'n hapus.

Esboniodd Ina wrth Miro beth oedd ystyr y gair 'bwyd'.

"Bŵ-îd," dwedodd Miro'n araf, gan wenu ar sain y gair anghyfarwydd.

Clapiodd Efa ei dwylo a chwerthin yn hapus. Yna gofynnodd Miro a oedd gan y merched fwyd i gyfrannu, a bu rhaid i Ina esbonio nad bwyd ond gêm fwrdd oedd yn y cwdyn lledr. *Latrones.* Roedd Miro wrth ei fodd â'r gêm ac yn methu deall sut roedd Ina hefyd yn ei medru, tan iddi ei atgoffa fod Prydain hefyd wedi bod yn rhan o Ymerodraeth Rhufain, a bod y traddodiad Rhufeinig yn dal yn fyw mewn sawl agwedd o fywyd o hyd, heblaw am y rhannau hynny o'r ynys oedd bellach yn nwylo'r Saeson. Poerodd Ina eu henw – *Saessson!* – a gwelodd fod Efa wedi cael braw o'i glywed.

"Paid poeni. Fedran nhw ddim gwneud dim i ti yma."

Ond roedd Efa'n amlwg wedi'i hysgwyd.

"*A wyddost sut i wneud tân?*" gofynnodd Miro i Ina'n sydyn.

"*Wrth gwrs.*"

Rhoddodd Miro ddarn o fflint iddi, a chyllell, cyn cerdded at yr afon.

"Beth gwneud Miro?" holodd Efa.

"Cawn weld yn ddigon buan, mae'n siŵr."

Aeth Ina ati i gasglu brigau a chynnau tân. Ar ôl ychydig, daeth Miro 'nôl i'r golwg yn cario pysgodyn mawr tew.

"Fysc!" bloeddiodd Efa, gan glapio ei dwylo eto cyn gwelwi, fel pe bai wedi dweud rhywbeth gwael, a syllu ar y llawr, ei llygaid yn boenus.

"Ie. Pysg," cadarnhaodd Ina, gan bwysleisio'r 'p', yn y gobaith y byddai dweud y gair yn iawn yn ddigon, heb wneud ormod o sioe o gywiro Efa a'i brifo. Trodd Ina at y bachgen.

"*Sut llwyddaist ti i ddal y pysgodyn?*"

"*Gyda rhain,*" atebodd, gan chwifio ei ddwylo. Syrthiodd y pysgodyn i'r llawr a bu rhaid i Miro blygu yn gyflym i'w ddal rhag i'r pysgodyn neidio i'r afon. Chwarddodd Ina a throi 'nôl at Efa, a dyna pryd sylwodd fod honno'n edrych yn bryderus ofnadwy.

"Efa? Beth sy'n bod?"

Ysgydwodd Efa ei phen, cystal â dweud 'dim byd', ond

roedd Ina'n medru gweld bod rhywbeth o'i le. Rhywbeth mawr. Ddwedodd Efa 'run gair wedi hynny. Dim ond rhoi rhyw hanner gwên pan oedd y pysgodyn yn barod i'w fwyta.

Ac am flasus oedd y pysgodyn! Chafodd Ina ddim ei debyg ers y wledd yn y *villa* ar ei chyfer. Teimlodd bang o hiraeth, er nad oedd wedi teimlo dim byd wrth adrodd ei hanes wrth Miro gynnau. Roedd fel pe bai hi'n sôn am rywun arall. Ond nawr, wrth fwyta'r pysgodyn, fe'i trawodd gymaint roedd hi'n dal i weld eisiau ei chartref, er bod hwnnw bellach yn nwylo Brochfael. Gweld eisiau Gwrgant a Briallen, Bleiddyn, ei mam a Lluan. A phawb roedd erioed wedi'u colli. Ond roedd ganddi Efa, diolch byth. Ac wrth gofio hynny, aeth yr angen am fwyd yn drech na'r hiraeth, a dechreuodd fwyta eto'n awchus.

Roedd deunydd ffrind da yn Miro hefyd, os oedd y bachgen wir mor ffeind ag oedd yn ymddangos. Neu efallai, o'i adnabod yn well, y byddai Ina'n dod i feddwl ei fod yn dipyn o ben bach, fel Sulien – er mae'n bosib nad oedd hwnnw mor wael â hynny, go iawn. Roedd hi'n credu weithiau ei bod wedi gwneud cam â Sulien, ond efallai mai ei chydwybod oedd yn ei phigo. Dyna hi wedi caniatáu i'w meddwl ddechrau crwydro eto! Gwnaeth addewid i'w hun i roi mwy o gyfle i'r bachgen hwn.

"*Does dim angen gofyn a wnaethoch chi fwynhau,*" dwedodd Miro, gan dorri ar draws llif meddwl Ina.

"*Roedd y pysgodyn yn fendigedig,*" ategodd Ina, gan ddewis peidio sôn am ei hiraeth, nac am y ffaith ei bod yn meddwl ei fod yn berson dymunol, am fachgen.

"*A phob dim arall yn amlwg,*" dwedodd Miro, gan dynnu ei choes.

Sylweddolodd Ina er mawr cywilydd iddi ei bod hi ac Efa wedi sglaffio'r bara, y caws a'r ffrwythau heb adael bron dim ar ôl i Miro.

"Mae'n ddrwg gen i. Sylwais i ddim."

"Paid poeni. Caf ddigon i'w fwyta heno."

"Yn wahanol i ni," dwedodd Ina, heb feddwl.

Estynnodd y bachgen y darn olaf o fara iddi, gan ddweud wrthi am ei rannu rhyngddi ac Efa. Efallai ei *fod* mor ffeind ag oedd yn ymddangos, meddyliodd Ina. Ac wrth i'r ddwy gnoi'n araf ar y bara ffres sawrus, dyma Miro'n adrodd peth o'i hanes ei hun.

XXX

Y tu draw i'r afon fawr roedd rhwydwaith o afonydd llai a sawl merllyn, sef pwll mawr o ddŵr llonydd. Roedd Miro'n byw mewn pentref bychan ar lan un o'r merllynnoedd hyn, ac o'r herwydd yn gychwr medrus, ac yn bysgotwr da hefyd, fel roedd newydd brofi. Unig blentyn oedd Miro. Roedd gan bawb arall yn y pentref o leiaf un brawd neu chwaer. Bu ei fam, Marina, yn sâl iawn ar ôl iddo gael ei eni – bu bron iddi farw yn ystod yr enedigaeth – ac felly doedd hi ddim yn medru cael rhagor o blant. Saer coed oedd ei dad, Felix.

Doedd neb yn ei deulu yn canu offeryn, ond roedd pibydd o fri, Magnus y gof, yn byw yn lleol, a phan ddaeth i ganu ar ryw achlysur arbennig cafodd y plant dro ar y pib. Er mawr syndod i bawb, roedd Miro'n medru creu sain swynol yn syth, o'r cychwyn cyntaf. Roedd yn arferiad gan blant y pentref greu amryw o offerynnau syml o blisgyn cneuen neu frwynen – a Miro yn eu plith – ond doedd dim un plentyn erioed wedi medru canu offeryn oedolyn fel hyn o'r blaen. Wrth gwrs, bu rhaid iddo ymarfer yn galed ar ei grefft ond erbyn hyn roedd pobl yn dweud ei fod cystal – os nad gwell – na'r hen feistr Magnus ei hun.

Nid bod Miro wedi ymffrostio, ac er ei fod yn ddigon hapus yn sôn am ei bentref, bu rhaid i Ina dynnu'r gweddill fesul tipyn o'i grombil am ei bod ar dân eisiau gwybod mwy am ei dalent gerddorol. Roedd Miro yr un mor chwilfrydig amdani hi: sut roedd hi a'i mam yn arfer canu gyda'i gilydd, a sut y gwnaeth dynnu llw i roi'r gorau i'r offeryn – tan y fordaith.

Trwy gydol hyn roedd Ina'n ymwybodol iawn nad oedd Efa'n medru dilyn y sgwrs ac felly fe geisiodd wneud yn siŵr ei bod yn rhan o'r cyfan drwy gyfieithu iddi'n gyson, ond roedd Efa wedi mynd i'w chragen eto. Allai Ina ddim yn ei byw ddeall pam. Beth bynnag roedd hi'n ei ddweud i geisio cael Efa i wenu, doedd dim yn tycio, ac yn y diwedd, rhoddodd y gorau i gyfieithu hefyd.

"Druені nad oes gen i bibgorn rhagor," dwedodd Ina, yn Lladin, gan ochneidio'n fwy uchel nag oedd wedi'i fwriadu.

"Medra i wneud un i ti," cynigiodd Miro.

"O ddifri?"

"Mi fydd nifer o'r gwartheg yn cael eu lladd cyn y gaeaf a bydd digon o ddewis wedyn ar gyfer corn addas. Fydd e ddim yn union yr un fath â dy hen un, wrth gwrs. Ond yn ddigon agos."

"Diolch. Byddai hynny'n wych!"

Trodd Ina at Efa.

"Mae Miro wedi cynnig gwneud pibgorn ar fy nghyfer!"

Gwenodd Efa, ond gwên fach ddigon tila oedd hi. Trodd Ina 'nôl at Miro.

"Dydi hi ddim ei hunan heddiw. Mae hi'n cael cyfnodau fel hyn."

Teimlai Ina'n chwithig yn sôn am Efa mewn iaith nad oedd hi'n ei medru ond roedd yn bwysig fod Miro'n deall, rhag iddo feddwl bod Efa fel hyn drwy'r amser.

"*Beth am gêm o latrones?*" cynigiodd y bachgen. "*Efallai byddai hynny yn codi ei chalon.*"

"*Syniad da. Dydi hi ddim yn gwybod y rheolau ond fe allwn ei dysgu wrth i mi chwarae yn dy erbyn di.*"

Estynnodd Ina i'r cwdyn i nôl y gêm ar ôl esbonio wrth Efa beth oedd y bwriad. Roedd yn amhosib dweud a oedd hi'n falch. Efallai nad oedd hi'n medru bod yn frwdfrydig ynghylch dim byd heddiw.

Arllwysodd Ina'r darnau – cerrig bach llyfn – ar y llawr.

"*Pa liw?*" holodd Ina i Miro.

"*Du.*"

Cymerodd Ina'r darnau gwyn, a'u rhoi mewn dwy res ar y sgwariau oedd wedi'u naddu ar y llechen. Gwnaeth Miro'r un fath gyda'r darnau du.

"*Barod?*" holodd Miro.

"*Barod.*"

Symudodd Ina un o'r darnau. Pendronodd Miro am eiliad, ac yna symudodd un o'i ddarnau e. Symudodd Ina ei darn nesaf heb betruso.

"*Rwyt wedi hen arfer chwarae'r gêm, yn amlwg.*"

"*Ydw, ond dydw i ddim wedi'i chwarae ers sbel.*"

"*Faswn i ddim callach. Well imi ganolbwyntio.*"

"*Well i ti,*" dwedodd Ina, wrth wenu.

Roedd *latrones* yn un o'r gemau rheiny sy'n ymddangos yn hawdd am ei bod yn syml. Ond mae gwahaniaeth rhwng gêm syml a gêm rwydd. Y nod oedd cipio darnau'r chwaraewr arall. Un darn ar y tro roeddech yn cael ei symud, mewn llinell syth, ond dros gymaint o sgwariau ag oeddech eisiau – i fyny ac i lawr, neu ar draws – cyn belled nad oedd darn arall yn y ffordd. I gipio darn, roedd rhaid symud y darnau nes bod dau o'ch rhai chi naill ochr i'r llall o un o ddarnau'r gwrthwynebydd, fel brechdan. Yna byddai'r darn hwnnw'n cael ei dynnu o'r bwrdd chwarae. Byddai'r gêm yn gorffen pan oedd darn olaf un chwaraewr yn methu symud am ei fod wedi'i amgylchynu. Nid dysgu'r rheolau oedd y gamp, felly – roedd posib gwneud hynny mewn dwy funud – ond ei chwarae'n fedrus.

Doedd neb yn medru curo Ina, neb heblaw Gwrgant, a dim ond weithiau llwyddai hwnnw. Roedd Gwrgant yn grediniol fod *latrones* yn helpu rhywun i feddwl yn strategol, ac roedd hynny – yn ôl Gwrgant – yn arf cyn bwysiced â chleddyf da.

"*Welais i ddim fod hwnnw mewn peryg,*" dwedodd Miro, wrth i Ina gipio un o'i ddarnau. Gwenodd Ina arno'n gellweirus.

"*Well i ti ganolbwyntio'n galetach, felly.*"

Yn raddol, dechreuodd Efa gymryd diddordeb. Fesul tipyn, llwyddodd Ina i ddehongli patrwm chwarae Miro, a chipio mwy o ddarnau.

Yn sydyn, glaniodd carreg i'r chwith o Ina. Yna glaniodd un arall y tu ôl iddi. Gwelodd res o blant dieithr yr ochr arall i'r afon yn taflu cerrig atynt.

Cydiodd Ina yn un o'r cerrig a neidio i'w thraed, gan ei thaflu yn ôl dros yr afon mewn un symudiad. Neidiodd Miro i'w draed hefyd.

"*Stopiwch, y ffyliaid!*"

Gollyngodd y plant y cerrig oedd yn eu dwylo a syllu dros y dŵr yn syn.

"*Miro! Ti sydd yno! Beth yn y byd rwyt ti'n ei wneud ar ochr draw'r afon?*" galwodd un ohonynt.

Chafodd Miro ddim cyfle i ateb, oherwydd daeth y sŵn mwyaf dychrynllyd o'r coed, fel pe bai rhywun – neu rywbeth – yn ceisio lladd y moch. Daeth Mora a Wenna i'r golwg, yn rhedeg nerth eu carnau ar eu coesau byrion. Y tu ôl iddynt, roedd gafr, yn ceisio sboncio mor gyflym, a phell, â phosib ond yn methu'n iawn am ei bod yn gloff. Dyma'r afr fwyaf a welodd Ina erioed. Roedd o leiaf ddwywaith maint y geifr oedd ganddynt adre ar y *villa*, a'r cyrn pwerus, enfawr ar ei phen yn codi'n syth cyn gwyro tuag yn ôl dros ei gwar. Syllai'r afr o'i chwmpas yn ffyrnig â'i llygaid bychan slei.

"*Cabralos!*" bloeddiodd y plant ar ochr draw'r afon yn llawn ofn, a sgrialu i ffwrdd, er gwaetha'r dŵr llydan oedd rhyngddynt a'r creadur.

"*Cabralos? Ai dyna enw'r afr?*" sibrydodd Ina wrth Miro, ond ddwedodd Miro ddim byd. Roedd yn hollol welw, ac Efa hefyd, oedd yn cysgodi y tu ôl iddo.

"*Edrycha,*" sibrydodd Miro yn ôl.

Trodd Ina. Ar gwt yr afr roedd creadur tebyg i gath wyllt. Eto, welodd Ina erioed y fath greadur anferthol. Nid am y tro cyntaf, gresynodd Ina nad oedd Bleiddyn yno i'w hamddiffyn. Roedd y gath wyllt llawn cymaint â'r afr – er nid mor drwm – a chanddi goesau hir, smotiau tywyll ar hyd ei chorff melynllwyd, a chynffon gwta gyda blaen du. Ond y peth mwyaf nodedig oedd ei hwyneb llydan, trawiadol, a'i llygaid treiddgar melyn, clustiau hir pigog a rhyw fath o farf o dan ei gên.

Sylweddolodd Ina mewn amrantiad nad edrych o gwmpas

yn gynddeiriog roedd yr afr, ond mewn dychryn. Yn sydyn, sbonciodd i ffwrdd yn herciog, syrthio, a sboncio i ffwrdd eto fel roedd y gath enfawr ar fin ei chyrraedd. Diflannodd yr afr i'r coed â'r gath ar ei hôl.

Roedd y moch yn dal i wichian. Aeth Efa draw i'w cysuro, gan sibrwd rhywbeth yn eu clustiau na allai Ina glywed. Dechreuodd y moch dawelu. Efallai fod Efa wir yn medru cyfathrebu gydag anifeiliaid, meddyliodd Ina. Fyddai hi ddim yn synnu. Pwy a ŵyr beth oedd yn mynd ymlaen yn ei phen o dan y gwallt cwta yna.

Daeth sŵn brefu brawychus o'r coed. Rhoddodd Efa ei dwylo dros ei chlustiau a throi'n reddfol at Miro, a roddodd ei fraich amdani'n amddiffynnol. Wedi un brefiad arbennig o dorcalonnus, aeth pob dim yn ddistaw. Rhaid bod y gath wedi lladd yr afr.

A dyna pryd gafodd Ina'r syniad. Cipiodd gyllell finiog Miro a dechrau rhedeg tuag at y coed.

"Callia! Aros!" bloeddiodd Miro, gan geisio'n ofer i'w hatal.

"Ina!" gwaeddodd Efa mewn braw.

"Paid poeni! Mae gen i gynllun!" bloeddiodd Ina, heb arafu i edrych 'nôl, hyd yn oed.

Ac i mewn i'r coed â hi.

XXXI

Llowciodd Ina'r darn olaf un o'r cawl cig gafr ac ochneidio. Roedd ei bol mor llawn ofnai byddai'n ffrwydro. Bu'r ddwy'n gwledda ar gig yr afr am ddyddiau. Doedd dim golwg o Morwenna. Ddaeth hi ddim 'nôl i'r tŷ unwaith. Rhaid bod croeso Sadwrn yn un rhy gynnes i'w wrthod, a'i bod yn rhy brysur yn paratoi gogyfer y briodas. Doedd dim ffeuen o ots gan Ina nad oedd Morwenna yno. Doedd dim ffeuen o ots gan Ina pe na welai ei hwyneb piwis byth eto.

Syllodd draw ar Efa. Gallai daeru ei bod wedi tyfu centimetr neu ddau mewn llai nag wythnos, diolch i'r holl fwyd maethlon. Yn sicr, roedd ei gwallt golau yn hirach ac yn debycach i wallt go iawn, yn lle gwellt oedd wedi'i dorri'n rhy fyr gan daeog diofal, a'i hwyneb mymryn yn fwy crwn. Welodd Ina erioed wallt mor euraid. A phan sylwodd Efa arni hi'n edrych, aeth yn swil i gyd a dweud ei bod yn 'cyw bach melynwallt'. Roedd hi wir yn dweud pethau od weithiau.

Roedd dau reswm da pam aeth Ina i edrych am gorff yr afr y diwrnod hwnnw ger yr afon. Yn gyntaf, ar gyfer cael cig i'w fwyta, ac yn ail, ar gyfer ei chyrn cydnerth. Byddai modd defnyddio un ohonynt i wneud pibgorn – a phibgorn i'w drysori hefyd, roedd yn siŵr o hynny. Yn ogystal, fyddai dim rhaid iddi aros tan yr hydref, ac adeg lladd y gwartheg. Gallai Miro wneud un iddi'n syth bìn.

Llwyddodd Ina i ddod o hyd i'r afr heb drafferth, diolch i'r holl wersi dilyn trywydd gafodd gan Gwrgant. Trodd y gath fawr i amddiffyn ei choncwest ond roedd greddf Ina'n gywir. Gwyddai y byddai'r anifail yn sgrialu i ffwrdd pe bai Ina'n gwneud ei hun mor fawr â phosib, chwifio'r gyllell a chreu digon o sŵn. P'un bynnag, roedd Ina mor newynog – yn enwedig ar ôl cael gymaint o flas ar y pysgodyn – mi fyddai wedi bod yn barod i ymladd yn erbyn y gath wyllt heb y gyllell yn ei llaw.

Pan gerddodd 'nôl at yr afon roedd Efa'n canu rhywbeth i Miro yn ei llais gloyw. Doedd Ina ddim yn medru clywed y gân ond roedd wyneb Efa wedi'i thrawsnewid. Yna gwelodd Efa hi. Stopiodd yn sydyn a gwelwi.

"Hei ... Dwi'n iawn," dwedodd Ina'n gysurlon, gan wneud pwynt o wenu.

Llifodd y lliw yn ôl i wyneb Efa mewn rhyddhad. Rhedodd y ferch at Ina a'i chofleidio, gan afael ynddi'n dynn.

"Efa poeni ..."

"Doedd dim angen i ti, nag oedd? Tyrd. Mae gen i syrpréis," ychwanegodd, gan lusgo Efa a Miro i gyfeiriad y goedwig.

Wrth iddo helpu Ina i ddarnio'r afr, ar ôl ei hongian ar goeden, esboniodd Miro mai'r rheswm rhedodd y plant i ffwrdd oedd eu bod wedi camgymryd yr afr am un o hen dduwiau'r ardal, Cabralos – yr afr fynydd gysegredig. Gafr fynydd gyffredin oedd yr afr, ond un anghyffredin o fawr. Yr unig reswm pam y bu'r gath fawr – 'cath fynydd' oedd y term ddefnyddiodd Miro – yn ddigon eofn i ymosod ar yr afr oedd am fod honno'n gloff. Ac roedd Ina'n iawn i feddwl y byddai'r gath fynydd yn rhedeg i ffwrdd ar ôl ei gweld – roedd ofn pobl arnynt. Bu rhaid i Ina gyfieithu pob dim i Efa oherwydd erbyn hyn roedd wedi dod at ei hun yn llwyr ac yn dangos diddordeb mawr ym mhopeth roedd Miro'n ei ddweud.

Er mwyn ceisio lleddfu ofnau Efa, mae'n debyg roedd Miro – am nad oedd yn medru ei chysuro drwy siarad â hi – wedi cynnig eu bod yn chwarae *latrones*. Yn yr amser y cymerodd Ina i ddod o hyd i'r afr, hel y gath fawr oddi yno a gadael olion ar y ffordd 'nôl fel ei bod yn medru dod o hyd i'r union fan eto, roedd Efa wedi curo Miro. Cymerodd Ina'n ganiataol fod Miro wedi gadael iddi ennill, ond roedd Miro'n taeru nad oedd e wedi gwneud hynny.

Yn y dyddiau wedi'r digwyddiad, bu Ina ac Efa – heblaw am fwyta lond eu boliau bob pryd bwyd – yn chwarae *latrones* yn ddi-baid yn y goedwig, gan ofalu'r tro hwn nad oedden nhw'n gadael i'r moch grwydro yn rhy bell; er, ers i'r creigafr anferth eu dychryn roedd y moch yn aros yn agos atynt p'un bynnag. Bu'r ddwy'n chwarae gyda'r nos hefyd, dan olau'r canhwyllau brwyn. Roedd Miro'n amlwg wedi dweud y gwir bod Efa wedi'i guro, oherwydd cafodd Ina ei syfrdanu pa mor dda roedd hi. Y tro olaf iddynt chwarae oedd cyn bwyd, a chael a chael oedd hi'r tro hwnnw. Bu Ina bron â cholli.

Ochneidiodd Ina eto. Roedd ei bol fel plwm ar ôl sglaffio ei swper.

"Wff. Dwi prin yn medru symud ..."

"*Latrones*?" gofynnodd Efa'n obeithiol.

"Eto? Dwi'n rhy llawn, wir."

Ildiodd Ina wrth weld y siom ar wyneb Efa. Gosododd Efa'r darnau yn eu lle yn eiddgar. Ar ôl dim ond pum munud o chwarae, teimlai Ina'r llif yn troi. Roedd fel pe bai Efa ddau neu dri tro o'i blaen iddi, yn medru rhagweld erbyn hyn beth fyddai Ina'n ei wneud. I geisio ei baglu, awgrymodd Ina eu bod, wrth chwarae, yn ymarfer y tipyn o Ladin roedd Efa wedi mynnu dysgu er mwyn rhoi 'syrpréis' i Miro. Roeddent yn cwrdd ag e fory. *Salve!* A byddai'r pibgorn newydd yn barod. Roedd Ina'n gyffro i gyd wrth feddwl am y peth, ac yn eithaf siŵr fod Efa hefyd yn ddistaw bach yn gyffro i gyd i weld Miro eto. *Meum nomen Efa est. Vale!*

Ar ôl deg munud, roedd y gêm ar ben.

"Efa ennill!"

Chwarddodd Efa a chlapio, fel y byddai'n ei wneud bob tro pan oedd yn hapus. Doedd hynny ddim yn aml, yn enwedig y dyddiau diwethaf, er gwaetha'r ffaith eu bod wedi cael digon o fwyd. Synhwyrai Ina fod beth bynnag oedd yn poeni Efa – beth bynnag oedd wedi digwydd iddi – yn bygwth dod i'r wyneb, oherwydd weithiau roedd fel petai rhywbeth yn ei rhwygo o'r tu mewn, a bod ei bwysau'n annioddefol.

Ond am nawr, roedd gwên Efa'n goleuo'r tŷ bychan crwn cystal â'r canhwyllau brwyn, a doedd dim ots gan Ina golli. I'r gwrthwyneb. Roedd yn falch o Efa, ei chwaer o ddewis.

A dyma Ina'n cymryd un o esgyrn yr afr – oedd wedi'i sychu yn wyn ac yn siâp hanner cylch – a'i ddal yn llawn seremoni yn ei llaw. Gan ddynwared Elfryn, ceidwad y gaer, dyma hi'n cynnig yr asgwrn i Efa, fel coron.

"Hybarch foneddiges! Mawr yw eich camp. Bydded i'r

beirdd ganu am eich gorchest gydol Frythonia – na! – gydol holl wledydd y Brython!"

Roedd Efa erbyn hyn yn piffian chwerthin yn afreolus.

"Digon Ina! Bol Efa brifo!"

Ond doedd Ina ddim yn mynd i roi'r gorau iddi mor rhwydd â hynny. Cododd Ina yr asgwrn yn uwch.

"Gyda'r asgwrn hwn, fe'ch coronaf yn bencampwraig *latrones* Gwlad Brythonia!"

Yn dal i bwffian chwerthin, plygodd Efa ei phen a rhoddodd Ina yr asgwrn arno.

"Cyhoeddaf i bawb sy'n bresennol mai enw'r enillydd arobryn yw Efa ferch ..."

Oedodd Ina, gan sylweddoli nad oedd yn gwybod enw llawn Efa eto.

"Efa ferch ..." dwedodd eto, yn awgrymog, gan ddisgwyl i Efa orffen y frawddeg.

"Nudd," dwedodd Efa, ar ôl saib hir.

"Enw fy nhad i oedd Nudd, on'd e?" dwedodd Ina'n garedig. "Rhaid i ti ddweud dy enw llawn di."

Syllodd Efa arni heb ddweud gair, a gwelodd Ina'r disgleirdeb yn pylu yn ei llygaid, a'r wên y diflannu.

"Efa ferch ..." dwedodd Ina eto, yn y gobaith y byddai'r tro hwn yn cynnig ei henw, ond roedd yn gwybod yn ei chalon nad oedd gofyn eto yn beth doeth i'w wneud.

"Neb," dwedodd Efa'n ddistaw, gan gymryd yr asgwrn o'i phen a'i roi 'nôl i Ina, heb hyd yn oed edrych arni.

Roedd y sbri wedi pylu, a dylni trymaidd wedi disgyn yn ei le. Bron y medrai Ina weld Efa'n gwywo o'i blaen. Difarodd Ina bwyso ar Efa i ddweud ei henw. Dim ond ychydig o hwyl oedd e, rhywbeth i nodi'r ffaith fod Efa wedi'i churo am y tro cyntaf.

"P'un bynnag, da iawn ti am ennill," dwedodd Ina'n ei llais arferol, heb wybod beth arall i'w ddweud.

Gwnaeth Efa ymgais i ymateb, ond er bod ei gwefusau'n gwenu roedd ei llygaid yn ddi-wên.

"Awn ni am dro?" cynigiodd Ina, ac amneidio i gyfeiriad y drws, gan feddwl efallai y byddai gadael y tŷ yn help i dynnu meddwl Efa oddi ar yr hyn oedd yn ei harteithio.

Ysgydwodd Efa ei phen.

"Tyrd. Fedrwn ni alw ar blant Caradog, i weld a ydyn nhw am chwarae *latrones*. Gelli di ddangos iddyn nhw pa mor dda wyt ti."

Ond ysgwyd ei phen eto wnaeth Efa. Falle ei bod hi eisiau – ac angen – bod ar ei phen ei hun, meddyliodd Ina. Ac er ei bod yn gas ganddi ei gadael fel hyn, teimlai ei bod yn well iddi roi llonydd iddi.

"Af i am dro, beth bynnag. Fydda i ddim yn hir."

Ddwedodd Efa ddim byd, dim ond amneidio ei phen. Doedd Ina ddim hyd yn oed yn siŵr a oedd wedi clywed.

Wrth i Ina gamu allan o'r tŷ roedd rhaid iddi gysgodi'i llygaid rhag yr haul oedd yn prysur suddo tua'r gorwel. Roedd yr hynny o gymylau oedd yn yr awyr wedi dechrau gwrido, yn barod am y machlud. Cerddodd Ina i lawr y llwybr rhwng y tai, a sylwodd sut roedd pelydrau olaf yr haul yn goleuo'r teils coch ar y toeau ac yn dangos pob un hollt a nam. Druan ag Efa, meddyliodd Ina. Roedd hithau hefyd wedi'i hollti. Gobeithio y byddai modd ei gwneud yn gyfan eto.

XXXII

Er mwyn ymestyn ei choesau, a rhoi cyfle i Efa ddod at ei hun, penderfynodd Ina gerdded o gwmpas cloddiau amddiffynnol allanol y gaer. I'r gorllewin roedd y goedwig fawr yn ymestyn mewn hanner cylch eang, yn cofleidio'r gaer. Yng nghanol y goedwig roedd yr afon, a thu hwnt i honno, bentref Miro. Er na fedrai ei weld, ceisiodd Ina ei ddychmygu, ei chonsurio yn ei meddwl, ond doedd hi ddim yn gwybod digon am y lle. Efallai, rhyw ddydd, y byddai Miro'n gwahodd Efa a hithau i'w gartref ar lan y merllyn.

Cerddodd Ina'n ei blaen. I'r gogledd ac i'r dwyrain roedd copâu a chribau Arfynydd i'w gweld yn glir ar y gorwel. I'r de, er na fedrai hi weld yr afon, gwyddai Ina, diolch i Miro, ei bod yn ymdroelli tua'r môr, dros gant a hanner o filltiroedd i ffwrdd ar arfordir gorllewinol Hispania. Y *Minio*, dyna oedd Miro a'i debyg yn galw'r afon. Roedd hi'n siŵr o fod yn hirach nag afon Wysg. Oedd hi'n hirach nag afon Gwy, tybed? Neu hyd yn oed afon Hafren? Teimlodd Ina bang arall o hiraeth wrth ddwyn enwau'r afonydd rheiny i gof. A welai hi fyth lannau'r Hafren eto?

Roedd yr haul yn suddo'n gyflym erbyn hyn ac roedd naws i'r aer. Brasgamodd Ina'n ei blaen at y fynedfa. Roedd yn braf medru mynd a dod fel roedd hi eisiau, heb orfod poeni am gael ei chosbi gan Morwenna. Unwaith roedd hi yn y gaer, anelodd am dŷ Caradog. Yno, yn chwarae y tu allan, roedd ei blant.

"Diolch am y gêm *latrones*," dwedodd Ina. "Mae'n ddrwg gen i. Dylwn i fod wedi dod i ddiolch yn gynt."

"Popeth yn iawn," dwedodd y bachgen, gan edrych fel bod embaras arno.

"Beth y'ch chi'n chwarae?"

"Rhaid i ni fynd mewn. Mae Mam yn galw."

Ac yna diflannodd y ddau i mewn i'r tŷ. Chlywodd Ina neb yn galw. Efallai eu bod yn swil, meddyliodd. Penderfynodd drio dod o hyd i Elfryn, er mwyn clywed a oedd rhywbeth wedi'i benderfynu eto ynglŷn â phwy byddai'n edrych ar eu holau ar ôl i Morwenna a Sochyn briodi. Byddai'n haws gwneud hyn heb Efa, p'un bynnag. Ar ôl holi hwn a'r llall, deallodd fod Elfryn yn brysur yn y neuadd fawr.

Ar y ffordd yno, daeth ar draws y criw o blant fu'n ei gwatwar hi ac Efa sbel yn ôl. Roedd Ina'n barod amdanynt y tro hwn ond am ba bynnag reswm dewisodd y plant ei hosgoi. Roedd un o'r plant – merch â gwallt bron mor afreolus ag Ina – yn syllu arni'n od dros ei hysgwydd. Roedd Ina wedi gweld y fath olwg o'r blaen. 'Nôl yng Ngwent. Dyna yn union sut roedd plant y fryngaer yno'n arfer edrych arni.

Ym mêr ei hesgyrn, synhwyrai Ina fod rhywbeth o'i le. Brysiodd at y neuadd fawr a suddodd ei chalon wrth iddi sylwi ar yr olwg boenus ar wyneb Elfryn, oedd y tu allan i'r neuadd, pan welodd hi'n dod. Roedd ei edrychiad, oedd fel arfer mor siriol, yn gwbl ddi-wên. Yn llym, hyd yn oed.

"Dydd da i chi, Elfryn, yn enw Duw yr Hollalluog."

"Dydd da, Ina," atebodd, braidd yn swta.

"Ydi Morwenna wedi siarad â chi eto?"

"Do, yn burion. Gresyn bod rhaid iddi, ond nid oedd dewis ganddi, o dan yr amgylchiadau."

"Ei bod yn priodi?" cynigiodd Ina, heb ddeall yn iawn beth roedd Elfryn yn ei awgrymu.

"Ina. Gwelais y cleisiau, a chlywais y cwbl ganddi."

Cleisiau? Rhaid bod Morwenna wedi mynd ato ar ôl i Ina ei gwthio yn erbyn y crochan!

"Alla i esbonio ..." dwedodd Ina, ond chafodd hi ddim cyfle i ddweud mwy am i Elfryn dorri ar ei thraws.

"Mi glywais mwy na digon eisoes. Nid oes cyfiawnhad yn y byd dros droi ar rywun oedd ond yn ceisio gwneud y gorau drosoch. Ei rhegi, ei bygwth, a'i tharo. Rydw i wedi fy siomi yn enbyd ynddot, Ina. Yn y ddwy ohonoch. Rydym i gyd – wyrda y gaer gyfan – wedi ein siomi."

"Ond ...!"

Cododd Elfryn ei fraich er mwyn ei thewi.

"Daethom i'r casgliad mai'r peth gorau fyddai eich gwahanu a'ch anfon oddi yma i dreflannau eraill. Mi fyddi di'n cael dy hel at un o'n cymunedau yn Arfynydd, ac Efa at un arall yn Arfor."

Teimlai Ina mor simsan â phan glywodd fod Gwrgant wedi'i ladd. Roedd ei choesau'n gwegian.

"Mae pob dim wedi'i drefnu," aeth Elfryn yn ei flaen. "Byddwch yn gadael fory."

"Fory?!"

"Nid oes rheswm dros oedi. Mi fydd yn hydref arnom cyn bo hir."

"Ond Morwenna oedd yn ein camdrin ni!"

Siglodd Elfryn ei ben yn drist.

"Blentyn, a fedri wadu dy fod wedi taro Morwenna?"

"Na. Ond …"

"Duw bo gyda thi, Ina. A chyda Efa druan hefyd."

Roedd pen Ina'n troi. Rhaid bod *rhywbeth* allai hi wneud.

"Ydi Maelog yn gwybod?"

"Nid yw Maelog fel arfer yn ymhél â phethau ymarferol y gaer. Mater i ni yw hwn. Nid oes pwrpas i'r holl brotestio, Ina. Rhaid i ti dderbyn dy dynged."

Ac ar hynny, dyma Elfryn yn troi ei gefn arni. Roedd hynny'n fwy o ergyd nag unrhyw fonclust. Petai Ina'n medru crio, mi fyddai wedi gwneud, heb os.

Edrychodd Ina i fyny i'r awyr. Roedd y cymylau bellach yn lliw coch ac oren, a'r awyr yn lliw indigo. Roedd yn bosib syllu i lygad yr haul am ei fod mor isel erbyn hyn. Gwgodd Ina arno. Doedd gan yr haul ddim hawl bod mor brydferth yr hwyrnos hon. Na'r awyr chwaith.

Derbyn ei thynged. Dyna ddwedodd Elfryn. Ond doedd posib fod Duw wedi'i hachub – ac Efa hefyd – er mwyn hyn? I'w cosbi, ar ôl pob un dim roedd y ddwy wedi gorfod dioddef?

Dechreuodd gerdded, gan gyflymu â phob cam nes ei bod yn rhedeg nerth ei thraed am y tŷ bychan crwn ar gyrion y gaer. Erbyn iddi gyrraedd, roedd ei choesau'n ysgwyd a'i hysgyfaint yn llosgi.

"Efa!" gwaeddodd wrth sgrialu i mewn i'r tŷ. "Rhaid i ni adael! Ar unwaith!"

Yn lle gofyn pam, trodd Efa ei chefn ati, fel pe bai'n ceisio cuddio rhywbeth.

"Efa! Glywaist ti! Maen nhw am ein gwahanu! A'n hel ni ffwrdd – fory!"

Ond dal i ddangos ei chefn iddi wnaeth Efa. Beth oedd yn bod ar y ferch? Cydiodd Ina ynddi, a'i throi i'w hwynebu. A dyna pryd gwelodd y gyllell yn ei llaw. A'r marciau ar ei breichiau. Patrymau gwaedlyd wedi'u naddu yn y cnawd gan flaen y gyllell. Yr un fath o batrymau a welodd Efa'n gwneud ar y traeth a ger yr afon. Daliodd Ina ei gwynt mewn braw. Syllodd Efa ar y llawr. Roedd ei llygaid yn goch o fod wedi crio gymaint.

"Efa fach!"

Ceisiodd Ina roi ei braich amdani. Tynnodd Efa 'nôl, yn union fel y gwnâi ar y dechrau. Estynnodd Ina ei llaw.

"Y gyllell," dwedodd Ina'n awdurdodol, er ei bod yn crynu o'r sioc. Rhoddodd Efa'r gyllell iddi, gan osgoi edrych i lygaid Ina.

"Pam yn y byd wnest ti'r fath beth i dy hunan?" gofynnodd Ina'n ofidus.

Edrychodd Efa i ffwrdd.

"Beth yw ystyr y patrymau yma? Ai llythrennau ydyn nhw?"

"Saeson," dwedodd Efa o'r diwedd, mor dawel roedd Ina prin yn ei chlywed.

"Y Saeson wnaeth hyn i ti? O'r blaen? Dy dorri, ie? Ai dyna beth wyt ti'n ceisio dweud?"

"Saeson ..." dwedodd Efa, yn uwch y tro hwn, a'r dagrau'n cronni eto. "Geiriau Saeson."

"Efa, 'nghariad i – dwi ddim yn deall ..."

Cymerodd Efa anadl ddofn.

"Ebba ferch Ealdwulf," dwedodd Efa, gan eistedd i fyny.

"Beth? Pwy?"

"Enw Ebba ... Ebba ferch Ealdwulf."

"Efa, mae'n ddrwg gen i, does gen i ddim ..."

Torrodd Efa ar ei thraws.

"Nid 'Efa'. *Ebba!* Fi Ebba."

"Ebba yw dy enw di? Nid Efa?" gofynnodd Ina'n syn.

"Ina dweud Efa, ond fi Ebba! Ebba! Ebba!" gwaeddodd y ferch, a'r dagrau erbyn hyn yn llifo. "Ebba ferch Ealdwulf."

Ealdwulf? Pa fath o enw oedd hwnnw?

"Ealdwulf tad Ebba. Hilde mam Ebba. Ebba ... Saeson."

"Paid siarad yn wirion. Wrth gwrs nad Saesnes wyt ti," dwedodd Ina'n flin. Roedd y ferch wedi colli arni ei hun yn llwyr.

"Ebba Saeson," dwedodd y ferch eto, yn daer.

"Ond ... mae hynny'n amhosib! Yn un peth – rwyt ti'n gwybod geiriau'r hwiangerdd!"

"Branwen dysgu Ebba."

Branwen? Yn bendant nid Saesnes oedd Ebba, felly.

"Pwy yw Branwen? Dy chwaer?" gofynnodd Ina.

"Branwen nid chwaer. Branwen ... *wále.*"

"Wâl-ỳ?" gofynnodd Ina, gan ddynwared sŵn y gair. "Beth yw hwnnw?"

Crychodd y ferch ei thalcen.

"*Wále* ... caeth. Fel Ina a Ebba ar llong."

"Caethferch?" holodd Ina, gan arswydo.

"Branwen caethmerch Ebba."

"Roedd gen ti gaethferch, a honno'n Frythones?!"

"Branwen fel mam Ebba. Caru Branwen," dwedodd y

Saesnes ifanc, a'r dagrau'n powlio unwaith yn rhagor.

Ond chlywodd Ina ddim. Teimlai'n swp sâl. Gwelodd y ferch y sioc a'r siom ddi-ben-draw yn llygaid Ina. A gwelodd Ina'r braw a'r boen ddi-ben-draw yn llygaid y ferch.

"Ond ... Ebba chwaer Ina. Ie?"

Estynnodd Efa ei llaw at Ina, ond trawodd Ina ei llaw i ffwrdd yn ffyrnig.

"Fe dwyllaist ... ti ... fi! Ro'n i'n meddwl 'mod i wedi dod o hyd i ffrind. O'r diwedd. Mwy na hynny – i chwaer newydd. Ond yr holl amser, roeddet ti'n defnyddio fi ..."

"Na! Ina chwaer Ebba nawr!"

Cydiodd Ina yn ysgwyddau'r ferch a'i hysgwyd.

"Dydyn ni ddim yn chwiorydd rhagor. Ti'n clywed? A fyddwn ni byth!" poerodd Ina, gan ei gwthio i ffwrdd.

"Beth yw'r holl sôn aflafar ema?" holodd llais wrth y drws. Morwenna oedd yno, yn edrych yn syn ar y ddwy.

"Saesnes yw hi!" dwedodd Ina'n wyllt.

"Beth?" ebychodd Morwenna.

"*Dyna* pam nad oedd hi'n medru siarad i gychwyn. Am nad oedd hi'n medru siarad ein hiaith ni'n iawn!"

"Yr ast fach gelwyddog ..."

"Cymer hi o 'ngolwg i! Nawr!" bloeddiodd Ina, ei llygaid yn fflamio.

"A phleser!"

Camodd Morwenna at y Saesnes ifanc, a'i llusgo gerfydd yr hyn o wallt oedd ganddi tua'r drws.

"Mi dali'n ddrud am yr hyn wnaeth dy bobl i Gaersallog. I mi."

"Ina! ... Ina! ... Ina!" ymbiliodd y ferch.

Trodd Ina ei chefn ati. Safodd yn hollol stond wrth wrando ar ei nadu truenus yn cilio i'r hwyrnos, sŵn mor dorcalonnus â brefu'r afr fynydd pan suddodd y gath ei dannedd miniog yn ddwfn i'w gwddf a'i thagu. Rhoddodd Ina ei dwylo dros ei chlustiau. Roedd nadu'r ferch i'w clywed o hyd, ac yna aeth pob dim yn dawel.

Syrthiodd Ina ar ei gliniau, fel petai wedi cael ei thrywanu â chleddyf – yn syth trwy ei chalon.

XXXIII

Agorodd Ina ei llygaid wrth glywed cân yr aderyn du. Byddai adar eraill yn ymuno yng nghôr y bore bach yn fuan. Ond am nawr, dim ond trydar swynol y ceiliog mwyalch oedd i'w glywed. Pan fyddai'r tywydd yn troi, a'r hydref yn dod, byddai'r aderyn yn tewi tan y gwanwyn. Ble fyddai Ina bryd hynny? A ble fyddai Efa?

Gwingodd Ina wrth feddwl amdani. Fedrai hi ddim meddwl am y ferch fel 'Ebba' – ei henw cywir – dim mwy na fedrai ddod i arfer â'r ffaith mai Saesnes oedd hi. Medrai glywed ei chrio o hyd, yn atseinio trwy ei phen. Yn ymbilio arni. Ceisiodd Ina ddarbwyllo ei hun na ddylai hidio dim amdani rhagor, gan mai paganes anwar, gelwyddog oedd hi. Ie, dyna beth oedd hi. Estrones farbarbaidd, dwyllodrus. Ac eto ...

Llusgodd Ina ei hun o'i gwely gwellt. Roedd ei chorff yn brifo am na chysgodd fawr ddim. Pan lwyddodd, deffrodd yn chwys diferu. Roedd yn gwybod ei bod wedi cael mwy nag un hunllef, ond fedrai hi ddim eu cofio, dim ond teimlo'r arswyd yn dal i lifo trwy ei chorff, a rhyw flas cas yn ei cheg, fel gwenwyn.

Roedd ei meddwl ar chwâl yn llwyr. Yr unig beth roedd yn siŵr ohono oedd na fedrai aros eiliad yn hirach yn y tŷ bychan crwn. Aeth at y drws a chripian allan i'r stryd. Roedd y gaer yn hollol dawel. Doedd yr haul heb godi'n iawn ac felly fyddai'r giatiau trwm oedd yn cau'r ddwy fynedfa i'r gaer ddim ar agor eto. Ond roedd digon o fwlch rhwng cefn y tŷ a'r mur amddiffynnol mewnol i rywun tenau ddringo i fyny'n weddol ddidrafferth.

Gollyngodd Ina ei hun i lawr yr ochr draw. Yn ffodus, doedd y moch ddim wedi deffro a gwneud sŵn, na chwaith un o gŵn y gaer wedi'i chlywed a dechrau cyfarth. Cerddodd yn gyflym at y clawdd amddiffynnol nesaf. Roedd hwn yn fwy anodd i'w ddringo, a chrafodd Ina ei phen-glin yn y broses. Ond roedd rhywbeth yn ddwfn y tu mewn iddi'n ei gyrru ymlaen, a byddai wedi llwyddo i ddringo clawdd ddwywaith maint hwn pe byddai rhaid.

O fewn dim roedd yn y goedwig. Sylweddolodd mai dyma'r tro cyntaf erioed iddi fod yma ar ei phen ei hun, heb Efa. Roedd yn rhyfedd iawn hebddi, er gwaetha popeth. Efallai mai dyma'r tro diwethaf y byddai yma o gwbl, o gofio geiriau Elfryn. Os mai cael ei hanfon i bellafion Arfynydd fyddai ei thynged, efallai na fyddai hi byth eto'n dod ar gyfyl y goedwig, na'r gaer, na Miro ...

Fferrodd Ina'n ei hunfan wrth i floedd foddi trydar yr adar yn y coed. Bloedd ddiamynedd, ddig. Dyna'r floedd eto. Sŵn brefu carw, a chofiodd Ina am y tro cyntaf y bu'n hela ceirw gyda Gwrgant pan oedd yn ferch fach, a chael ofn y brefu croch. Diolch i Gwrgant, roedd wedi dysgu digon am fywyd y goedwig i oroesi yn y gwyllt am wythnosau, os nad misoedd. Efallai dylai ddianc a byw fel meudwy yn y fforest, heb neb yn gwmni ond creaduriaid Duw.

Cerddodd Ina yn ei blaen ac ymuno â'r llwybr oedd yn gweu drwy'r coed at yr afon a'r fedwen fawr. Bellach, roedd yr haul yn britho'r afon, a'r pryfed yn deffro yng ngwres cysglyd y wawr. Eisteddodd Ina yng nghysgod y goeden a phwyso yn ôl yn erbyn y boncyff cadarn. Caeodd ei llygaid a chlywodd sblash ambell bysgodyn yn codi i ddal pryfyn.

Bu'n eistedd yn dawel am hydoedd. Doedd ganddi ddim egni i wneud dim byd arall. Roedd yn teimlo'n hollol hesb, fel wy wedi'i sugno'n wag, yn ddim byd ond plisgyn. Ac yna'n raddol, dechreuodd ambell gymal o ambell gân godi o rywle y tu mewn iddi a llenwi'r gwacter hwnnw. Roedd fel petai'r holl ganeuon roedd hi wedi'u cadw dan glo ers marwolaeth Lluan a'i mam yn mynnu cael eu clywed yn ei phen – yn union yr un pryd. Llifai'r alawon yn ddi-baid, yn arllwys nodau dirifedi i'w chlustiau, yn gybolfa annioddefol o'r llawen a'r lleddf.

Gwasgodd Ina ei dwylo'n dynn dros ei chlustiau i geisio tewi'r sŵn. Ond roedd y sŵn yn rhan ohoni, a doedd dim posib ei wared. Yn sydyn, dros y sŵn, daeth llais. Llais pur, claear fel y grisial. Llais arallfydol yn crefu arni.

"Ina … Ina …"

Roedd ar Ina ofn agor ei llygaid. Efallai mai ysbryd Efa oedd yno'n ei galw, a'i bod wedi marw, a bod Morwenna wedi'i lladd yn ystod y nos. Neu efallai mai angel oedd yno, gyda'i adenydd gloyw a'i gleddyf mawr, wedi dod i'w hel o'r bywyd hwn a'i thywys i'r bywyd nesaf, i gymryd ei lle yn y ffurfafen ymysg y sêr. Yn ôl popeth roedd Ina wedi'i glywed, roedd gwobr iddi yn y nefoedd, a byddai ei theulu i gyd yno'n ei disgwyl. Efallai'n wir fod yr amser wedi dod.

Cymerodd anadl ddofn ac agor ei llygaid. Roedd yr angel

yn ceisio dweud rhywbeth, ond roedd y gerddoriaeth yn ei phen mor uchel erbyn hyn fel na allai Ina ei glywed. Trawodd ei phen yn ôl yn erbyn boncyff y goeden i geisio gael gwared o'r sŵn, o'r boen. Teimlodd ddwylo yn cydio ynddi a'i hatal rhag gwneud yr un peth eto. Yn sydyn, distawodd yr alawon yr un mor ddisymwth ag y dechreuon nhw, a sylweddolodd Ina mai'r person oedd yn syllu arni oedd Miro.

"*Ina! Beth yn y byd sy'n bod?*"

"*Efa ...*" dwedodd Ina, heb fedru dweud mwy.

"*Beth amdani? Beth sydd wedi digwydd?*"

Cyn iddi gael cyfle i ateb, daeth dau fochyn cyfarwydd i'r golwg. Mora a Wenna. Brysiodd y ddau at Ina gan rochian a siglo eu cynffonnau byrion, cyn ei gwthio'n chwareus â'u trwynau. Rhoddodd Ina ei breichiau o gwmpas y moch. Feddyliodd hi erioed y byddai mor falch o'u gweld.

"*Ina, ateb fi,*" mynnodd Miro'n daer.

Rhoddodd Ina gwtsh arall i'r anifeiliaid cyn troi at Miro.

"*Maen nhw am fy anfon i ffwrdd i rywle pell. Efa hefyd.*"

"*Pam?*" holodd Miro'n anghrediniol.

"*Morwenna. Dwedodd hi gelwydd amdanon ni.*"

"I-na ... I-na!" galwodd llais o'r goedwig.

"I-na ... I-na!" galwodd llais arall.

"*Hi sydd yna!*" dwedodd Ina'n llawn panig. "*A Sochyn! Rhaid bod nhw wedi gollwng y moch er mwyn dod o hyd i fi!*"

"*Tyrd! I'r cwch!*" dwedodd Miro heb betruso.

Brysiodd y ddau at lan yr afon. Gorweddodd Ina ar lawr y cwch crwn o groen a gwneud ei hun mor fach â phosib. Rhoddodd Miro sach drosti i'w chuddio, a gwthio'r cwch i'r llif. Yr eiliad nesaf, daeth Morwenna a Sadwrn i'r golwg.

"Fab!" gwaeddodd Morwenna. "A welaist fyrch oma yn y côd?"

"*Salve!*" galwodd Miro yn ôl, gan geisio celu'r cynnwrf yn ei lais. "*Mae'n ddrwg gen i. Dydw i ddim yn eich deall.*"

"*Ti merch gweld?*" gofynnodd Sadwrn, yn ei Ladin fratiog.

"*Merch? Naddo. Dydw i ddim wedi gweld neb.*"

O dan y sach, roedd Ina'n gweddïo na fyddent yn sylwi arni.

"*Os ti merch gweld, ti dweud yn bryngaer. Ti ...*"

Stopiodd Sadwrn yng nghanol ei frawddeg a throi at Morwenna.

"Beth ydi 'gwobr' yn Lladin?"

"Dim syniad!" atebodd honno'n swta.

Yna cofiodd Sadwrn y gair cywir.

"*Ti ... gwobr cael.*" Cyn ychwanegu'n gelwyddog, "*Merch efallai ar goll. Ni poeni.*"

"*Iawn. Os gwelaf hi, rhoddaf wybod,*" atebodd Miro, heb fwriad yn y byd i wneud y fath beth.

"*Salve!*" galwodd Sadwrn, cyn troi at Morwenna. "Gyda lwc, mi fydd y bachgen yn ein harwain at Ina. Yn y cyfamser, gwnawn drefniadau i gael gwared â'r Saesnes. Fe'i hanfonwn at fy nghefnder yn Arfor, a cheith hwnnw ei gwerthu fel caethferch. Cawn gildwrn bach i helpu talu am y briodas."

O dan y sach, arswydodd Ina wrth glywed eu cynlluniau. Efallai'n wir fod Efa'n haeddu cael ei chosbi, ond mater arall oedd ei chadw'n gaeth weddill ei bywyd.

"Sadwrn, wyt hyd yn ôd yn fwy cyfrwys na mefi, fy nhresor."

"Diolch, fy nhrysor innau. O dy enau swynol di, mae hynny yn dipyn o ganmoliaeth."

Cymerodd Ina sbec ofalus o dan y sach i gyfeiriad y ddau a bu bron iddi brotestio'n uchel. Roedd clais anferth ar wyneb Morwenna. Rhaid ei bod wedi'i tharo ei hun, neu wedi gofyn i Sadwrn wneud. Dim rhyfedd fod Elfryn wedi bod mor barod i'w chredu!

Arhosodd Miro tan fod Morwenna a Sadwrn wedi casglu'r moch a diflannu 'nôl i'r coed, cyn llywio'r cwch yn ôl i'r lan.

"*Cei godi,*" dwedodd Miro wrthi. "*Maen nhw wedi mynd.*"

Eisteddodd Ina i fyny. Helpodd Miro hi allan o'r cwch.

"*Rwyt ti mor welw ag ysbryd. Does dim rhaid i ti boeni. Doedden nhw ddim yn amau dim.*"

"*Dwyt ti ddim yn deall ...*"

Edrychodd Miro arni'n ddisgwylgar. Cymerodd Ina anadl ddofn a dweud y cwbl wrtho.

Tro Miro oedd hi i edrych yn welw. Safodd yno'n hollol lonydd, yn syllu ar y llawr yn dweud dim. Yn union fel y gwnâi Efa. Roedd oerni'n perthyn i'r tawelwch. Teimlodd Ina fod Miro'n pellhau oddi wrthi.

"*Miro ...?*" mentrodd Ina.

"*Sut fedret ti?*" holodd Miro, yn anghrediniol.

"*Sut fedrwn i beth?*" gofynnodd Ina, wedi'i synnu.

"*Ymddwyn yn y fath ffordd!*"

"*Fi? Morwenna wyt ti'n ei feddwl! Wnes i ddim byd o'i le!*"

"*Bradychu Efa. Dyna beth wnest ti.*"

"*Hi fradychodd fi. Esgus ei bod hi'n un ohonon ni. Saesnes yw hi – wyt ti ddim yn deall beth mae hynny yn ei olygu?*"

"*Galaesiad ydw i. Nid Brython. Dydyn ni ddim yr un peth chwaith.*"

"*Ond rwyt ti'n Gristion. Fel fi.*"

"Ddwedais i erioed y fath beth."

"Ond ... ro'n i'n meddwl mai Cristnogion oeddech chi Galaesiaid?"

"Nid pawb ohonon ni."

"Pam na fyddet ti wedi dweud rhywbeth?"

"Pam ddylwn i?"

"Achos ..."

Methodd Ina orffen y frawddeg. Roedd ei meddwl ar chwâl.

"Dydych chi ddim yr un fath â'r Saeson, p'un bynnag," protestiodd Ina. *"Tydi dy bobl di heb ddinistrio ein trefi a heb ddwyn ein tir."*

"Gwir. Dy bobl di sydd wedi dwyn ein tir ni."

Edrychodd Ina arno'n syn.

"Pam wyt ti'n meddwl fod plant fy mhentre i wedi taflu cerrig atoch chi dros yr afon? Oherwydd bod dy bobl di wedi glanio yma ac ymddwyn fel petai chi sydd bia pob dim!"

"Ond mae hynny'n wahanol!"

"Pam? Oherwydd mai Brythoniaid ydych chi?" gofynnodd Miro'n bigog.

Doedd gan Ina ddim ateb. Roedd Miro wedi'i drysu'n llwyr erbyn hyn.

"Ac i feddwl fy mod i wedi treulio diwrnodau lawer yn gwneud hwn i ti," dwedodd y bachgen, gan dynnu rhywbeth o'r cwch. Pibgorn newydd sbon ysblennydd, ei gorn a'i geg o gorn yr afr fynydd, a'i gorff o bren coeden afalau. Roedd Ina wedi anghofio pob dim amdano. Estynnodd Miro'r offeryn iddi.

"Mae'n hyfryd ..." dwedodd Ina'n dawel, gan ryfeddu.

"Roeddwn i wedi edrych 'mlaen at gael deuawd," dwedodd

hwnnw, yr un mor dawel. *"Ond bydd rhaid i ti ei ganu ar ben dy hun bellach. Hwyl fawr, Ina."*

Gyda hynny, trodd ei gefn arni, yn union fel roedd Elfryn, ceidwad y gaer, wedi gwneud y diwrnod cynt. Ond roedd y siom a deimlai Ina nawr ganwaith gwaeth. Neidiodd Miro i mewn i'w gwch, a dechrau rhwyfo ar draws yr afon.

Bradychu Efa, dyna ddwedodd Miro. Ond nid Efa oedd Efa – ond Ebba. Ac eto cyn hynny, Mudan. Pwy oedd hi felly, go iawn? A beth oedd hi, go iawn, i Ina?

Suddodd Ina i'w gliniau. Doedd hi erioed wedi teimlo mor unig na chymaint ar goll. Petai Lluan yma, mi fyddai'n gwybod beth i'w wneud. Gwelodd Ina ei hadlewyrchiad yn nŵr yr afon. Edrychodd i ffwrdd, a'i chalon yn curo.

"Uinseann, fy ffrind, os wyt ti'n medru fy nghlywed i, gofyn i Dduw a chaf i weld fy chwaer ..." dwedodd o dan ei hanadl.

Roedd ar Ina ofn troi a wynebu'r afon. Ofn nad oedd Uinseann wedi'i chlywed. A mwy o ofn byth fod Duw wedi dewis ei hanwybyddu.

"Un, dau, tri ..." sibrydodd, cyn troi a syllu i'r dŵr. Daliodd ei gwynt. Nid ei hadlewyrchiad hi oedd yn syllu 'nôl arni! Nid wyneb Lluan chwaith.

Wyneb Ebba.

Neidiodd Ina i'w thraed, a bloeddio ar draws yr afon. *"Miro! Aros! ... Mae arna i angen dy help!"*

XXXIV

Seiniodd corn hela, ac o'i chuddfan ger un o gloddiau'r gaer, clywodd Ina gynnwrf y tu mewn i'r muriau. Rhaid bod y cynllun wedi gweithio, felly. Ac yn wir, o fewn ychydig, gwelodd Ina rywrai yn gadael trwy'r fynedfa gefn: Miro – a Morwenna, Sochyn a rhai eraill o ddynion y gaer yn ei ddilyn tuag at y goedwig. Roedd Miro wedi esgus galw am ei wobr wedi'r cwbl, ac wedi addo dangos iddynt lle roedd y ferch afradlon yn cuddio. A byddai hyn yn ei dro yn rhoi cyfle i Ina achub Efa ...

Unwaith roedden nhw o'r golwg yn llwyr, dringodd Ina dros y clawdd amddiffynnol mewnol, a gollwng ei hun i lawr yr ochr arall y tu ôl i'r tŷ bychan crwn – yr union le y dihangodd o'r gaer yn gynharach y bore hwnnw. Sleifiodd Ina heibio cefn y tai oedd ar y ffordd i gartref Sadwrn. Cyrhaeddodd Ina'r tŷ heb i neb ei gweld.

Er na fu croeso iddi yno erioed, roedd yn gwybod yn iawn lle roedd y tŷ a sut olwg roedd arno am fod Morwenna wedi'i frolio gymaint. Oedd, roedd to teils coch. Oedd, roedd tipyn yn fwy na'r tŷ bychan crwn, gan mai tri adeilad wedi'u huno oedd 'palas' Sadwrn – fel roedd Morwenna'n mynnu ei alw – ac estyniad llai i'r ochr ar gyfer yr anifeiliaid. Ond fedrai Ina ddim help cymryd rhyw ddiléit yn y ffaith nad oedd e mor

fawr nac mor foethus â thŷ Caradog, er bod y freuddwyd
ohonynt yn cael eu mabwysiadu ganddo wedi hen farw.

Aeth Ina at y drws a cheisio ei wthio ar agor. Doedd dim
modd ei symud. Gwelodd Ina fod twll bach yn y drws, a
sylweddoli bod clo arno. Plygodd i lawr i edrych trwy'r twll
ond doedd dim posib gweld dim byd. Aeth at ddrws y cwt
anifeiliaid. Doedd dim clo ar hwn ond roedd trawst yn ei gau.
Tynnodd y trawst a gwasgu ei hun trwy gil y drws i mewn i'r
beudy tywyll. Clywodd sŵn gwichian, a chyn ei bod wedi cael
cyfle i gau'r drws yn iawn roedd wedi'i hamgylchynu gan dwr
o foch ifanc yn mynnu sylw. Gwelodd Ina fwced ar y wal yn
llawn sbarion bwyd ac arllwysodd y cynnwys ar y llawr er
mwyn eu tawelu.

Doedd dim anifeiliaid eraill yno heblaw am lo mewn stâl
ar wahân ar y pen pellaf. Y tu hwnt i'r stâl roedd drws. Rhaid
bod hwn yn arwain i mewn i'r tŷ. Brysiodd Ina ato, gan
obeithio nad oedd wedi'i gloi. Wrth iddi basio'r stâl, brefodd y
llo'n gwynfanllyd. Sylwodd Ina ar ei olwg druenus. Aeth at y
llo a rhoi mwythau iddo. Tynnodd yr anifail ei ben yn ôl fel pe
bai ofn arno. Gallai Ina ond ddychmygu sut roedd Sadwrn yn
ei drin.

Yna gwelodd Ina greadur arall yn gorwedd yn y gwellt,
dan draed y llo. Arswydodd Ina wrth weld ei fod wedi'i glymu.
Arswydodd yn fwy byth wrth weld nad anifail oedd yno, ond
merch, a'i dillad wedi'u rhwygo'n garpiau. Doedd dim modd
gweld ei hwyneb ond roedd Ina'n gwybod yn iawn pwy oedd
hi.

Aeth Ina i'w chwrcwd ac estyn ei llaw ati. Symudodd y
pentwr ar y llawr yn bellach oddi wrthi, gymaint ag oedd y

rhaff yn caniatáu, yn union fel gwnaeth y llo eiliadau yn ôl.

"Fi sydd yma ... Ina ..."

Symudodd y pentwr eto. Daeth dwy fraich denau i'r golwg, un ohonynt â marciau gwaedlyd oedd wedi dechrau sychu. Ac yna wyneb. Hyd yn oed yn ngolau gwan y beudy, medrai Ina weld bod clais mawr yn dechrau codi dros ei llygaid chwith, a bod talpiau o'i gwallt cwta golau wedi'u trochi mewn gwaed.

"Ina ..." dwedodd y ferch, a dechrau cynhyrfu.

"Usht ... does dim angen i ti fod ofn rhagor ... dwi wedi dod i dy achub di," atebodd Ina, gan wenu arni cystal ag y gallai. "Af i nôl dŵr a dillad i newid iddynt," ychwanegodd, cyn brysio at y drws. Doedd heb ei gloi, diolch byth, ac o fewn dim roedd Ina wedi casglu'r hyn roedd ei angen o'r tŷ.

Daeth yn ôl i mewn i'r beudy a mynd ati i lanhau clwyfau'r ferch. Rhaid bod hyn yn gwneud dolur iddi, ond chwynodd hi ddim unwaith.

"Ina ... dod 'nôl ..." dwedodd Ebba, fel petai'n dal methu credu'r peth yn iawn. "Morwenna dweud Ina mynd."

"Fedrwn i ddim dy adael di, Ebba ferch Ealdwulf ..."

"Ina dweud enw Ebba."

Gwenodd Ebba, er gwaetha'r boen.

"Ebba fyddi di imi o hyn ymlaen."

Helpodd Ina hi o'i charpiau ac i'r dillad glân roedd newydd eu cymryd o gist ddillad Morwenna. Yna rhoddodd Ina ddarn o fara iddi.

"Bwyta hwn yn araf. Mae gen i ragor, ond gwell i ti beidio â bwyta gormod yn rhy gyflym."

Stwffiodd Ebba ddarn o fara i'w cheg, a'i sglaffio tra

gwisgai Ina'r clogyn roedd Morwenna wedi'i ddwyn oddi arni. Byseddodd y brethyn drud a'r froetsh gywrain. Fyddai hi ddim yn gadael i neb arall ei chymryd oddi arni eto. Byth. Na chwaith yn gadael i neb frifo Ebba eto. Byth bythoedd.

Dechreuodd Ebba dagu.

"Gan bwyll, Ebba, rhag i'r bwyd droi dy stumog."

Ond roedd gormod o eisiau bwyd ar Ebba i wrando, ac roedd Ina'n falch na roddodd ddarn mwy o faint iddi. Helpodd Ina hi i wisgo'r dillad glân.

"Tyrd. Mae amser yn brin."

Pe bai modd peidio sylwi ar ei chlwyfau, mi fyddai'n edrych fel tywysoges ifanc yn nillad crand Morwenna. Rhoddodd Ina ei braich o gwmpas Ebba a'i harwain at y drws. Tynnodd Ina ar y drws a'i agor mymryn. Y peth diwethaf roedd hi eisiau oedd i'r moch bach ddianc a chreu sŵn.

"Af i yn gyntaf," dwedodd Ina, gan ddechrau gwthio ei hun trwy gil y drws. Ond cyn gynted â gollyngodd afael yn Ebba, syrthiodd honno'n swp i'r llawr. Doedd hi ddim yn ddigon cryf i gerdded allan o'r tŷ eto, heb sôn am ddianc o'r gaer.

Daeth Ina yn ôl i mewn a chau'r drws yn glep. Byddai rhaid ailfeddwl, ac yn gyflym hefyd.

"Wyt ti'n credu dy fod yn ddigon cryf i farchogaeth Valens, ceffyl Caradog?"

Nodiodd Ebba ei phen.

"Ebba cryf. A gwybod Valens hoffi Ebba."

Gwenodd Ina. Er mor eiddil yr olwg, roedd Ebba fel y dur.

Agorodd Ina'r drws a hel y moch bach allan. Dihangodd yr anifeiliaid yn un criw swnllyd. Byddent yn siŵr o achosi anhrefn yn y man, ac yn fuan iawn clywai'r ddwy ferch sŵn bloeddio a rhegi yn dod o sawl cyfeiriad.

"Ar fy nghefn! Nawr!" dwedodd Ina.

Dringodd Ebba ar gefn Ina, a sleifiodd y ddwy allan o'r beudy, a mynd mor gyflym ag y medrai Ina gerdded gyda'r ferch ar ei chefn, am y llwybr cul y ôl i'r tŷ bach crwn. Diolch byth nad oedd hi'n pwyso rhyw lawer, meddyliodd Ina. Roedd pwy bynnag oedd y tu allan i'w tai yn rhy brysur yn ceisio dal y moch bach afreolus i sylwi arnynt.

Cyrhaeddodd y ddwy y man lle roedd posib dringo dros y mur amddiffynnol, a llwyddodd Ina i helpu Ebba i fyny a thros y clawdd. Gan gadw at gysgod y clawdd mewnol, aethant mewn hanner cylch at y caeau oedd yn cael eu hamddiffyn gan y clawdd allanol, yr ochr draw i'r gaer o ble roedd y gerddi llysiau a choed ffrwythau. Yno roedd sawl corlan, ac yn un ohonynt roedd ceffyl penuchel yr olwg ar ei ben ei hun. Valens.

Cripiodd Ina at y gorlan. Pan welodd y ceffyl Ebba, dechreuodd gynhyrfu, gan chwythu a ffroeni a cherdded 'nôl ac ymlaen. Disgynnodd Ebba oddi ar gefn Ina a cherdded at y ceffyl yn simsan.

"*Gōdne morgen, hors!*" dwedodd Ebba wrth y ceffyl yn dyner, gan ddymuno bore da iddo yn ei hiaith ei hun. Doedd dim rhaid iddi sibrwd rhagor am fod Ina bellach yn gwybod mai Saesnes oedd hi. Doedd yr iaith ddim yn swnio hanner mor ffyrnig na bygythiol o'i chlywed ganddi hi, meddyliodd Ina. Plygodd y ceffyl ei ben er mwyn i Ebba fedru ei anwesu. Rhoddodd Ebba ei thrwyn ar drwyn y ceffyl, a siarad wrtho'n isel. Ar ôl gwneud yn siŵr fod y ceffyl wedi tawelu yn llwyr, trodd Ebba at Ina.

"Ebba ceffyl adre," dwedodd, a'i llygaid yn dechrau lleithio. "Fel Valens. Ceffyl cryf. Pobol ofn ceffyl. Ond ceffyl caru Ebba."

"Y gaethferch ... Branwen. Oedd hi wir fel mam i ti?"

Nodiodd Ebba, a daeth deigryn arall i'w llygaid.

"Mam Ebba marw. Branwen caredig, fel Ina. Branwen tlws, fel Ina."

Sychodd Ebba ei llygaid. Llwyddodd rywsut i ddringo dros y ffens i mewn i'r gorlan. Sibrydodd yng nghlust y ceffyl, ac aeth hwnnw ar ei liniau. Eisteddodd Ebba arno, a gwneud arwydd wrth Ina – oedd yn dal i sefyll yno'n stond – i'w dilyn.

Neidiodd Ina dros y ffens, ychydig yn rhy sydyn, oherwydd dechreuodd Valens aflonyddu. Eisteddodd ar gefn y ceffyl a gafael yn dynn yn Ebba, oedd yn ei thro'n gafael yn dynn ym mwng y ceffyl.

"Ga! Scynde!" gorchmynnodd Ebba – Cer! Brysia! – a chododd y ceffyl ar ei draed. Cerddodd yr anifail i ben pella'r gorlan cyn troi a hanner carlamu at y ffens, gan neidio drosto'n gwbl ddidrafferth. Er bod Ina'n gyfarwydd â marchogaeth Pennata, roedd cyflymder a phŵer y ceffyl hwn yn codi ychydig o ofn arni, ond roedd Ebba yn ei helfen.

Gyrrodd Ebba'r ceffyl at borth mawr y clawdd allanol. Roedd rhywrai yn gweithio yn y caeau ar bwys y porth, a dechreuon nhw floeddio a cheisio atal y ceffyl rhag dianc. Ond hedfanodd Valens drwyddynt, a'u gwasgaru.

Ac yna roedden nhw allan o'r gaer, yn rhydd ac yn ddiogel. Am y tro.

XXV

Roedd yr haul ar ei uchaf erbyn iddyn nhw gyrraedd prif eglwys Brythonia, ac Ebba erbyn hyn prin yn medru eistedd ar gefn y ceffyl, heb sôn am ei reoli. Roedd fel petai'r march yn synhwyro bod Ebba'n dioddef, oherwydd arafodd a cherdded yn ofalus a chytbwys.

"Gwell aros am funud," dwedodd Ina wrth y ferch o'i blaen.

"*Stoppa,*" dwedodd Ebba yng nglust y ceffyl, gan ofyn iddo sefyll yn ei unfan, a dyma'r ceffyl yn ufuddhau'n syth.

Er bod yr haf yn graddol ddirwyn i ben, roedd yr haul yn dal i frathu, yn enwedig heddiw. Doedd Ina ddim ar ei gorau chwaith ar ôl y daith o'r gaer i eglwys Maelog, ac yn teimlo braidd yn benysgafn, a'i stumog yn ddigon rhyfedd hefyd.

Cysgododd Ina ei llygaid gyda'i llaw er mwyn bwrw golwg dros yr olygfa o'i blaen. Roedd y llan ar fryncyn, a'r eglwys o bren yng nghanol darn o dir fflat, hirgrwn wedi'i amgylchynu gan glawdd. I'r chwith, islaw'r bryncyn, roedd casgliad o gytiau cerrig crwn ac adeiladau eraill. Gweddïai Ina fod Maelog yma, oherwydd y dyn duwiol hwn oedd unig obaith y merched bellach.

"Ymlaen," dwedodd Ina.

A dechreuodd y ceffyl gerdded, heb i Ebba orfod gwneud

dim. Rhaid ei fod wedi adnabod y gorchymyn. Wrth iddynt nesáu at y llwybr i fyny at y llan, daeth mynach allan o un o'r adeiladau a'u gweld.

"Dydd da, yn enw Duw y Goruchaf," dwedodd Ina.

"Dydd da, yn enw'r Hollalluog," atebodd y mynach, gan gerdded atynt. O'i weld yn iawn, llanc ifanc iawn oedd y mynach, tua deunaw oed. Nofydd, mae'n rhaid. Llenwodd ei lygaid â braw wrth iddo weld yr olwg druenus oedd ar Ebba.

"Dy gyfeilles … Ydi hi wedi'i hanafu?"

"Ydi. Ymosododd rhywun arni. Dyna pam ry'n ni yma. I adrodd beth ddigwyddodd wrth Maelog."

"Wrth Maelog? Mae'n amheus gen i …" dechreuodd y llanc, ond torrodd Ina ar ei draws yn syth.

"I ti gael deall, mae Maelog yn ein hadnabod ni."

Edrychodd y nofydd arni'n syn.

"A byddai'n rheitiach i ti gynnig cymorth iddi yn lle sefyll yno fel llo."

"Maddau imi. Wrth gwrs," dwedodd y mynach ifanc yn lletchwith, gan helpu Ebba oddi ar y ceffyl. Cyn gynted â chyffyrddodd ei thraed y ddaear, llewygodd. Rhywsut, llwyddodd y nofydd i'w dal cyn iddi daro'r llawr. Disgynnodd Ina o'r ceffyl yn gyflym a mynd ati.

"Ebba! … Ebba! …"

Ond roedd Ebba'n anymwybodol, a'i hwyneb yn hollol welw. Roedd y llanc yn welw hefyd. Yn amlwg, doedd ganddo ddim syniad beth i'w wneud, na sut i helpu Ebba. Cododd Ina ei phen a gwelodd mynach arall yn brysio tuag atynt. Diolch byth, nid glaslanc oedd hwn ond dyn canol oed.

"Awn â hi i'r cysgod," dwedodd y mynach yn awdurdodol,

gan gymryd drosodd a chodi Ebba yn ei freichiau. Roedd y mynach ifanc wedi rhewi'n stond.

"Dos i nôl dŵr," gorchmynnodd y mynach hŷn. "A pherlysiau o'r ardd. Ar dy union!"

Brysiodd y nofydd tuag at yr ardd berlysiau, oedd wedi'i chuddio tu ôl i fur uchel. Dechreuodd y mynach gerdded tuag at un o'r adeiladau, gan afael yn dynn yn Ebba, oedd yn hollol lipa yn ei freichiau. Dilynodd Ina, gan afael ym mwng y ceffyl a'i dywys.

"Fydd hi'n iawn?" gofynnodd Ina'n bryderus.

"Ar ôl gorffwys, bydd. Mi wnaf eli er mwyn lliniaru ei chlwyfau, a moddion i'w chryfhau."

"Diolch am gymryd gofal ohoni."

"Gwnest y peth iawn drwy ddod yma. Beth yw dy enw, 'ngeneth i?"

"Ina ... Ina ferch Nudd."

"Pedrog ydw i. O ble y daethost heddiw?"

"O'r bencaer."

"Nid yma cest dy eni."

"Nage. Gwent."

"Roeddwn yn meddwl fy mod yn adnabod dy acen. Dof innau o diroedd Caerfaddon ar ochr arall glannau Hafren. A beth yw enw'r ferch?"

Oedodd Ina mymryn cyn ateb.

"Efa."

Doedd Ina ddim eisiau gorfod esbonio pob dim wrth y mynach. Haws o lawer fyddai rhoi ei henw Brythoneg iddi.

"Yw hi'n perthyn i ti?" holodd y mynach clên.

"Ydi. Hi yw fy chwaer," dwedodd Ina, gan ddifaru peidio

cywiro'r mynach ifanc ynghynt. Fedrai Ebba ddim ei chlywed bellach, a hithau'n anymwybodol.

Daeth mynach arall i'r golwg, yn cario offer garddio.

"Iestyn!" galwodd y dyn. "Tyrd yma i gymryd y ceffyl."

Gollyngodd y mynach yr offer a cherddded atynt yn gyflym. Gwelodd Pedrog yr olwg amheus ar wyneb Ina.

"Mae'r brawd Iestyn yn hen law, paid â phoeni. Does neb ym Mrythonia gyfan cystal gyda cheffylau."

Neb heblaw Ebba, meddyliodd Ina. Ond nid dyma'r lle na'r amser i anghytuno. Arafodd y brawd Iestyn cyn eu cyrraedd a cherddded at y ceffyl yn bwyllog. Anwybyddodd Ina'n llwyr, a dechrau siarad â'r ceffyl yn dawel mewn llais mwyn, yn debyg i sut roedd Ebba yn ei wneud. Er syndod i Ina, dilynodd y ceffyl y dyn tuag at stablau'r mynachod yn ufudd.

"Gwell i ti ddod gyda fi hefyd," dwedodd Pedrog wrth Ina. "Mae golwg ddryslyd yn dy lygaid. Ofnaf fod salwch yr haul arnat."

Roedd cur pen gan Ina erbyn hyn, ond doedd ganddi mo'r amser i orffwys.

"Rhaid imi weld Maelog. Heb oedi."

Dechreuodd Ina gerdded i ffwrdd.

"Ond fedri di ddim. Mae e'n brysur ofnadwy," galwodd Pedrog.

"Ddim rhy brysur i 'ngweld i – rwy'n siŵr o hynny!" galwodd Ina yn ôl, a cherddded i fyny'r llwybr at y llan.

Erbyn iddi gyrraedd y bryncyn, roedd ei chur pen yn waeth, a'i stumog yn drwm ofnadwy. Roedd fel petai carreg ynddi, a honno'n tyfu. Ar ben clawdd y llan roedd ffens wedi'i phlethu. Agorodd Ina'r giât a cherdded trwyddi. Rhoddodd ei llaw dros ei llygaid am fod yr haul yn disgleirio ar ffenestri bychan gwydr yr eglwys a'i dallu. Trywanodd pelydrau'r haul gefn ei llygaid fel gwaywffyn, a dechreuodd grynu drwyddi. Welodd hi mo'r ddau fynach yn brasgamu ati.

"Nid oes hawl gennyt fod yma!" cyfarthodd un o'r mynaich.

"Rwyf yma i weld Maelog," esboniodd Ina, gan edrych i fyny.

"Amhosib," dwedodd y llall. "Mae ein hybarch frawd wrthi'n cynnal cynhadledd gyda chynrychiolwyr holl eglwysi Brythonia."

"Pryd fydd y gynhadledd yn gorffen?"

"Pan mae Duw yn penderfynu ei fod yn amser," dwedodd y mynach cyntaf, yn biwis.

"Os dei 'nôl wrth iddi nosi, rwyf yn siŵr y byddant wedi gorffen bryd hynny, neu ar fin gwneud," ychwanegodd y llall, yn fwy caredig.

"Ond fedra i ddim aros! Rhaid imi ei weld nawr!"

"Aros bydd rhaid, a hynny y tu draw i'r ffens," dwedodd y mynach cyntaf, gan arwain Ina 'nôl i'r giât a'i gwthio allan yn ddiseremoni. Trodd ei chefn arni a cherdded i ffwrdd. Oedodd y llall, a chynnig diod i Ina o'i fflasg croen gafr.

"Yfa ddŵr. Mae ei angen arnat."

Cymerodd Ina'r fflasg a drachtio ohoni. Roedd syched mawr arni, heb ei bod wedi sylwi.

"Tyrd yn ôl ymhen ychydig orau. Tan hynny, cer i orffwys – allan o'r haul."

"Bydd hynny'n rhy hwyr ..."

Cododd y mynach ei ysgwyddau'n ymddiheurol cyn troi a cherdded i ffwrdd i ymuno â'r mynach arall. Nid geiriau gwag oedd geiriau Ina. Roedd yn gwybod ym mêr ei hesgyrn y byddai'r dynion wrth borth y gaer wedi dweud wrth y lleill yn syth, ac y byddai rhywrai yn siŵr o'u dilyn. Os oedden nhw wedi dyfalu eu bod wedi mynd at Maelog, byddent yma cyn bo hir.

Dyna hi, felly. Dyna ddiwedd arni. Yr holl ymdrech yn ofer. Byddai Ina ac Ebba yn cael eu llusgo yn ôl i'r fryngaer a'u cosbi. Efallai byddai Ina hefyd yn cael ei gwerthu fel caethferch am feiddio helpu Ebba. Yn sicr ni fyddai gobaith rhagor iddynt aros gyda'i gilydd. Hyd yn oed os mai cael eu anfon i ffwrdd i dreflannau anghysbell y Brythoniaid yn Arfor ac Arfynydd oedd eu ffawd, byddent yn cael eu gwahanu – doed a ddelo.

Clywodd Ina sŵn corn hela yn y pellter. Roedd dynion y gaer yma'n gynt nag yr oedd wedi tybio. Munudau'n unig oedd yn weddill cyn iddynt gyrraedd. Teimlodd Ina yr ewyllys yn llifo o'i chorff. Roedd wedi blino'n affwysol. Gwnaeth Ina ei gorau i gadw'n effro. Nid dyma'r amser i anobeithio! Rhaid bod rhyw ffordd o gael sylw Maelog ...

Yna, trwy'r tawch yn ei meddwl, trwy'r curo didostur yn ei phen, cofiodd am ei phibgorn newydd, yr un roedd Miro wedi'i wneud ar ei chyfer. Tynnodd yr offeryn o'r cwdyn lledr dros ei hysgwyddau, a'i godi i'w gwefusau.

Chwythodd. Yr unig beth wnaeth yr offeryn oedd grwgnach a gollwng sain aflafar. Rhoddodd Ina'r pibgorn i'w cheg eto. Efallai mai'r gorsen oedd yn sych. Chwythodd eilwaith, a seiniodd nodyn clir, pwerus dros y llan.

Cynhyrfodd Ina drwyddi. Ai hi gynhyrchodd y fath sŵn godidog? Roedd Miro cystal crefftwr ag oedd o gerddor.

Cododd y pibgorn i'w cheg am y trydydd tro a dechrau ei ganu. O'r galon. Am y tro cyntaf ers iddi gydganu â'i mam flynyddoedd yn ôl, teimlai Ina'r miwsig yn llifo o'i chof i'w bysedd yn gwbl ddiymdrech. Wrth gwrs, roedd ei bochau'n brifo, ac wrth gwrs, roedd ei hysgyfaint yn blino. Serch hynny, cyrhaeddodd gytgan yr hwiangerdd, a chyrhaeddodd ei diwedd, am y tro cyntaf ers roedd yn ferch fach.

Cymerodd Ina anadl ddofn a chodi'r pibgorn i'w gwefusau eto. Dim ond cychwyn y canu oedd hyn, nid y terfyn. Llifai'r alaw ohoni, yn stribed liwgar o nodau swynol. Yn wahanol i ychydig oriau yn ôl, pan oedd yr holl alawon yn un gybolfa amhersain yn ei phen, canai Ina gadwyni hyfryd o gymalau, un ar ôl y llall.

Canodd a chanodd a chanodd. Canodd tan fod ei bochau'n byrstio, ei gwefus yn grimp a'i bysedd yn glymau. Canodd fawl i bawb oedd y bwysig iddi. I Briallen. I Gwrgant. I Bleiddyn. I'w mam. Ac i Lluan.

Ond canodd yn bennaf i Ebba. Yr estrones â'r llygaid gwyrdd gloyw. Y baganes â'r llais nefolaidd. Ebba, ei chwaer. Llenwodd ei chalon â goleuni. A llaciodd y dwrn dur ei afael ar ei galar – y galar hwnnw oedd wedi'i gladdu mor ddwfn y tu mewn iddi. Caeodd Ina ei llygaid, a suo o un ochr i'r llall mewn perlewyg. Yn ei meddwl, gwelodd ei mam. A Lluan. Roedd y ddwy'n gwenu arni. Deallodd Ina eu bod wedi dod i ffarwelio â hi. Teimlodd y gerddoriaeth yn eu hanwesu. A'i hanwesu hithau. Roedd yn deimlad mor braf – mor annisgrifiadwy o braf. Chwifiodd y ddwy arni a diflannu, ond roedd y nodau'n dal yno, yn lapio'u hunain o'i chwmpas.

Yna, daeth yn ymwybodol o floeddio a sŵn rhywrai yn agosáu. A hefyd o ba mor flinedig roedd hi – roedd hi wedi ymlâdd yn llwyr, yn chwys diferu o'r ymdrech. Dododd Ina'r pibgorn i lawr ac agor ei llygaid. Roedd pobl yn rhedeg tuag ati. Doedd hi ddim yn medru gweld yn glir iawn – y straen, efallai – ond gwelai ddigon i adnabod Maelog, oedd yn arwain y blaen.

"Fy ngeneth annwyl i!" galwodd hwnnw'n ofidus, gan afael yn ei hysgwyddau. "Rwyt ti'n crynu o dy gorun i dy sawdl! ... Beth bynnag sydd wedi digwydd, mi fydd popeth yn iawn, rwy'n addo i ti."

Nodiodd Ina ei phen. Doedd ganddi mo'r nerth i siarad. Sychodd Ina'r chwys o'i hwyneb a rhwbiodd ei llygaid. Roeddent yn wlyb i gyd. Dyna pryd y sylweddolodd nad chwys oedd yn rhedeg i lawr ei gruddiau wedi'r cwbl, ond dagrau.

XXVI

Daeth yr hydref, daeth y gaeaf, daeth y gwanwyn, a daeth yr haf eto. Crinodd dail y fedwen fawr ger yr afon a syrthio, rhynnodd y brigau noeth yn nannedd y gwynt cyn blaguro a gorchuddio'r goeden yn ei mantell werdd unwaith yn rhagor, fel y digwyddai pob blwyddyn yn ddi-ffael.

Ar y diwrnod hwn o hirddydd haf, dawnsiai'r haul ar wyneb yr afon, yn ôl ei arfer. Dan gysgod y fedwen fawr, camodd Ina trwy'r brwyn ar bwys y dŵr, yn ofalus rhag sarnu ei sandalau newydd. Roedd yn chwilio am y frwynen berffaith. Ddim yn rhy dew, a ddim yn rhy denau.

O gil ei llygaid, gwelodd fflach o liw. Trodd a gweld glas y dorlan yn gwibio dros yr afon, yn disgleirio yn yr haul cyn diflannu o'r golwg.

"Welaist ti'r aderyn?" galwodd i'r ferch benfelen oedd yn eistedd o dan y goeden, yn pwyso 'nôl yn erbyn y boncyff.

"Do! Am bert!" atebodd Ebba gan wenu.

Trodd Ina ei sylw yn ôl at y planhigion pigfain o'i chwmpas. Heb oedi mwy, dewisodd ddau goesyn a'u torri gyda'i chyllell fach finiog a cherdded at y goeden. Yno, roedd Ebba'n plethu brwynen yn fedrus â'i bysedd.

"Fyddi di fawr o dro'n gorffen," dwedodd Ina, yn falch ohoni.

"Mi ces un da athrawes," atebodd Ebba.

Roedd ei Brythoneg yn llawer mwy rhugl erbyn hyn, er ei bod yn dal i wneud ambell gamgymeriad. Ond doedd ar Ina ddim awydd sbwylio'r prynhawn drwy'i chywiro.

Eisteddodd i lawr wrth ei hochr a dewis un o'r coesynnau. Wrth iddi weithio'r frwynen, gwelodd gip o'i hun yn nŵr yr afon: merch dal mewn gwisg wlân drwsiadus, ei gwallt tywyll cyrliog yn disgyn dros ei hysgwyddau. Doedd ei gwddf ddim yn arbennig o hir, na'i llygaid yn arbennig o bell o'i gilydd. Gwyddai fod rhai yn meddwl ei bod yn brydferth – yn enwedig ei mam maeth, Eleri, gwraig Caradog. Ond, yn nhyb Ina, roedd prydferthwch i'w gael ym mhob man, dim ond o fod yn barod i sylwi arno. Yn fwy na hyn, roedd gwir brydferthwch yn rhywbeth i'w fyw, i'w greu, i'w rannu ag eraill – yn hytrach na'i edmygu o bell.

Ailgydiodd Ina yn y plethu. Gweithiodd yn gyflym, heb adael i'r meddwl grwydro. Roedd rhywbeth hyfryd ynglŷn â'r fath ganolbwyntio, o ymgolli'n gyfangwbl yn y foment. Yn enwedig o'i rannu gydag enaid hoff cytûn. Gweithiodd Ebba yr un mor gyflym, er bod rhaid iddi ddal y coesyn i fyny weithiau am nad oedd yn medru gweld yn iawn trwy ei llygad chwith. Roedd ergydion Morwenna wedi gadael eu hôl arni am byth.

Rhoddodd Ina dro i hwylbren y cwch brwyn yn ei dwylo.

"Barod, fy chwaer?"

"Barod, *sweostor*," atebodd Ebba.

Yn swyddogol, doedd y ddwy ddim yn chwiorydd eto. Er mwyn cael ei mabwysiadu'n ffurfiol gan Caradog, a dod yn aelodau llawn o'i deulu a'r gymuned, byddai rhaid i Ebba fynd trwy ryw fath o gyfnod prawf, am mai estrones oedd hi, a chael ei bedyddio. Ond doedd gan Ina ddim ffeuen o ots beth ddwedai'r gyfraith. Roedd Ebba'n chwaer iddi. Ei chwaer o ddewis. Ac roedd rhywbeth tewach na gwaed yn eu cysylltu – cariad.

Camodd y ddwy i'r lan. Plygodd Ebba ac estyn rhywbeth o'r dŵr.

"Edrych. Darn o'r haul."

Trodd Ebba garreg sgleiniog, euraidd yn ei bysedd, cyn ei rhoi o'r neilltu. Dechreuodd Ina chwerthin. Roedd Ebba'n dal i ddweud pethau rhyfedd weithiau.

"Beth doniol?" holodd Ebba'n ddiniwed.

"Dim. Tyrd."

Dododd Ina'i chwch brwyn ar wyneb y dŵr. Gwnaeth Ebba'r un fath.

"Un … dau … tri!"

Gollyngodd Ina'r cwch, ac Ebba hefyd. Rhedodd y ddwy nerth eu traed at y garreg fawr lwyd ar bwys y tro yn yr afon, mor gyflym ag oedd eu sandalau newydd yn caniatáu. Roedd y ddau gwch bron â chyrraedd y tro'n barod. Pa un fyddai'r cyntaf i basio'r garreg fawr lwyd ac ennill y ras, tybed? Yr un heb y tro yn yr hwylbren. Chwarddodd Ebba a chlapio ei dwylo.

"Fi wedi ennill heddiw!"

"Rhaid 'mod i wedi dy ddysgu'n rhy dda," dwedodd Ina, gan gogio bod yn flin.

Clywodd Ina sŵn chwerthin iach yn agosáu. Gwelodd griw o blant yr ochr draw'r afon. Roedd hi ac Ebba wedi chwarae gyda nhw droeon, ond fyddai ddim amser i wneud hynny'r prynhawn hwn.

"*Salve!*" galwodd y plant.

"*Salve!*" galwodd Ina ac Ebba yn ôl.

Gwthiodd un o'r plant gwch i'r dŵr a rhwyfo dros yr afon yn ddiymdrech. Glaniodd Miro'r cwch a neidio i'r lan, yn wên o glust i glust.

"*Barod?*" gofynnodd yn Lladin.

"*Barod,*" atebodd Ebba, cyn i Ina gael cyfle. Siglodd Ina ei phen mewn syndod. Ers pryd roedd Ebba'n gwybod y gair hwnnw yn Lladin? Roedd yn ei synnu fwyfwy bob dydd.

"Miro yn un da athro," dwedodd Ebba, â gwen fach ddireidus wrth weld ymateb Ina. Oedd, mae'n rhaid, meddyliodd Ina. Roedd Ebba'n swnio'n union fel un o'r Galaesiaid, yn wahanol iddi hi – yn ôl Miro roedd hi'n dal i swnio fel rhyw foneddiges uchel-ael. Gwenodd Miro'n smala wrth glywed ei enw.

"*Ydych chi'n siarad amdana i eto?*"

"*Paid canmol dy hun. Dwyt ti ddim mor ddiddorol â hynny,*" atebodd Ina, gan dynnu ei goes.

"*Incipiamus?*" gofynnodd Ebba. Ddechreuwn ni?

Aeth Ina a Miro ati i ystwytho eu gwefusau a'u bysedd, ac Ebba i dwymo ei llais. Roedden nhw eisiau mynd trwy'r caneuon yn eu tro unwaith yn rhagor cyn perfformio. Heno, ar noson hira'r flwyddyn, byddai pobl y fryngaer a phentref Miro'n cwrdd go iawn am y tro cyntaf i gyd-ddathlu yn y llecyn agored oedd i fyny'r afon, ger hen bont Rufeinig. Noson hir o wledda, canu a dawnsio. Ac i goroni'r cyfan, cyngerdd gan ddau bibgorn ac un llais. Tri yn un, ac un yn dri.

Byddai pawb yno, gan gynnwys Maelog. Pawb heblaw Morwenna a Sadwrn, hynny yw, oedd wedi'u halltudio o

Frythonia am ddwy flynedd. Yn ogystal, bu rhaid iddynt roi'r ddau fochyn, Wenna a Mora, i Ebba er mwyn gwneud yn iawn am y cam. Cafodd Ina fuwch, oedd yn werth llawer mwy. Pe na bai Ebba'n estrones, byddai hithau wedi cael buwch hefyd. Roedd sôn bod Morwenna a Sadwrn yn Astwrias. Dwedai eraill eu bod wedi teithio i lawr Y *Minio*, ac ymlaen i dref Portus Cale. Yr unig beth a wyddai pawb i sicrwydd oedd nad oedd neb yn gweld eu heisiau.

Syniad Ina oedd y dathliad. Er bod rhai ychydig yn amheus ar y cychwyn, tyfodd y cynllun yn gyflym, diolch yn bennaf i ymdrechion Caradog, ac Elfryn, ceidwad y gaer. Roedd rhieni Miro, Felix a Marina, yr un mor frwd. A chydag ychydig o berswâd gan y pibydd enwog hwnnw, Magnus y gof, buan iawn daeth trigolion y pentref Galaesaidd yn hoff o'r syniad hefyd. Yn wir, roedd Magnus wedi cynnig ymuno â'r tri cherddor ifanc i gydchwarae ar ddiwedd y dathlu, fel syrpréis.

Syllodd Ina i'r awyr. Doedd dim cwmwl i'w weld. Byddai'n noson fendigedig – ym mhob ystyr – roedd yn siŵr o hynny. A rhywsut, gwyddai Ina hefyd y byddai'r sêr yn arbennig o lachar heno.

MAP MAXIMUS CLAUDIUS CUNOMOLTUS

RHESTR ENWAU

RHIF AR Y MAP	LLADIN	CYMRAEG	SAESNEG
I	CORINIUM	Caergeri	*Cirencester*
II	VENTA SILURUM	Caer-went	*Caerwent*
III	GLEVUM	Caerloyw	*Gloucester*
IV	ISCA	Caerllion	*Caerleon*
V	MORIDUNUM	Caerfyrddin	*Carmarthen*
VI	SEGONTIUM	Caernarfon	xx
VII	DEVA	Caer	*Chester*
VIII	VIROCONIUM	Caerwrygion	*Wroxeter*
IX	AQUAE SULIS	Caerfaddon	*Bath*
X	CALLEVA	Caergelemion	*Silchester*
XI	SORVIODUNUM	Caersallog	*Salisbury*
XII	VINDOCLADIA	xx	xx
XIII	DURNOVARIA	Caerdorin	*Dorchester*
XIV	ISCA DUMNONIORUM	Caerwysg	*Exeter*
XV	VECTIS	Ynys Wyth	*Isle of Wight*

Nodyn hanesyddol

"Maelgwn, pam dy fod yn rholio drosodd a throsodd yn wirion ym mhwll du dy droseddau? Pam wyt ti mor fodlon i bentyrru mynydd o bechodau ar dy ysgwyddau brenhinol?"

Dyma eiriau mynach o'r enw Gildas (500-570), ac mae'n deg i ddweud nad oedd yn ffan mawr o Maelgwn Gwynedd, na llawer iawn o frenhinoedd eraill Prydain ar y pryd chwaith. Daw'r dyfyniad o waith o'r enw *De Excidio Britanniae*, sef 'Ynghylch Dinistr Prydain'. Fel mae'r teitl yn awgrymu, yn yr iaith Ladin roedd Gildas yn ysgrifennu, er mai Brython oedd e, yn ôl arfer y cyfnod. Mae Gildas yn flin iawn gydag arweinwyr y Brythoniaid am beidio cymryd sylw o orchmynion Duw. Mae hefyd yn flin bod y Saeson paganaidd wedi ymsefydlu mewn rhannau o Brydain ac yn mynd mor bell â dweud mai cosb Duw oedd hyn oherwydd pechodau niferus y Brythoniaid.

Gwaith Gildas yw'r unig beth ysgrifenedig o Brydain o union gyfnod 'Y Pibgorn Hud' sydd wedi goroesi. Er bod y gwaith, fel Gildas ei hunan, yn bwysig a dylanwadol, nid yw'n taro llawer o oleuni ar fywyd go iawn canol y chweched ganrif am nad dyma fwriad y darn. Mae hyn hefyd yn wir am weithiau tebyg gan fynachod a chroniclwyr eraill oedd wrthi ar ôl cyfnod y nofel. Ac mae'r rhan fwyaf o'r rhain yn edrych ar fyd y Brythoniaid – neu'r Cymry fel roeddent yn galw eu hunain erbyn hynny – o'r tu allan, yn bennaf o Iwerddon, o Loegr ac o Lydaw.

Mae pethau ysgrifenedig o fathau eraill ar gael, wrth gwrs. Dogfennau, cytundebau, llythyron, rhestrau amrywiol, ac ati.

Graffiti hyd yn oed! Y drafferth yw, maen nhw naill ai yn dyddio o'r cyfnod Rhufeinig, neu o'r cyfnod ar ôl y nofel.

Beth am archeoleg? Stori debyg. Er bod digonedd o olion o'r cyfnod Rhufeinig, ac o'r seithfed a'r wythfed ganrif ymlaen, yn enwedig yn y rhan o Brydain a ddaeth yn Lloegr, does dim digon o olion yn y rhannau hynny o'r ynys oedd yn dal yn nwylo'r Brythoniaid adeg y nofel i roi llawer o atebion pendant. Mae hyn yn rhannol am fod yr Hen Gymry erbyn hynny wedi rhoi'r gorau i adeiladu gan ddefnyddio cerrig neu frics, fel yn y cyfnod Rhufeinig. Hefyd am fod unrhyw olion organig, fel pren neu ledr neu ddefnydd, yn pydru yn y math o bridd sydd yn y ddaear, yn wahanol i bridd tywodlyd rhannau o ddwyrain Prydain ble ymsefydlodd y Saeson cynnar.

Efallai eich bod chi'n dechrau synhwyro bod teithio nôl i ganol y chweched ganrif ym Mhrydain ychydig fel mentro i ganol y pwll du hwnnw roedd Gildas yn cyhuddo Maelgwn o drochi ei hun ynddo! Ond, ar ôl dweud hynny, dydi'r pwll ddim yn gwbl ddu chwaith …

Diolch i wahanol dechnegau e.e. dyddio carbon neu astudio mesuriadau gweddillion paill a phlanhigion, mae modd medru profi o ble yn union daeth rhai o'r bobl sydd wedi eu darganfod mewn hen, hen feddau, a chynnig darlun eithaf manwl o sut roedd y dirwedd yn edrych ar y pryd a hefyd natur yr hinsawdd.

Hefyd, gan fod mwy o wybodaeth ynghylch y cyfnod Rhufeinig a'r cyfnod diweddarach, mae modd trio llenwi'r bylchau, fel petai. Gwaith pwyso a mesur, a llawer iawn o ddyfalu, felly. Ond mae llawer iawn o anghytuno ymysg haneswyr ac archeolegwyr ynglŷn â hyn, ac efallai nad yw'n syndod gan fod sawl ffordd o ddehongli'r cliwiau sydd ar gael.

Yr hyn dwi'n ceisio ei bwysleisio yw nad oes y fath beth â sicrwydd llwyr wrth drafod cyfnod 'Y Pibgorn Hud'. Felly fy fersiwn i o ganol y chweched ganrif a gewch yn y nofel, ar ôl imi bwyso a mesur a dyfalu, fel yr haneswyr a'r archeolegwyr rheiny bûm yn darllen eu gwaith. Am mai nofel yw hi, ac nid llyfr testun hanesyddol, mae talp go fawr o ddychymyg yn gymysg â'r holl waith ymchwil wrth reswm.

Mae Maelgwn Gwynedd, a'i fab, Rhun, Cynddylan, Caradog a Maelog, er enghraifft, i gyd yn ffigyrau hanesyddol. Dychmygol yw Ina, Ebba, Miro, Morwenna, a'r gweddill, er eu bod yn real iawn imi. Syrthiodd Caersallog yn 552, ond does wybod os hwyliodd llongau i Frythonia yr union flwyddyn honno, na chwaith os oedd Maelog ar fwrdd un o'r llongau hynny. Ond o'r hyn sydd ar gael i'w fwyta yn y wledd i ffarwelio ag Ina, i sut olwg fyddai ar hen ddinas Rufeinig Caergeri, i'r llwybr môr rhwng Prydain a Brythonia ac i'r fath o offeryn y byddai Miro wedi'i ganu, mae byd y cymeriadau wedi'i seilio'n gadarn ar wahanol ffeithiau a chliwiau y deuthum o hyd iddynt. Hynny gyda help nifer o bobl sy'n gwybod llawer iawn mwy na fi am y pwnc.

Deuthum i'r casgliad yn gynnar iawn nad oeddwn i eisiau dibynnu ar ryw fath o indecs yn y cefn i esbonio byd Ina, ac felly es ati i geisio esbonio'r pethau pwysicaf yng nghorff y llyfr. Mae sawl thema y medrwn sôn mwy amdanyn nhw yma, ond dwi am gyfyngu fy hun i ddwy: yr holl ieithoedd sydd yn y llyfr, a gwladfa'r Hen Gymry yn Sbaen, Brythonia.

Un o'r pethau a'm tarodd wrth gychwyn ar y gwaith ymchwil oedd yr amrywiaeth o ieithoedd oedd yn cael eu siarad ym Mhrydain yr adeg honno, ac roeddwn i'n benderfynol o adlewyrchu hyn yn y nofel. Syndod imi oedd deall bod Lladin yn dal yn iaith fyw mewn mannau o Brydain o hyd, a hefyd pa mor gryf oedd y Wyddeleg yn Nyfed, de-orllewin Cymru heddiw. Ro'n i'n gwybod am Hen Saesneg, ond do'n i ddim wedi sylweddoli mai rhyw fath o iaith newydd oedd hon, iaith oedd wedi ei chreu drwy asio elfennau o ieithoedd Almaeneg tebyg.

Do'n i chwaith ddim yn sylweddoli bod cyfnod y nofel yn un mor bwysig i'r Frythoneg. Roedd yr iaith wrthi'n newid a datblygu, a dwi wedi ceisio awgrymu hyn yn y gwahaniaeth rhwng iaith ffurfiol Gwrgant neu Elfryn, ac iaith fwy cyffredin Ina, neu Briallen. Cymraeg Fodern maen nhw'n siarad wrth gwrs. Mae Cymraeg Cynnar, neu Frythoneg Hwyr, yn wahanol iawn, iawn. Er enghraifft, 'Maglocunos' oedd yr hen ffurf ar enw brenin Gwynedd, a drodd yn 'Maglocun', a maes o law yn 'Maelgwn'.

Dyma'r adeg hefyd y dechreuodd y gwahanol fathau o Frythoneg ymbellhau fwyfwy o'i gilydd a rhoi i ni, yn ddiweddarach, y Gymraeg, Cernyweg, Llydaweg a Chymbrieg (iaith yr Hen Ogledd, sef Cumbria, Lloegr, ac Ystrad Clud, yr Alban, heddiw). Eto, dwi wedi ceisio adlewyrchu hyn yn y nofel. Mae'n siŵr eich bod wedi sylwi bod Morwenna yn siarad yn wahanol i Ina a'r lleill. Does neb yn hollol siŵr o'r fath o Frythoneg oedd yn cael eu siarad yng Nghaersallog a'r cyffiniau, ond mae'n bosib ei fod yn debyg i'r fath o Frythoneg a ddatblygodd yn Gernyweg a Llydaweg, sef sut y byddai rhywun fel Artheg yn siarad. Felly mi ydw i wedi rhoi tinc 'Hen Gernyweg' i gymeriadau fel Morwenna, Artheg a'r bugail i ddangos y gwahaniaeth.

Er mai Brythoneg oedd iaith bob dydd Ina, yn yr iaith Ladin roedd hi'n darllen ac ysgrifennu. Ail iaith fyddai Lladin i Ina –

iaith llyfr, yn wahanol i Miro, oedd yn siarad math o Ladin llafar oedd yn llai ffurfiol. Ac, yn wahanol i Ina, mae'n annhebygol iawn y byddai Miro'n medru darllen ac ysgrifennu'r iaith. Ym Mhrydain, diflannodd Lladin fel iaith bob dydd, ond mewn llefydd eraill ledled Ewrop fe ddatblygodd yn ieithoedd gwahanol, e.e. Ffrangeg, Eidaleg, Rwmaneg a Sbaeneg. Dim ond un iaith ymysg nifer o ffurfiau ar Ladin Hispania gynt yw Sbaeneg. Trodd iaith Miro maes o law yn iaith a ddatblygodd yn Bortwgeeg a Galiseg, sef iaith frodorol Galisia, gogledd-orllewin Sbaen, hyd heddiw.

Doedd y Saeson, heblaw am ambell eithriad, ddim yn medru Lladin tan iddyn nhw droi at Gristnogaeth – a ddechreuodd y broses honno ddim tan droad y seithfed ganrif, sef rhyw hanner can mlynedd ar ôl cyfnod 'Y Pibgorn Hud'. (Gyda llaw, mae'r gwreiddyn 'Saes' yn dod o enw'r cleddyf roedd yr Hen Saeson yn defnyddio, sef y 'seax' sy'n cael ei enwi yn y nofel). Un canlyniad i hyn oedd i'r Saeson addasu'r wyddor Ladin a chreu gwyddor debyg i'w hiaith hwythau, Hen Saesneg, a ddaeth yn iaith ysgrifenedig safonol fel Hen Gymraeg a Hen Wyddeleg.

Cyn hyn, roedd y Saeson a phobl Ellmyn eraill yn defnyddio gwyddor o symbolau o'r enw 'Runes'; gwyddor a chafodd ei seilio ar wyddor hŷn o'r Eidal. Yn y nofel, mae Ebba'n gwybod digon ar yr wyddor hon i fedru sillafu ei henw. Mae'r llythyren sy'n dynodi'r sŵn 'e' yn debyg iawn i lythyren 'M' ein gwyddor ni, sy'n esbonio dryswch Ina! Nid dim ond gwyddor gyffredin oedd y 'Runes' yma i'r Ellmyn – roeddent yn symbolau hud pwerus, ac roedd pobl yn eu naddu ar ddarnau o bren neu ledr er lwc dda, neu hyd yn oed yn eu tatŵio ar eu croen (sy'n esbonio pam fod Ebba wedi niweidio ei hun yn y fath fodd).

Do, cefais fy synnu gan lawer iawn o bethau wrth ymchwilio, a dysgu llawer iawn o bethau diddorol hefyd, ond efallai mai'r syndod mwyaf oedd dod i wybod am Frythonia yn y lle cyntaf. Ro'n i'n gwybod fod Brythoniaid wedi ymfudo i Lydaw, a chreu gwlad eu hunain yno, ond doedd gen i ddim syniad fod gwladfa arall, lai, wedi bodoli yng ngogledd-orllewin Sbaen. A dwi'n weddol siŵr nad oes gan lawer o bobl eraill fawr o syniad chwaith!

Crwydro un o ddinasoedd mwyaf hyfryd gogledd Sbaen oeddwn i, flynyddoedd lawer yn ôl bellach, sef Santiago de Compostela – prifddinas Galisia – pan nes i ddigwydd sylwi ar arwydd caffi neu far o'r enw 'Maeloc'. Tarodd hwn fi fel enw Cymraeg iawn a holais wedyn mewn siop lyfrau os oedd unrhyw arwyddocâd lleol iddo. Esboniodd y person yn y siop fod y 'Maeloc' hwn yn enwog. Esgob oedd e, ac arweinydd eglwys y Brythoniaid oedd yn byw yno flynyddoedd maith yn ôl. Digwydd bod hefyd, roedd llyfr newydd ei gyhoeddi am y wladfa Frythonig hon gan hanesydd o'r enw Simon Young ac fe'i prynais. Er mai Sais yw Simon, cyhoeddwyd y llyfr yn gyntaf yn Galiseg ac yna'n Sbaeneg. Gan imi fyw yn Sbaen am ddwy flynedd, ro'n i'n medru digon o Sbaeneg i ddarllen y llyfr, a dyna pryd y taniwyd fy nychymyg.

Os mai ychydig y medrwn ddweud â sicrwydd llwyr ynghylch Prydain yn 552, mae beth sy'n bosib dweud yn bendant ynghylch Britonia, neu 'Brythonia' fel dwi wedi ei Gymreigio, hyd yn oed yn llai. Pwyso a mesur, a dyfalu, mae haneswyr ac archeolegwyr yno hefyd, er eu bod yn gwybod llawer mwy am y brodorion, a'r Ellmyn oedd yn rheoli, sef y Swabiaid, na'r gymuned o Frythoniaid oedd yn byw yno.

Mae'n debyg i'r Brythoniaid ddechrau cyrraedd yn y ganrif cyn cyfnod y nofel. Mae'n bosib mai ond rhyw ganrif neu ddwy y parhaodd y wladfa, ond mae'n bosib hefyd iddi oroesi am gannoedd o flynyddoedd, hyd at y canol oesoedd. Does wybod faint o Frythoniaid oedd yn byw yno, na chwaith os mai tiriogaeth ar wahân oedd Brythonia, neu gasgliad o drefi ac eglwysi Brythonaidd oedd wedi'u gwasgaru dros yr ardal.

Beth sy'n sicr fodd bynnag yw bod y Brythoniaid wedi sefydlu yno i'r fath raddau roedden nhw haeddu esgob eu hunain (arweinydd yr eglwys mewn ardal benodol) a bod hwnnw'n cynrychioli'r gymuned mewn cynadleddau eglwysig pwysig, a'u bod yn grŵp digon niferus i gael eu cydnabod fel pobl ar wahân.

Mae'n weddol debyg bod prif eglwys Maelog wedi'i lleoli ym mhentref o'r enw Bretoña heddiw, ac mae amgueddfa fechan newydd ei hagor yno (yn anffodus ar ôl imi ymweld â'r ardal!). Does neb yn siŵr ble roedd prif dref y Brythoniaid, ond roedd pobl yn dal i fyw mewn nifer o'r hen gaerau o hyd – fel yng ngorllewin Prydain – a dwi wedi seilio'r bencaer ar gaer go iawn, sef Castro do Viladonga. Mae modd ymweld â gweddillion y gaer drawiadol hon a cherdded o'i chwmpas, ac mae amgueddfa dda yno, gyda modelau gwahanol a chreiriau o bob math.

Wrth grwydro ardal Brythonia, sef gogledd talaith Lugo, Galisia, roedd yn beth rhyfedd – ond cyffrous – cofio bod cymuned sylweddol o bobl oedd yn siarad yr un iaith a chyndeidiau'r Cymry wedi byw yno unwaith. A'r mwya' y dysgais am Brydain a Hispania yn y chweched ganrif, y mwya' y sylweddolais nad rhywbeth llychlyd, pell yw hanes ond drych ar y presennol. Yn y bôn, yr un yw pobl – yr un dyheadau, gobeithion ac ofnau – dim ond bod y byd o'n cwmpas wedi newid. Ac mae llawer o'r themâu dyrys yn y nofel, a'u canlyniadau, yr un mor wir heddiw ag oedden nhw fil a hanner o flynyddoedd yn ôl, gwaetha'r modd.

Ond nid rhywbeth sydd yn digwydd i ni yw hanes; mae posib ei greu. Ymfudo i Frythonia yn y gobaith o fyd gwell wnaeth Brythoniaid y cyfnod. Gallwn ni geisio creu byd gwell, tecach, heddiw hefyd – a hynny heb grwydro dros y môr, ond drwy gychwyn yn ein milltir sgwâr!

Diolch

- Fyswn i ddim wedi gallu ysgrifennu'r nofel heb help y bobl ganlynol: Iwan Rees, David Callander, Sara Elin Roberts, Marged Haycock, John Rea a Patrick Rimes. A thramor; Simon Young, Pablo Carpintero, Xosé Antonio López, a staff amgueddfa bryngaer Viladonga, Galisia. Maent i gyd yn arbenigwyr yn eu maes – yn ieithyddion, haneswyr, cerddorion a mwy. Mawr yw fy niolch iddynt oll am eu hamser a'u haelioni. Yn amlwg, arna i fydd y bai am unrhyw wall yn y nofel.

- Diolch o'r galon hefyd i Anne am wneud y clawr, fel y tro o'r blaen, i Greg am y mapiau, i Eleri am y dylunio, i Anwen am ei gwaith gofalus a thrylwyr unwaith yn rhagor, i Myrddin am ei holl gefnogaeth ac am gyfansoddi'r hwiangerdd yn arbennig ar gyfer Ina ac Ebba, ac i Llio Elenid am yr holl drafod hwyliog a'r cydweithio hwylus.

Am yr Awdur

Daw Gareth Evans o Benparcau, Aberystwyth, ond mae wedi ymsefydlu yng Nghaerdydd ers blynyddoedd lawer bellach wedi degawd dramor yn Sbaen a'r Almaen. Cychwynnodd ei yrfa gyda Radio Cymru, cyn troi at ysgrifennu ar gyfer y teledu, yn bennaf ar gyfer *Pobol y Cwm*. *Y Pibgorn Hud* yw ei ail nofel. Cyrhaeddodd ei nofel gyntaf, *Gethin Nyth Brân*, restr fer Gwobr Tir na n-Og 2018.

Nofelau â blas Hanes Cymru arnyn nhw

Straeon cyffrous a theimladwy wedi'u seilio ar ddigwyddiadau allweddol

GETHIN NYTH BRÂN
Gareth Evans

Yn dilyn parti Calan Gaeaf, mae bywyd Gethin (13 oed) yn troi ben i waered. Mae'n deffro mewn byd arall. A'r dyddiad: 1713.

Yno mae'n cyfarfod Guto, llanc o'r un oed, ac mae'n cael lloches ar ei fferm, Nyth Brân. Gall Guto redeg fel milgi, mae'n ddewr ac yn bopeth nad yw Gethin...

£5.99

Rhestr fer Gwobr Tir na-nOg 2018

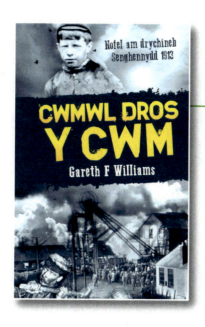

CWMWL
DROS Y CWM
Gareth F. Williams

*Nofel am drychineb
Senghennydd 1913*

£5.99

*Enillydd Gwobr
Tir na-nOg 2014*

Y GÊM
Gareth F. Williams

*Dydd Nadolig 1914, yn
ystod y Rhyfel Mawr*

£5.99

*Enillydd Gwobr
Tir na-nOg 2015*

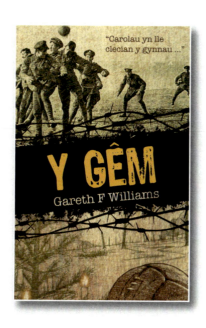

DARN BACH O BAPUR
Angharad Tomos

Nofel am frwydr teulu'r Beasleys dros y Gymraeg 1952-1960.

£5.99

Rhestr fer Gwobr Tir na-nOg 2015

PAENT!
Angharad Tomos

Cymru 1969 – Cymraeg ar arwyddion ffyrdd a'r Arwisgo yng Nghaernarfon.

£5.99

Rhestr fer Gwobr Tir na-nOg 2016

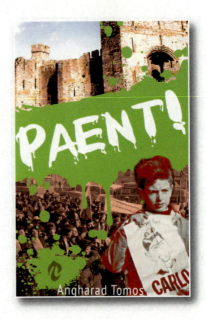

HENRIÉT Y SYFFRAJÉT
Angharad Tomos

"Dydw i ddim eisiau dweud y stori ..." Dyna eiriau annisgwyl Henriét, prif gymeriad y nofel hon am yr ymgyrch i ennill pleidlais i ferched ychydig dros gan mlynedd yn ôl.

£6.99

Y CASTELL SIWGR
Angharad Tomos

Dwy ferch ar ddau gyfandir. Un lord ag awch am elw.

Stori ddirdynnol am gaethferch, am forwyn, am long a chastell ac am ddioddefaint tu hwnt i ddychymyg.

£7.50

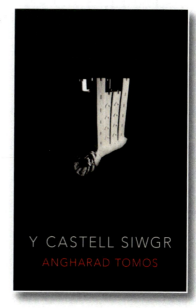

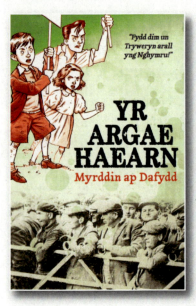

YR ARGAE HAEARN
Myrddin ap Dafydd

Dewrder teulu yng Nghwm Gwendraeth Fach wrth frwydro i achub y cwm rhag cael ei foddi

£5.99

Rhestr fer Gwobr Tir na-nOg 2017

MAE'R LLEUAD YN GOCH
Myrddin ap Dafydd

Tân yn yr Ysgol Fomio yn Llŷn a bomiau'n disgyn ar ddinas Gernika yng ngwlad y Basg – mae un teulu yng nghanol y cyfan

£5.99

Enillydd Gwobr Tir na-nOg 2018

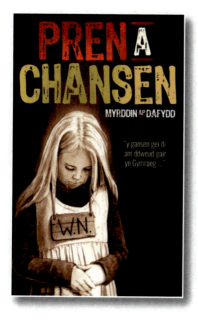

PREN A CHANSEN
Myrddin ap Dafydd

"y gansen gei di am ddweud gair yn Gymraeg ..."

Mae Bob yn dechrau yn Ysgol y Llan, ond tydi oes y Welsh Not ddim ar ben yn yr ysgol honno.

£6.99

Y GORON YN Y CHWAREL
Myrddin ap Dafydd

Diamwnt mwya'r byd mewn chwarel ym Mlaenau Ffestiniog

Nofel am ifaciwîs a symud trysorau o Lundain i ddiogelwch y chwareli adeg yr Ail Ryfel Byd

£6.99

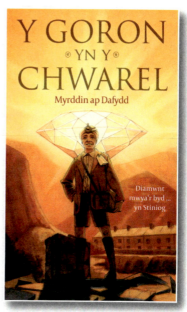

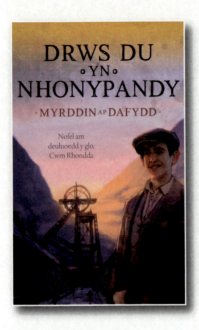

DRWS DU YN NHONYPANDY
Myrddin ap Dafydd

Nofel am deuluoedd y glo, Cwm Rhondda, yn ystod cyfnod cythryblus 1910.

£7.99

Y CI A'R BRENIN HYWEL
SIÂN LEWIS

Hywel Dda, sy'n cyhoeddi ei gyfreithiau ar gyfer Cymru. Mae Griff y ci mewn helynt. A fydd yn dianc heb gosb o lys y brenin?

£5.95

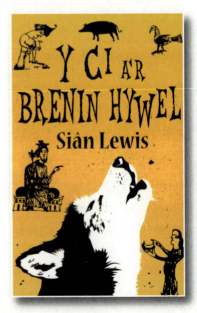